Jean Moose

Die Bergbahn

Kastner

Umschlaggestaltung: Caren Weeks
Lektorat: Regina Stein
Gesetzt aus der Berkeley Oldstyle

Gesamtherstellung: KASTNER AG – das medienhaus
Schloßhof 2 - 6 · 85283 Wolnzach · www.kastner.de

ISBN 978-3-945296-47-9

Printed in Germany

Schweiz, August 2008

Als Sylvies Hochzeit begann, befand sich Oscar Medar in einer Autobahnraststätte im Tessin. Er kam von der Testamentsverlesung seines Onkels, die am Vortag in Nizza stattgefunden hatte. Von dort war er am Morgen nordwärts nach Graubünden aufgebrochen, wo er sich, wie ihm der Notar geheimnisvoll mitgeteilt hatte, bei einer Bank in Chur melden sollte.

Er betrachtete das Tablett, das er soeben durch die Kasse geschoben hatte. Ein Apfel, ein Erdbeerquark aus der Vitrine und eine Flasche Wasser. Nicht gerade aufregend für ein Hochzeitsessen, dachte Oscar. Genau genommen war allerdings auch das schon zu viel. Denn dass er an diesem Tag nichts herunterbekommen würde war schon am Morgen klar, als er sich nach einer schlaflosen Nacht aus dem Hotelbett gequält hatte.

Oscar überlegte, ob er an die Hochzeitszeremonie, die gerade ihrem Höhepunkt zustreben dürfte, denken wollte oder nicht. Er stellte sich vor, wie Sylvie die Heiratsurkunde unterschrieb. Da fiel ihm ein, dass er ihren neuen Namen nicht kannte.

Oscar ließ das Tablett stehen und floh ins Auto.

♦♣♦

Sie hätten sich genauso gut verfehlen können. Er hätte an jenem Abend nur zu Hause bleiben müssen, und sie wären sich nie begegnet.

Sylvie stand nicht weit vom Eingang und unterhielt sich mit der Gastgeberin. Er wusste sofort, was passieren würde. Wie er fand, hätte er das Weite suchen und sich, bevor es dafür zu spät war, in Sicherheit bringen müssen. Aber er unternahm nichts. Er riss noch nicht einmal aus, als Sylvie ihm gesagt hatte, dass sie im nächsten Sommer heiraten wolle.

Sie kannte ihren Verlobten schon lange. Er war ihre Jugendliebe. Vielleicht hatte sie Lust auf ein Abenteuer, weit weg von ihrer Stadt, zeitlich absehbar und daher vermeintlich ungefährlich. Sie verabredeten sich zum Mittagessen, und dort für den nächsten Abend. Von da an liebten sie sich jede Nacht. Sie ergaben sich willenlos und rissen sich wechselseitig mit. Oscar versank in einem Taumel, liebte sie atemlos und nur für den Augenblick, ohne noch irgendetwas anderes zu wollen. Zwei Wochen später war Weihnachten.

Sylvies Forschungsprojekt an der Universität war beendet. Ihr Verlobter erschien mit einem gemieteten Auto. Durch die Glasscheibe des gegenüberliegenden Cafés beobachtete Oscar, wie sie ihre Sachen im Kofferraum verstauten. Bevor sie einstiegen sah Sylvia suchend in seine Richtung, als ob sie ahnte, dass er ihnen zusah. Aber er kämpfte bereits mit den Tränen und war vorsichtshalber in Deckung gegangen.

♦♣♦

„Können Sie mich mitnehmen?"

Oscar hatte soeben das Auto aufgeschlossen. Hinter ihm stand eine große, schlanke Frau, die ungefähr Anfang Dreißig sein mochte. Dass sie Klasse hatte, war schnell auszumachen. Aber wie konnte sie auf den Parkplatz einer Raststätte geraten, um einen Unbekannten anzusprechen? Oscar sah, wie nervös sie war. Er deutete auf den Beifahrersitz.

„Wo wollen Sie hin?"

„Egal. Nur schnell weg!"

„Gibt es gleich ein Verfolgungsrennen? Ich fürchte, dafür habe ich nicht das passende Auto."

„Fahren Sie endlich los! Witze können Sie immer noch machen."

Oscar ließ den Motor an und steuerte das Auto an einigen parkenden Lastwagen vorbei auf die Autobahn. Er sah in den Rückspiegel. Niemand folgte. Dafür meldete sich ihr Handy. Oscar erkannte „BANG BANG", ein später Hit von Nancy Sinatra. Sie ließ das Telefon wo es war. Nach ein paar Wiederholungen verstummte es.

„My baby shot me down", setzte Oscar fort.

„Sie nerven. Lassen Sie mich einfach in Ruhe. Und an der nächsten Tankstelle wieder raus."

Oscar sagte nichts mehr. Er hatte seine eigenen Probleme. Und nicht jeder hatte in schwarzen Zeiten das Bedürfnis nach schwarzem Humor.

Er sah hinauf zum Himmel. Hier im Süden lugte noch die Sonne durch die Wolken. Für die Alpennordseite verhieß der Wetterbericht nichts Gutes. Aber was ging es ihn an, wenn Sylvie ihre Hochzeit im Regen feiern musste? Oscar fixierte die Straße und versuchte sich abzulenken. Seine Freiheit hatte den Preis, dass er sich einsam fühlte. Und wenn Sylvie seine Gedanken nicht losließ, war sie nichts wert.

Die Frau hielt den Kopf von ihm abgewandt. Ihre langen schwarzen Haare verdeckten ihr Gesicht. Er wusste trotzdem, dass sie weinte.

Wieder meldete sich ihr Handy. Dieses Mal holte sie es aus der Handtasche, ließ das Seitenfenster herunter und warf es hinaus. Danach gab es kein Halten mehr. Ungebremst rannen die Tränen über ihre Wangen. Oscar öffnete das Handschuhfach und reichte ihr das Päckchen mit den Papiertaschentüchern.

♦♣♦

Er hatte eine zweite Chance, sich in Sicherheit zu bringen. Aber löscht man ein Feuer, indem man Öl hineingießt? Nein. Man vergisst eine Frau, indem man sie vergisst.

Sylvie und er hatten nicht viel Zeit gehabt, miteinander zu reden. Und wenn, taten sie es nicht. Gab es einen vortrefflicheren Grund, ihr zu schreiben? Oscar war sich nicht sicher, ob er wirklich geglaubt hatte, sie könnten das heißblütige Begehren, das sie füreinander empfanden, in Freundschaft verwandeln. Verliebte schwören in den Momenten ihrer größten Glückseligkeit immer, dass sie auf die eine oder andere Weise verbunden bleiben.

Im Endeffekt hatte der Versuch keine Chance. Die Emotionen rollten ihn von unten her auf. Oscar fuhr in ihre Stadt, sie trafen sich, und der Tanz begann erneut. Schöner, schneller noch, so wie eine Fahrt auf einer riesigen Achterbahn, nur dass Oscar nicht wusste, ob die Wagen auf der Schiene bleiben würden.

Die letzten Treffen standen im Zeichen des Abschieds. Drei Wochen vor der Hochzeit hatten sie Abschied genommen. Dieses Mal weinten beide. Danach blieb Oscar eisern. Er stürzte sich in Arbeit und wälzte sich schlaflos im Bett. Aber er meldete sich nicht mehr.

♦♣♦

Die Straße wurde enger. Gleich würden sie oben am San-Bernardino-Tunnel sein. Die Frau beruhigte sich. Oscar wagte einen Blick. Sie war schwer getroffen. Wenn auch die letzten Minuten ihre Spuren hinterlassen hatten, war schwer zu übersehen, dass sie eine Schönheit war. Oscar sah verlegen zur Seite. Nach Westen ragten die schneebedeckten Gipfel der Hochalpen in den Himmel.

„Wohin fahren Sie?“, sagte sie plötzlich.

Oscar hörte einen kleinen Akzent, den er nicht zuordnen konnte.

„In die Nähe von Chur.“

Sie starrte irgendwohin ins Leere.

„Wohin wollen Sie?“

„Weiß ich noch nicht.“

„Wollen Sie telefonieren? Ich leihe Ihnen mein Telefon.“

Sie sah ihn an, als ob er drei Augen, sechs Finger oder ein Geweih auf dem Kopf hätte.

„Danke. Ich gehe mal besser in eine Telefonzelle. Mobiltelefone leben bei mir gefährlich.“

„Meines kann man abstellen, wenn man nicht reden will.“

„Das macht vielleicht ein Deutscher.“

„Moment mal. Ich bin bloß ein halber Deutscher. Also werfe ich es auch hinaus, drehe aber nach zwei Minuten wieder um und suche es in der Wiese?“

„Kommt drauf an, woher die andere Hälfte kommt.“

„Aus Frankreich.“

„Mit denen kenne ich mich nicht aus.“

„Die bessere Hälfte in mir sagt jedenfalls, dass ich Sie jetzt zum Bahnhof nach Chur bringe.“

Sie schwiegen. Den Tunnel hatten sie hinter sich gelassen. Die Straße führte sanft bergab. Tiefe graue Wolken hingen über dem Tal. Wenigstens regnet es nicht, dachte Oscar. Obwohl es ihn nichts anging.

Neben der Straße wand sich der Hinterrhein durch die Wiesen, harmlos und friedlich. Weiter unten bei Zillis würde er sich in die Schlucht stürzen. Das Wasser hatte Ewigkeiten gebraucht, um sich den Weg durch den Fels zu graben. Manchmal tat es gut, an solche Dinge zu denken. Sie stießen die eigene Existenz mitsamt ihren lausigen Problemen sogleich in eine wunderbare Unbedeutsamkeit.

„Hast du Zeit?“, sagte sie ohne ihn anzusehen.

„Wofür?“

„Wart ab.“

Ihre Stimme bebte. Oscar ahnte, was sie vorhatte. Rache ist ein sehr intensives Gefühl. Vor allem ist es ungemein mächtig.

♦♣♦

Eduard Renard war der Bruder von Oscars Mutter Marie. Zuletzt hatte Oscar seinen Onkel vor 22 Jahren als Dreizehnjähriger gesehen. Nach einem Streit in der Familie war der Kontakt abgerissen. Renard hatte seine internationale Banker-Karriere in Amerika fortgesetzt und sich anschließend in Südfrankreich niedergelassen.

Zu seinem 70. Geburtstag hatte sich Eduard Renard einen Sportwagen geschenkt. Er liebte es, die Serpentinen hinaufzujagen, die hinter Nizza steil hinauf zu seinem Haus führten. Sechs Jahre später verfehlte er in einer mondlosen Nacht eine Kurve und stürzte mitsamt dem Auto in eine Schlucht. Nach dem Aufprall war das Auto in Flammen aufgegangen und vollständig ausgebrannt.

Wie andere Leute ihre Macht, zelebrierte Renard seine Unabhängigkeit. Finanziell verdankte er sie diversen Bankgeschäften, die ihm in der Blütezeit seines Berufslebens ein Vermögen eingebracht hatten. Darüber hinaus hatte er sich lebenslang erfolgreich geweigert zu heiraten. Die letzte Avance dieser Art stammte von seiner ungarischen Haushälterin und wurde, wie alle anderen zuvor, selbstverständlich abgelehnt.

Die letzten Jahre verbrachte Oscars Onkel in seiner Villa, hoch oberhalb von Nizza. Ab und zu machte er noch Geschäfte, lud alte Freunde und alleinstehende Frauen zu sich ein, besuchte andere alte Freunde und andere alleinstehende Frauen und widmete sich nur noch dem, was ihn gerade interessierte.

Dabei hatte Eduards Leben alles andere als einfach begonnen. Sein Vater Jacques stammte aus einem Bergdorf hoch oben in den Alpen von Savoyen. Ein Jahr vor Ende des Ersten Weltkriegs wurde er zum Militär eingezogen und kämpfte im Frühjahr 1918 während der Michael-Offensive gegen Deutschland. Nach dem Abzug der deutschen Truppen aus dem Elsass wurde er nach Straßburg abkommandiert. Er blieb in der Stadt und fand eine Anstellung als Französischlehrer. 1925 lernte er die junge, deutschstämmige Schülerin Hermine Roth kennen, deren Familie wie durch ein Wunder der Ausweisung durch die Franzosen entgangen war. Am 4. November 1931, Hermines 22. Geburtstag, heiratete das Paar. Zehn Monate später kam Eduard Renard zur Welt.

Bis Ende der Dreißigerjahre blieb die Familie in Straßburg. Zum gegebenen Zeitpunkt beschloss Jacques, dass er keine Lust hatte, einen weiteren Weltkrieg mitzumachen. Im September 1939 zog er sich in eine abgelegene Berghütte der entfernteren Verwandtschaft im schweizerisch-französischen Grenzgebiet zurück, wo er die Familie mit einer Landwirtschaft und Gelegenheitsarbeiten über Wasser hielt. Der kleine Eduard erhielt zunächst Unterricht von seinem Vater, der aus seiner Schule in Straßburg Schulbücher und Aufgabenhefte mitgenommen hatte. Erst als die Reste von Eduards deutschem Akzent verschwunden waren, sprach Jacques mit dem Bürgermeister des Dorfes, der seinen Sohn nach einigem Zögern in die örtliche Schule einwies. Von da an ging der kleine Eduard jeden Tag die sechs Kilometer lange Strecke zu Fuß hinab zur Schule und abends wieder hinauf. Vor allem im Winter war der Rückweg furchtbar. Eduards Magen knurrte vor Hunger, und oft fror er in einem eisigen Wind, der ihm Regen und Schnee ins Gesicht fegte.

Nach Ende des Krieges bewarb sich Jacques als Redakteur in Paris bei einer neu gegründeten Zeitung. Die Familie zog von der Berghütte in ein kleines Apartment im 13. Arrondissement. Kaum ein Jahr später erwartete Hermine ihr zweites Kind Marie, das fast auf den Tag 15 Jahre später als ihr Bruder Eduard auf die Welt kommen sollte. Jacques machte schnell Karriere. Er wurde zum Ressortchef ernannt und wenig später Mitherausgeber des Verlags. Die Familie zog erneut um, dieses Mal in ein großes Haus in der Nähe vom Platz Madeleine.

Marie ging aufs Gymnasium und wurde nach dem Abitur an der Sorbonne angenommen, wo sie Geschichte und Politik studierte. Sie hatte gute Noten und erhoffte sich eine Karriere in der Administration. Kurz vor ihrem Examen lernte sie jedoch den deutschen Diplomaten Herbert Medar kennen, in den sie sich heftig verliebte. Herbert Medars Aufenthalt in Paris stand allerdings kurz vor seinem Ende. Er bekniete den Amtsleiter um eine Verlängerung, aber nach sechs Monaten der Güte lief seine Abordnung zur Deutschen Botschaft unwiderruflich aus. Marie Renard musste eine Entscheidung treffen. Nachdem das Paar noch in Paris geheiratet hatte, verließ sie Frankreich und ihr Studenten-Apartment im Quartier Latin und zog in ein Reihenhaus nach Meckenheim. Herbert Medar arbeitete fortan wieder für das Auswärtige Amt im nahe gelegenen Bonn. Marie, nun Medar-Renard, widmete sich vornehmlich dem Haushalt und alsbald auch Oscar, der ihr einziges Kind bleiben sollte.

Eduard hatte die Schule bereits vier Jahre nach dem Krieg abgeschlossen. Sein Vater Jacques riet zu einem Studium im Ausland. Eduard ging nach Lausanne und Oxford und kehrte als promovierter Ökonom nach Frankreich zurück. Seine erste Anstellung fand er in der Vermögensverwaltung des Pariser Ablegers einer amerikanischen Bank, doch schon ein Jahr später erhielt er von seinem Arbeitgeber ein neues Angebot, das ihn nach London führen sollte. Renard nahm an und blieb, auch wenn seine Arbeitgeber einige Male wechselten, viele Jahre in der City.

Marie schrieb ihm, dass sie sich in Meckenheim langweilte. Eduard verstand die Nachricht und lud seine Schwester ein, ihn in seinem großen Londoner Apartment zu besuchen. Die Besuche wurden in der Folge zu einer Art beiderseitig geschätzten Gewohnheit. Regelmäßig blieben Marie und Oscar in den Sommerferien über zwei Wochen dort, und jedes Mal waren sie traurig, wenn es wieder nach Hause ging.

Das Apartment lag in einer ruhigen Seitenstraße von Kensington. Von dort es war nicht weit zu einem der Parks und einer Station der Untergrundbahn, mit der sie die spektakulären Monumente der Stadt erkundeten. Eduard kam während der Woche erst sehr spät oder, wenn er für die Bank verreisen musste, überhaupt nicht nach Hause. Doch wenn sie im August zu Besuch waren, nahm er sich am Wochenende frei, entließ Marie in die Stadt zum Einkaufen und widmete sich seinem Neffen. Auf diese Weise lerne Oscar nicht nur Schach spielen, sondern auch all jene Kartenspiele, die Eduard während der langen Abende in ihrem abgeschotteten Berg-Exil mit seinen Eltern gespielt hatte. Wenn ihm danach war, holte der Onkel seinen schicken weißen Bentley aus der Garage. Das edle Fahrzeug hatte über 200 Pferdestärken und zu allem Überfluss noch cremefarbene Ledersitze. Von gaffenden Passanten bestaunt, fuhren sie an manchen Samstagen zu Eduards altem Studentendomizil nach Oxford oder über das ganze Wochenende hinunter nach Brighton ans Meer.

Besonders gut konnte sich Oscar jedoch an die Schallplatten erinnern, die der Onkel auf seinen Geschäftsreisen von überall in der Welt zusammengetragen hatte. Über fast jede Scheibe wusste er eine

Geschichte zu erzählen und dozierte gerne über die Bedeutung der Interpreten für die Musikgeschichte. Oscar erfuhr eine Menge über die verschiedenen Stilrichtungen der Musik, die wichtigsten Instrumente und noch mehr über viele Feinheiten des Jazz, der eine besondere Leidenschaft des Onkels war.

Es gab also viele Gründe, warum Oscar diese Tage in London liebte, aber Eduard Renard selbst war der wichtigste. Er war ebenso gelassen wie humorvoll. Im Gegensatz zu seinem Vater, der ihn immer ein wenig auf Distanz hielt, konnte er mit seinem Onkel über alles reden. Das reichte von den gängigen Fußballidolen und den neusten Filmen bis hin zu den Mädchen, die ab einer gewissen Zeit plötzlich wichtig geworden waren.

So lässig er mit den meisten Dingen umging, so pedantisch bestand der Onkel auf die Einhaltung gewisser Regeln. Die auffälligste war, dass die Haushälterin nichts wegwerfen durfte. Ein Verfallsdatum für Lebensmittel gab es nicht. Bei Tisch aß man entweder alles auf oder es gab den Rest, passte es oder nicht, bei der nächsten Gelegenheit. Mahlzeiten waren überhaupt der einzige Anlass, bei dem der Onkel formell wurde. Oscar musste ihn in wohl gesetzten, von Eduard vorformulierten Worten um Erlaubnis bitten, bevor er den Tisch verlassen durfte. Dieses Tischgehabe war Oscar ziemlich dämlich vorgekommen. Erst später klärte ihn seine Mutter auf, dass es mit den langen Wintern in den Bergen zu tun hatte, in denen Ed mit seinen Eltern während des Krieges gehungert hatte.

Irgendwann hörten die Besuche in London auf. Eduard und Marie hatten sich über irgendetwas gestritten und brachen den Kontakt ab. Oscar fragte seine Mutter, was sie so entzweit hatte, aber sie schwieg beharrlich. Der Onkel zog nach Amerika, ohne eine Adresse zu hinterlassen. Nur zufällig las Oscars Vater Herbert einige Jahre später in der Zeitung, dass Eduard Renard von Wall Street nach Washington gewechselt war, wo er eine Position im Vorstand eines Immobilienfinanzierers übernommen hatte.

♦♣♦

Oscar hatte nicht gewusst, dass sein Onkel ein Haus in Graubünden gekauft hatte. Zu seiner noch größeren Überraschung vererbte er es ausgerechnet ihm. Es lag in einem Skiort, dessen Namen er hin und wieder schon bei Wintersportübertragungen gehört hatte. Die Formalitäten der Übergabe waren spektakulär. Dafür sorgte schon die Residenz des Notars in Nizza, die sich, reichlich pompös möbliert, unweit des Hotel de Ville befand. Nach der Testamentseröffnung bat der Notar die Erben einzeln in ein separates Zimmer, das mit Ölgemälden, prunkvollen Teppichen und einem Panzerschrank ausgestattet war. Oscar wurde als Letzter aufgerufen. Der Notar machte einige elegant klingende, geheimnisvolle Ausführungen. Danach legte er einen Schlüsselbund, eine Urkunde und eine Lagebeschreibung des Hauses auf den Tisch. Aber das war nicht alles. Der Maître überreichte Oscar die Koordinaten einer Bank in Chur, dazu ein Schriftstück mit dem Namen eines Bankangestellten und die Nummer eines Depots.

Unter anderen Umständen wäre Oscar sicher mit mehr Neugier nach Graubünden aufgebrochen. Aber seine Gedanken waren woanders. Leider passieren die interessantesten Dinge manchmal gerade dann, wenn der Kopf keinen Platz für sie hat. Die Erbschaft wollte er sich trotzdem ansehen. Sie lag mehr oder weniger auf der Strecke. Er würde über das Wochenende dort bleiben und warten müssen, bis die Bank am Montag öffnete. Aber immerhin hatte er den Schlüssel für das Haus, das nun ihm gehörte. Dort konnte er übernachten.

♦♣♦

„Fahr da raus!“, befahl ihm die Frau.

Oscar tat, was sie sagte. Es war die Ausfahrt zu Viamala. Sie starrte stur geradeaus und sah ihn nicht an. Nach wenigen Minuten gelangten sie auf einen Parkplatz. An einem Kiosk gab es Jetons, die man in den Schlitz neben dem Drehkreuz werfen musste. In engen Kehren führte die Treppe hinunter in die Schlucht.

Das Wetter war grau und unwirtlich. Es hatte zu nieseln begonnen. Vielleicht war deshalb niemand zu sehen. Ein paar Holztafeln säumten den Rand des Weges. Oscar blieb vor der ersten stehen und erfuhr, dass der Herr von Goethe Ende des 18. Jahrhunderts die Schlucht durchquert und sie gemalt hatte. Eine Tafel weiter unten las er, dass das Jahr 1882 weniger erfreulich war. Im Sommer des Jahres wurde die Gotthard-Eisenbahn in Betrieb genommen. In der Folge verloren die Pferdewagen ihre Bedeutung als Transportmittel und der Ort Thusis seine Rolle als Verkehrsknotenpunkt für Reisende, die über den Splügenpass und den San Bernardino nach Italien wollten. Die Idee mit der Treppe war also ein Kind der Not. Als einmalige Touristenattraktion sollte sie wieder Leute in die Region bringen und die leeren Hotels vor dem Untergang retten.

Die Frau interessierte sich nicht im Geringsten für die Holztafeln und auch nicht für die mächtige Felswand, die auf der anderen Seite des Flusses senkrecht in den Himmel ragte. Sie strebte vorweg und stieg, als Oscar lesend vor einer Holztafel verharrte, wieder zu ihm hinauf, um ihn am Ärmel zu ziehen. Weiter unten gabelte sich der Weg. Sie wählte die linke Abzweigung. „Gletschermühlen“ las Oscar auf einem Hinweisschild. Eine steile Treppe führte durch einen Tunnel auf eine halbkreisförmige Plattform.

Sie lehnte sich an das Geländer. Ihr Blick wanderte an ihm hinab. Unter ihnen toste der Fluss. Sie hob das Kinn und sah ihn herausfordernd an. Oscar tat nichts. Sie legte eine Hand in die Hüfte und kam einen Schritt näher. Es war klar, was sie wollte. Noch hoffte er, sie würde es nicht tun. Sie trat noch ein paar Schritte auf ihn zu, bis sie direkt vor ihm stand. Als sie ihr Knie zwischen seine Beine presste, roch er ihr Parfum. Ihre Augen begegneten sich. Oscar sah ihre Zerbrechlichkeit, den Schmerz und den Anflug eines Zweifels. Nein, das war nicht der Vamp, der sie gerade sein wollte. Im nächsten Augenblick hielt sie inne.

Von oben drangen Stimmen zu ihnen hinunter. Sie kamen näher und klangen bereits sehr nahe.

„Du bleibst hier!", herrschte sie gebieterisch. „Lass mich gehen!"

Oscar wollte noch etwas sagen, doch hatte sie bereits die ersten Stufen der Treppe genommen. Im Gehen setzte sie die Sonnenbrille auf. Am Eingang zum Tunnel stieß sie auf zwei Paare. Schnell drückte sie sich vorbei. Sie drehte sich nicht einmal mehr um. Oscar sah, wie die beiden Männer ihr nachstarrten.

♦♣♦

Er hatte sich Zeit gelassen. Trotzdem war sie noch da. Sie stand an der Ausfahrt zur Straße und versuchte, ein Auto anzuhalten. Oscar setze sich in den Wagen und blieb eine Weile in Sichtweite. Niemand hielt. Er startete den Motor und rollte langsam vorwärts in ihre Richtung.

„Komm, steig ein", sagte er sanft durch das heruntergelassene Fenster der Autotür.

Sie fror. Oscar drehte am Knopf für die Heizung. Der Motor war noch warm. Sofort zog ein angenehm warmer Luftstrahl durch den Innenraum.

Sie legte den Kopf nach hinten und schloss die Augen. Oscar steuerte das Auto zurück auf die Autobahn. Obwohl der Himmel grau und düster war, hatte sie noch immer ihre Sonnenbrille auf.

„Mein Mann hat vorhin in der Raststätte ‚Ich liebe dich' gesagt", sagte sie plötzlich. „Bloß nicht zu mir, sondern zu seiner Geliebten. Ich hatte meine Zigaretten auf der Toilette vergessen und ging noch mal zurück. Da stand er mit seinem Handy hinter einem Pfosten und flötete. Er hatte keine freie Sicht zur Tür und konnte mich nicht sehen."

Oscar dachte an das, was Sylvie so alles zu ihm gesagt hatte. Ein kleiner Zufall nur – und sie wären aufgeflogen. Und die Hochzeit heute hätte niemals stattgefunden.

„Wäre es dir lieber, du wüsstest nicht, dass dein Mann eine Geliebte hat"?

Sie schüttelte den Kopf.

„Diese Frage kann ich nicht mehr beantworten. Jetzt weiß ich es ja."

Sie sah zu ihm hinüber. Offenbar überlegte sie, wie viel sie zu diesem Thema beisteuern wollte. Oscar hätte gerne ihre Augen gesehen.

„Ich hätte eigentlich nie daran glauben sollen, dass ein Typ wie er hundert Jahre lang treu bleibt."

Sie stockte. Für den Moment sah es so aus, als ob sie wieder anfangen würde zu weinen. Oscar dachte, dass die Dinge von verschiedenen Seiten aus verschieden aussahen. Hatte er sich darum gekümmert, wie es Sylvies Verlobten ging? Er konnte sich nur bedanken, dass die Geschichte nicht herauskam.

Oscar ließ das Auto sanft talwärts gleiten. Das Rheintal wurde nun breiter. Vor einem Tunnel verengte sich die Autobahn auf zwei Spuren. Es hatte sich ein Stau gebildet, doch das war ihm egal. Er hatte ohnehin noch keine Vorstellung davon, wie er die Zeit bis zur Öffnung der Bank am Montag herumbringen sollte.

„Ein Seitensprung ist eine Sache. Aber er hat ‚Ich liebe dich' zu dieser Kuh gesagt", sagte sie trotzig.

Oscar wollte nicht wissen, wie oft Sylvie das zu ihm gesagt hatte. Sie sagte es, weil es in diesem Moment die Wahrheit war. Je näher ihre Hochzeit heranrückte, desto makaberer klang es. Aber an der Wahrheit hatte sich nichts geändert.

„Words can mean different things", versuchte Oscar zu trösten. "Er meinte es sicher nicht so, wie er es zu dir sagt."

Endlich nahm sie die Sonnenbrille ab. Sie drehte ihren Kopf zu ihm. Er sah in zwei sanfte, grüne Augen.

♦♣♦

Oscar folgte den Schildern zum Bahnhof. Der Bahnhofsvorplatz diente als Haltestelle. In dessen Mitte startete die Rhätische Bahn ihre Bimmelfahrt nach Arosa. Autos mussten in die Tiefgarage fahren. Aber er hatte Glück. Auf einem der Minutenparkplätze fuhr soeben jemand weg.

„Fährst du nach Hause?", fragte Oscar.

„Bestimmt nicht", kam es ebenso sofort wie bestimmt.

„Ich kann hier warten. Vielleicht willst du erst jemand anrufen", schlug Oscar vor.

„Warum bist du so nett?"

„Da vorn gibt es ein Telefonhäuschen."

Sie zog ein Gesicht, schüttelte den Kopf und stieg aus. Nach ein paar Schritten blieb sie stehen. Oscar wartete, aber sie bewegte sich nicht. In dem Moment, in dem er aussteigen wollte, kam sie zurück. Sie setzte sich wieder ins Auto.

„Ich habe keine Lust, mit dem Zug durch die Gegend zu gondeln, um irgendwo heulend das betrogene Lieschen zu spielen“, sagte sie.

„Kann ich verstehen“, sagte Oscar.

Sie sah an sich hinab. Fröstelnd zog sie ihr dünnes Sommerkleid über die Knie.

„Ich brauche etwas zum Anziehen.“

„Das wird schwierig. Die Geschäfte haben schon zu.“

Oscar startete den Motor. Das Gebläse der Heizung nahm den Betrieb auf. Für ein paar Augenblicke schwiegen sie. Draußen auf dem Platz setzte sich schwerfällig die Bahn nach Arosa in Bewegung. Der Fahrer betätigte die Glocke. Die rot angestrichenen Wagen ratterten laut quietschend über die Straße. Die Passagiere trugen Regenjacken und Pullover. In der Höhe mochte es noch gut fünf Grad kälter sein. Er hatte auch keine Lust, alleine zu sein.

„Ich heiße Oscar.“

Er streckte ihr die Hand hin.

„Ina. Wir hatten beinahe das Vergnügen.“

Sie drückte seine Hand. Beide lächelten ein bisschen. Oscar registrierte ein paar nett anzusehende Lachfältchen.

„Ein Notar in Nizza hat mir die Schüssel für das Haus meines verstorbenen Onkels überreicht. Er behauptet, es gehöre jetzt mir. Das Dorf dürfte nicht mehr als eine halbe Stunde von hier sein. Ich besitze einen Lageplan. Womöglich gibt es sogar eine Heizung.“

Sie überlegte nicht. Das hatte sie vorhin schon, als sie umgekehrt war.

„Ganz neues Gefühl, wenn man mal von einem Mann gerettet wird.“

„Das heißt ins Deutsche übersetzt, dass du mitkommst?“

Oscar sah die Andeutung eines Nickens.

„Im Bahnhof hat vielleicht noch ein Kiosk offen. Vielleicht haben sie dort eine Zahnbürste.“

„Ich bewache die Parkuhr“, sagte Oscar.

Sie stieg aus. Trotz der Kälte schien sie es nicht gerade eilig zu haben. Gemessen an dem dünnen Kleid, das sie anhatte, schritt sie sogar beängstigend langsam in Richtung Eingang. Dieses Mal blieb sie einen Augenblick stehen, um sich umzudrehen. Oscar sah ihr nach, bis sie in der Tür verschwunden war.

♦♣♦

Das Haus hatte zwei Etagen mit je drei Zimmern, eine gut eingerichtete Küche und zwei Bäder mit Dusche und Badewanne. Die unteren Zimmer waren im Stil eines kanadischen Holzhauses gehalten, gemütlich, aber nicht unbedingt spektakulär. Erst als Oscar die Rollläden hochzog, verschlug es ihnen die Sprache. Vor der Terrasse erstreckte sich eine große, sanft nach unten abfallende Wiese. Rechts davon erhob sich ein Hügel, der vom Haus durch einen kleinen Bach getrennt war, dessen friedliches, unermüdliches Gurgeln man im Hintergrund hörte. Es hatte ein wenig aufgeklart. Jenseits des Tals erhob sich eine mächtige Bergkette, von der jeder einzelne Gipfel an die 3000 Meter emporragte. Sie standen nebeneinander auf der Terrasse und staunten.

„Grandios“, sagte Ina schließlich. „Ich würde hier gerne mal stehen, wenn gar keine Wolken mehr da sind.“

Sie fror. Im Haus war es allerdings nicht viel besser. Die Heizung war entweder abgestellt worden oder der Brennstofftank war leer. Oscar drehte am Knopf des Heizkörpers im Wohnzimmer, aber es tat sich nichts.

„Ich schau mal nach, was die Garderobe Warmes zu bieten hat", sagte Oscar.

Im Schlafzimmer stand ein mittelgroßer Kleiderschrank. Oscar öffnete die erste Tür. Diese Seite des Schranks war so gut wie leer. Dafür war die andere bis zum Rand gefüllt.

„Komische Anordnung", bemerkte Ina, die Oscar ins Zimmer gefolgt war.

Oscar zog einen kanariengelben Pullover hervor und legte ihn aufs Bett. Ina verzog den Mund. Die Farbe war gräßlich. Außerdem hätte sie mindestens zweimal hineingepasst.

„Der Erblasser ist wohl nicht gerade ein Zwerg gewesen", meinte sie.

„War er nicht, nein."

„Lässt für die elegante Bekleidung meiner unteren Körperregionen nicht viel hoffen."

„Du kannst eine Jogginghose haben. Hier."

Er hielt ein ebenso kanariengelbes Monstrum in die Höhe.

„Sieht aus wie ein Zelt."

„Wenn du dich genierst, mache ich das Licht aus."

„Hat der Onkel vielleicht noch ein paar Hosenträger hinterlassen?"

Oscar konnte sich nicht erinnern, dass er seinen Onkel jemals in Hosenträgern gesehen hatte. Aber am Ende war er über siebzig und mit der Zeit konnte sich alles ändern. Er kniete sich nieder und durchsuchte die unteren Fächer. Vorne lagen Skimützen, Handschuhe und Unterwäsche. Oscar nahm den ersten Stapel heraus, um in die hinteren Bereiche zu sehen. Dabei fiel ihm auf, dass der Schrank nach hinten durchgebrochen war. In die dahinter liegende Wand war ein Safe eingelassen. Schnell legte er die Sachen wieder zurück und schloss die Schranktür.

„Keine Hosenträger", sagte Oscar.

♦♣♦

Im Küchenschrank fanden sie Nudeln, ein paar Konserven und Gewürze. Oscar mixte eine Soße. Ina, inzwischen durchgängig in sattem Kanariengelb, blieb vorsichtshalber in der Nähe des Herds. Die Trainingshose hielt sie mit einer Hand am Bund fest, damit sie nicht, der Erdanziehungskraft folgend, schnurstracks nach unten rutschte.

„Riecht nicht schlecht, Herr Küchenmeister. Offenbar bist du einer von den wahren Konservenvirtuosen. Sieht nach erprobtem Junggesellenleben aus."

Dieses Thema führte in eine gefährliche Richtung. Nicht nur einmal hatte sich Oscar gefragt, was passiert wäre, wenn er versucht hätte, Sylvie von ihrer Hochzeit abzubringen. Darüber wollte er jetzt nicht reden. Er übergab das Küchenkommando und verschwand ins Badezimmer.

Ina zuckte mit den Schultern und begann, die Küche aufzuräumen. Als sie die Konservendosen entsorgte, bemerkte sie im Abfalleimer ein halb zusammengeknülltes Blatt Papier. Sie hatte sich nicht getäuscht. Sie warf einen kurzen Blick darauf und faltete es wieder zusammen. Dann steckte sie es in die Tasche der Jogginghose, die einmal Oscars Onkel gehört hatte.

♦♣♦

Oscar konnte nicht schlafen. Ina war nicht schuld daran, sie blieb auf der Couch im Wohnzimmer. Er wusste nicht, wie lange er schon wach lag. Seine Gedanken an Sylvie hatten ihn nicht losgelassen und so warf er sich seit Stunden von einer Seite auf die andere. Ob sie an ihn dachte? Er jedenfalls vergaß nichts. Die Sehnsucht kehrte zurück. Würde er jemals loskommen?

Er hörte, wie die Schlafzimmertür aufging. Die Nacht war mondlos und schwarz, kein Lichtschein schaffte es nach hier oben. Er lauschte ins Dunkel. Nur das Plätschern des Bachs drang herüber, sonst war alles still. Wahrscheinlich stand Ina draußen auf dem Gang, einsam und verloren wie er und doch ohne Mut, den Fuß über die Türschwelle zu setzen. Die Sekunden vergingen. Nichts bewegte sich. Oscar wollte etwas rufen, aber er hatte keine Kraft. Die Türe fiel leise ins Schloss, so leise wie sie aufgegangen war. Oscar sank zurück.

Plötzlich wusste er, dass sie im Zimmer war.

„Ina?“

„Sag nichts. Lass mich einfach nur hier sein.“

Sie tastete sich zum Bett und legte sich neben ihn. Sie hatte noch Eds Pullover an, aber ihre Füße waren eiskalt. Oscar drehte sich zu ihr und schloss sie in die Arme. Er spürte, dass sie unter dem Pullover nackt war. Sie schmiegte sich an ihn, ihren Kopf unter seinem Kinn. Oscar atmete den Geruch ihres Haars. Der süße Duft war fremd, aber er bahnte sich seinen Weg und verströmte ein schüchternes Gefühl von Wärme und Geborgenheit. Eine Weile lagen sie friedlich und völlig reglos nebeneinander. Irgendwann dachte Oscar an nichts mehr. Der Kummer ließ ihn los und er schlief ein.

♦♣♦

Er wusste nicht, wie lange er geschlafen hatte und auch nicht, wovon er wach geworden war. Wahrscheinlich war es die Hand gewesen.

Die Hand tat nicht viel, aber doch genug, dass Oscar wach wurde. Sie streichelte über seinen Bauch, langsam nur, aber wunderbar behutsam und zärtlich. Er hatte von Sylvia geträumt. Wenigstens glaubte er das. Vielleicht hatte er sich im Halbschlaf auch nur gewünscht, die wunderbare Hand gehöre ihr. Er wollte sich weigern aufzuwachen, aber es war zwecklos. Nun war er wach und versuchte, wenigstens nicht nachzudenken.

Die Hand wanderte von seinem Bauch hinab zum Bund seiner Schlafanzughose. Erst verweilte sie dort, doch gleich strich sie über seine Beine und kehrte von dort zum Ausgangspunkt zurück. Ein paar Mal wiederholte sich das, dann schob sie die Hose langsam bis zum Knie hinunter. Oscar spürte nun ihre Fingernägel an den Oberschenkeln, langsam kreisend an den Innenseiten entlang. Er wehrte sich nicht, stöhnte leise, als sie ihn endlich wie zufällig berührte. Seine Phantasien mischten sich mit Bildern von Sylvie, die noch ein letztes Mal zurückgekehrt war, um ihn zu lieben. Endlich fand die Hand ihr Ziel. Sie liebkoste ihn, zärtlich, kundig und ohne Hast. Oscar fühlte sich wie aufgeladen. Die Wochen trauriger Enthaltsamkeit, sein Träume von Sylvie und seine Lust vereinten sich. Er presste die Oberschenkel zusammen. Schnell ging ihr Kopf nach unten. Sie sog alles auf, seine Lust, seine Sehnsucht und die ganze Verzweiflung, Oscar zuckte und schrie und war, für den Augenblick, wirklich erlöst.

Es war immer noch dunkel. Sie konnten einander nicht sehen. Er strich ihr übers Haar. Sie küssten sich zum ersten Mal.

♦♣♦

Kaffee, Zwieback und Marmelade hatte der Onkel in großen Mengen gehortet. Die Vorräte stapelten sich im Küchenschrank. Oscar hatte sich auf den Weg gemacht, um im Laden bei der Tankstelle Butter und Brötchen zu kaufen. Ina deckte den Tisch. Als sie sich bückte, um etwas aufzuheben, fiel ihr das Papier aus der Tasche, das sie am Tag zuvor gefunden hatte. Sie faltete es auf und las ein paar von Hand geschriebene Zeilen.

My lyrics going one and two
They hardly get to four
But as long as they are all for you
They would not need much more

*

You and me
Searchers for love
Unexpected, suddenly
We found it
Ignoring, high above
That one soon day
Each or either way
Our ship
Will be grounded

*

My lyrics going one and two
They hardly get to four
But as long as I am loving you
They would not need much more.

♦♣♦

Als sie den Schlüssel in der Wohnungstüre hörte, steckte sie das Stück Papier wieder in die Hosentasche. Sie setzten sich an den Tisch.

„Der Onkel hatte eindeutig eine Schwäche für Kanariengelb“, stellte Oscar fest.

Er deutete auf das bestrichene Brötchen auf ihrem Teller. Die Marmelade hatte exakt die gleiche Farbe wie der Pullover, den sie im Kleiderschrank gefunden hatten.

„Steht dir ausgezeichnet.“

„Fehlen nur noch die passenden Fingernägel. Ich bin mir allerdings nicht sicher, ob ich kanariengelb in meinem Malkasten habe. Aber der liegt sowieso im Kofferraum meines Gatten.“

„Ich finde das aktuelle Dunkelrot auch sehr nett. Als denkende Menschen können wir uns ja aussuchen, ob wir die Dinge für sich alleine oder im Zusammenhang sehen wollen, oder?“

Ina setzte die Kaffeetasse ab. Im hellen Licht der Sonne, die inzwischen im Osten hinter den Bergen hervorgekommen war, war das Braun fast vollständig aus ihren Augen verschwunden. Das verbliebene Grün sah ihn herausfordernd an.

„Und was suchst du dir aus? Dabei interessieren mich Pullover ebenso wenig wie die Marmelade.“

„Sondern?“

„Komm, Oscar. Ich kenn dich ja nicht. Aber irgendetwas hast du doch.“

Oscar nahm einen Schluck aus der Tasse. Ina ergriff die freie Hand. Sie war ziemlich direkt. Daran musste er sich erst einmal gewöhnen.

„Im Allgemeinen interessiert mich die Frage, was man sich aussuchen kann und was nicht“, sagte er.

„Wie meinst du das?“

„In dem Moment, in dem du gestern zu mir ins Auto gestiegen bist, hat die Frau geheiratet, die ich liebe. Ich hätte es verhindern können."

Ina schien nicht überrascht.

„Aber dann hast du es dir doch selbst ausgesucht", sagte sie sanft.

„Auf den ersten Blick, ja. Ich habe aber eben nur zwischen Allem oder Nichts wählen können. Also wählte ich ‚Nichts'. Meine Entscheidung bedeutet aber, dass ich den Menschen, zu dem es mich hinzieht, nie wiedersehen werde."

„Und warum hast du dann nicht ‚Alles' genommen?"

Nach außen wirkte Oscar gelassen. Er befreite seine Hand und bestrich eine Brötchenhälfte.

„Sylvie will Kinder. Das gehört zu ihrem Leben. Wie zu meinem die Freiheit, mich um meine Babys zu kümmern. Beides zusammen geht nicht."

„Was für Babys?", fragte Ina.

„Ich schreibe. Meine Bücher sind meine Babys. Diese Leidenschaft ist unheilbar. Damit hält sie auch länger."

„Als was?"

„Als der Tanz der Hormone."

„Komm, Oscar! Das glaubst du dir doch selbst nicht, was du da von dir gibst."

Oscar sah verlegen auf die alte mechanische Uhr, die neben der Küchentür hing. Er hätte stattdessen auch in Tränen ausbrechen können.

„Ist es etwa nicht so, dass der Anfang eine vorübergehende Illusion ist? Dein Mann hat dich sicher auch mal so heiß geliebt, dass er an nichts anderes denken konnte."

Oscar hätte alle möglichen Antworten geben können. Warum es ausgerechnet diese sein musste, wusste er nicht.

„Und gestern hast du ihn mit seiner Geliebten erwischt“, setzte er hinzu.

„Was willst du damit sagen?“

„Dass sich die Dinge ändern. Die biologischen Uhren gehen anders, als wir uns das in unseren romantischen Vorstellungen so ausmalen. Nach dem Rausch kommt die Ernüchterung. Und die anderen Bedürfnisse kehren zurück, werden stärker und gewinnen die Oberhand. Den Rest des Lebens versucht man dann, sie zu unterdrücken oder einigermaßen salonfähig zu machen.“

Ina schaute ihn verdutzt an. Dann musste sie plötzlich lachen.

„Ich hoffe sehr, du schreibst keine Liebesromane!“

„Doch. Allerdings nicht unbedingt für den Bahnhofskiosk.“

„Na denn. Aber ich glaube dir sowieso nicht alles. Für die abgefahrene Pessimistennummer bist du mir ein bisschen zu emotional.“

Sie strich sich eine Strähne aus dem Gesicht, lehnte sich auf ihrem Stuhl zurück und verschränkte die Hände im Nacken. Das Sanfte in ihren Augen war gleichzeitig mit der Abwehrpose in etwas anderes, Undefinierbares übergegangen. Trotzdem, bei diesem Thema konnte Oscar sehr ernst werden.

„Hättest du denn deinen Mann geheiratet, wenn du gewusst hättest, dass es irgendwann mal so kommt?“, fragte er.

Sie schüttelte heftig den Kopf.

„Das ist eine ziemlich bescheuerte Frage.“

„Stimmt. Aber vielleicht ist es genau so bescheuert, sie nicht zu stellen."

„Du meinst, dass es nach ein paar Jahren sowieso nicht mehr aufregend oder gar vorbei ist und man es daher am besten gleich sein lässt? Und wir besser aus der Erfahrung lernen und nicht an Utopien glauben sollen?"

Mit einem Ruck stand Ina auf und stellte sich mit dem Rücken zu Oscar vor die Glastür, die zur Terrasse hinausging. Sie sah nicht hinaus. Sie wollte Oscar nur nicht mehr ansehen, das war alles.

„Dass ich meinen Mann mit einer anderen Frau erwischt habe, ist alles andere als eine Lappalie", sagte sie.

Sie drehte sich nicht um. Wahrscheinlich war es auch schon so schwer genug, zu reden.

„Trotzdem, würde es Sinn machen, die Dinge ausschließlich von ihrem Ende her zu beurteilen? Muss ich alles, was ich vorher wichtig und schön fand, im Nachhinein wertlos finden, nur weil man irgendwann an einem Punkt ankommt, an dem man nicht mehr zusammen weiter will?"

„Aber Ina. Ich finde, man sollte wenigstens in dem Moment, in dem man einen Scheck unterschreibt, davon überzeugt sein, dass man ihn einlösen kann."

Nun drehte sie sich um und sah ihn an. Sie blieb aber wo sie war. Ihre Hände hatte sie bis zu den Ellenbogen in Eds Trainingshose gestemmt. Unter anderen Umständen hätte Oscar diesen Anblick lustig gefunden. Aber er ahnte schon, was sie als Nächstes sagen würde.

„Offenbar liebt dich diese Frau doch auch, Oscar. Die eine Frage ist, warum du sie nicht daran gehindert hast, den anderen zu heiraten. Genauso würde mich allerdings interessieren, wie sie das selbst noch fertigbringen konnte."

„Vielleicht aus einem ähnlichen Grund, aus dem dich dein Mann nicht verlässt. Oder du ihn nicht. Lebensziele, Sicherheit. Nimm was du willst."

Ina ließ sich auf das blaue Sofa sinken, das gleich links neben ihr stand.

„Wenn man dich so hört könnte man denken, du wärst ein Eisblock. Oder sehr rational, wenn man es ein bisschen vornehmer ausdrücken will."

„Wenn man denkt, ist man rational. Sonst macht es ja keinen Sinn."

Oscar wurde es langsam ungemütlich. Er rutschte auf seinem Stuhl hin und her. Ebenso wenig, wie man zwei grundverschiedene Leben unter einen Hut bringen kann, konnte man gleichzeitig zwei Dinge auf einmal sagen.

„Komm bitte wieder her, Ina."

Sie blieb, wo sie war.

„Ich fände es schrecklich, mir vorzustellen, dass sich Menschen… irgendwie… nur instrumentalisieren", sagte sie.

Nun hast du es auf dem Punkt, dachte Oscar.

♦♣♦

„Ich möchte mit Herrn Arpagaus sprechen", sagte Oscar zu der Dame hinter der Glasscheibe.

„Haben Sie einen Termin?"

„Nein. Aber Herr Arpagaus sollte Bescheid wissen."

„Wie ist Ihr Name?"

„Oscar Medar."

„Einen Moment bitte, Herr Medar."

Sie ging zu einem Telefon, das sich im hinteren Bereich des Schalterraums befand. Oscar sah sich um. Die Bank sah nicht sonderlich anders aus als andere auch. Aber warum sollte sie? Ein Nummernkonto war schließlich auch nichts anderes als ein Bankkonto. Nur eben mit einer Nummer. Und wenn man schon die Eingangshalle der Provinz-Zweigstelle pompös mit Marmor ausgepflastert hätte, wären die Leute von der Steuerfahndung womöglich noch schneller auf komische Gedanken gekommen.

„Herr Arpagaus hat gerade einen anderen Termin", sagte die Dame in gekünsteltem Hochdeutsch. „Er würde in etwa zwanzig Minuten für Sie frei sein. Möchten Sie so lange warten?"

„Ja, bitte."

„Ich begleite Sie ins Besprechungszimmer."

Die Angestellte zeigte auf eine verschlossene Tür, die sie ein paar Augenblicke später von der anderen Seite aus öffnete. Sie gingen über eine Treppe ein Stockwerk nach oben. Dort mussten sie durch eine Glastür, die sich nach der Eingabe eines Zahlencodes öffnete. Das Besprechungszimmer lag am Ende eines langen Ganges, von dem es beidseitig in die Büros der Anlageberater und die Besprechungsräume ging.

„Möchten Sie einen Kaffee, Herr Medar?"

„Nein, danke."

„Herr Apagaus wird gleich zu Ihnen kommen. Die Zeitungen auf dem Tisch sind für Besucher."

Die Frau verabschiedete sich und Oscar blieb allein im Besprechungsraum zurück. Er war nervös. Die Szene erinnerte ihn an sein Treffen mit dem Notar in Nizza. Im hiesigen Besprechungsraum gab es zwar statt prunkvoller Ölgemälde nur ein paar betont nüchtern gehaltene Möbel und diskret verdunkelte Fensterscheiben. Aber auch hier würde gleich ein Unbekannter erscheinen, der eine Nachricht überbrachte. Und Eduard Renard hatte Geld. Sehr viel Geld.

♦♣♦

Es war nicht so, dass ihm die Universität keinen Spaß machte. Oscar liebte es, die Zeit damit zu verbringen, neue Dinge zu erforschen, um sie an Studenten und andere Wissenschaftler weiterzugeben. In die Grundlagenkurse kamen allerdings inzwischen mehr als 700 Studenten. Das war die Kehrseite der Medaille. Alle wollten Klausuren schreiben, und wer bestanden hatte, trat zum nächsten Examen an. Da die Universität sparen musste, hatte sie die Korrekturassistenten abgeschafft. Oscar fühlte sich wie eine riesige Prüfungs- und Korrekturmaschine, die man allmählich auf Dauerbetrieb eingestellt hatte.

Unter diesen Umständen war es schon schwierig genug, anspruchsvolle wissenschaftliche Beiträge abzuliefern. Doch hatte er sich bereits eingestanden, dass seine wirkliche Leidenschaft nicht die Wissenschaft, sondern seine Schriftstellerei war. Schließlich gehorchte er seiner inneren Stimme. Er schrieb Kurzgeschichten und zwei Romane, von denen einer unter einem Pseudonym herausgebracht wurde.

Auf Oscars Karriere wirkte sich das Ausbleiben von neuen wissenschaftlichen Veröffentlichungen verheerend aus. Schon während des vergangenen Jahres hatte er viel weniger Einladungen für Vorträge erhalten. Dieses Jahr sah es noch dürftiger aus. Der sich schnell vollziehende Abstieg ließ ihn nicht kalt. Er dachte daran, die Universität zu verlassen, um sich fortan ganz dem Schreiben zu widmen.

Aber wie sollte er sich das leisten können? Sein Roman hatte sich ordentlich verkauft. Aber er war keinesfalls sicher, ob er je von seinen Büchern würde leben können. Für den großen Publikumserfolg musste man entweder schon berühmt sein, den Geschmack vieler Leute treffen oder die Begabung eines unverkennbaren Genies mitbringen. Jedes einzelne davon war schwierig.

Doch nun, wie aus heiterem Himmel, tat sich eine neue Perspektive auf. Oscar griff verlegen nach der Zeitung. Seine Hoffnungen auf eine Zukunft als professioneller Autor mochten gut und anständig sein, und der Onkel hätte sich sicher gefreut, wenn sein Nachlass dem Neffen die Erfüllung eines großen Traums ermöglichte. Trotzdem, Oscar war es peinlich, sich derart lüstern auf sein Erbe zu stürzen.

♦♣♦

„Wären Sie bitte so freundlich und würden sich ausweisen?“, bat Gieri Arpagaus.

Oscar fingerte umständlich seinen deutschen Personalausweis aus seinem Geldbeutel und legte ihn hin. Arpagaus verglich die Angaben mit seinen Unterlagen.

„Das ist soweit in Ordnung“, kommentierte Arpagaus in gekünsteltem Bürokratendeutsch. „Sie sind berechtigt über das Konto zu verfügen.“

Arpagaus schwieg bedeutungsvoll. Deutlich hatte er das Wort soweit betont. Oscar sollte merken, dass da noch etwas kam.

„Da uns durch Sie bekannt gemacht wurde, dass Monsieur Renard verschieden ist, sind wir normalerweise verpflichtet, die Existenz des Kontos an Ihr Finanzamt zu melden. Wegen der Erbschaftsteuer und ähnlichen Dingen.“

Oscar fiel auf, dass Arpagaus die wesentlichen Nachrichten in scheinbar beiläufig verwendeten Worten überbrachte. Dieses Mal handelte es sich um das Wort normalerweise.

„Und unter welchen Umständen tritt dieser Normalfall nicht ein?“

„Nun, wenn Sie das Nummernkonto und das zugehörige Wertpapier-Depot bei unserem Institut belassen, würden wir gegebenenfalls eine Ausnahme machen können“, formulierte Arpagaus.

Oscar zog die Augenbrauen hoch. War das eine subtile Form von Erpressung?

„Vielleicht darf ich vorher einen Blick in das Depot werfen?“, sagte Oscar.

Arpagaus schob ihm die allgemeinen Geschäftsbedingen der Bank und eine Mappe hinüber.

„Selbstverständlich“, verkündete er dann. „In der Mappe sind die letzten Kontoauszüge und eine Übersicht über die aktuellen Bestände im Depot.“

„Danke. Darf ich mir das mal in Ruhe ansehen?“

„Das wollte ich Ihnen soeben vorschlagen. Bitte wählen Sie dreimal die 5 auf diesem Haustelefon, sobald Sie fertig sind. Und natürlich auch, wenn Sie irgendwelche Fragen haben.“

Arpagaus deutete auf ein grünes Telefon, das neben dem Sitzungstisch auf einem Nebentischchen stand. Dann entfernte er sich.

Oscar hörte, wie sein Herz klopfte. Er sah durch die verdunkelten Scheiben hinaus auf die Straße. Es war noch relativ früh am Morgen, die meisten Geschäfte in Chur sperrten am Montag erst nachmittags auf. Glücklicherweise war es ein wenig wärmer geworden. Sonst wäre Ina da draußen in ihrem Sommerkleidchen womöglich erfroren.

♦♣♦

„*Was* hat er?", fragte Flora.

„Eine Geliebte", wiederholte Ina in den Hörer.

Dann herrschte Stille. Nicht, dass Flora wegen so etwas an den Rand einer Ohnmacht getaumelt wäre. Seit ein paar Jahren arbeitete sie für einen Escort-Service. Seither gab es nicht mehr viel, was sie schockierte. Sie war Inas beste Freundin und suchte nach den richtigen Worten.

„Wo bist du?"

„In einer Telefonzelle in Chur."

„Ich denke, du kommst erst einmal zu mir. Dann können wir reden und weiter sehen", sagte sie schließlich.

„Das ist nett von dir, Flora."

„Es gibt allerdings ein kleines logistisches Problem."

Flora lebte in Zürich, das mit dem Intercity von Chur in wenig über einer Stunde erreichbar war. Ab und zu rief jedoch die Agentur an. Sie vermittelte sie an Geschäftsleute, die zwar gerne in die Ferne reisten, sich dort aber einsam fühlten. Ina wusste nicht genau, was alles in Floras Begleit-Service inbegriffen war. Gemessen an den Geschenken, mit denen sie regelmäßig überhäuft wurde, musste es jedenfalls gut ankommen.

„Ich bin gerade in Kapstadt."

„Macht nichts. Ich habe eine Kreditkarte und so etwas wie politisches Asyl."

„Das mit der Kreditkarte verstehe ich noch. Aber wer gibt einer Deutsch-Rumänin seit Ceauşescu noch Asyl?"

„Ein Deutscher. Er hat mich auf dem Parkplatz aufgegabelt, als ich in der Raststätte das amouröse Gesäusel von Hugo angehört hatte und abgehauen bin. Gnädig, wie das Schicksal ist, hat mein Retter gerade selbst eine Baustelle auf dem heftig umkämpften Gebiet der Liebe. Er ist ganz froh, wenn er nicht alleine ist. Ich denke, ich kann noch bis morgen bei ihm bleiben."

„Aber morgen ist Dienstag, und ich bin erst am Mittwoch wieder in Zürich. Läuft diese Kreditkarte auf dich?"

„Sie lautet auf meinen Namen. Abgebucht wird allerdings bei Hugo. Hat er mal eingeführt, als man noch auf dem Wölkchen schwebte."

„Dann würde ich mal schnell auf die Bank gehen und ein bisschen was abheben."

„Du meinst, er sperrt die Karte? Schließlich hat er ja…"

Flora ließ sie nicht ausreden.

„Ich sag gar nicht, dass er sperrt, Liebling. Aber schau mal: das ganze Leben ist ja nicht fair. Warum sollen es ausgerechnet die Männer sein?"

♦♣♦

Ina steckte die Karte in den Automaten, aber sie kam nicht mehr heraus. Zu dieser Erkenntnis trug der Hinweis „Karte eingezogen" bei, der nach der Eingabe des Codes aufleuchtete. Ina schaute noch eine Weile ungläubig auf den Bildschirm. Schließlich begab sie sich ins Innere der Bank.

„Meine Kreditkarte ist von Ihrem Automaten einkassiert worden", sagte sie zu der Dame am Schalter. „Ich würde sie ganz gerne wiederhaben."

Ina bemerkte, wie man sie durch die Glasscheibe misstrauisch beäugte.

„Ich muss den Kollegen verständigen, der für diese Fälle zuständig ist", sagte die Angestellte. „Auf welchen Namen wurde die Karte ausgestellt?"

„Ina Schuster."

„Sind Sie das?"

„Ja."

Haben Sie auch einen Ausweis dabei?"

„Ja."

Ina holte ihren Pass aus der Handtasche. Wortlos schob sie ihn unter der Glasscheibe hindurch.

„Es wird ein wenig dauern. Würden Sie bitte so lange warten?"

Ina nickte stumm und setzte sich in die Sesselgruppe, die sich gegenüber vom Schalter befand. In diesem Augenblick erschien Oscar mit Arpagaus, der im Begriff war, ihn herzlich zu verabschieden. Arpagaus vollführte mehrere, fast japanisch anmutende Verbeugungen. Es fehlte nur noch, dass er in ein schneeweißes Tüchlein geschnieft hätte.

Oscar erblickte Ina und fragte sich, was sie hier zu tun hatte. Er steuerte auf sie zu.

„Ich wusste nicht, dass du ausgerechnet hier erbst, Oscar. Aber wie feierlich man dich verabschiedet hat. Donnerwetter!"

„Dafür kann ich nichts. Die Meriten gehören Onkel Eduard."

„Zu mir sind die nicht so galant."

Sie hob beide Schultern und deutete in den Schalterraum.

„Wieso nicht? Und was tust du hier?“

„Lass mal. Das ist mir peinlich. Warte einen Moment.“

Sie ging zum Schalter und verlangte ihren Pass zurück. Kurz darauf standen sie auf der Straße.

„Hast du dir nichts zum Anziehen gekauft?“, fragte er.

„Nein. Siehst du ja.“

„Ich hab‘s. Du suchst einen Vorwand, damit du den gelben Pullover von Onkel Ed noch einmal anziehen darfst.“

„Leider falsch. Deine neuen Freunde haben einen Automaten aufgestellt, der Kreditkarten frisst. Oder du hast alles abgehoben und jetzt hat die Bank kein Geld mehr.“

Oscar rechnete eins und eins zusammen.

„Brauchst du was?“

„Naja.“

♦♣♦

Oscar hatte die Unterlagen von Arpagaus mitgenommen. Bevor er die Bank verließ, hatte er sich 10.000 Franken auszahlen lassen. Das sollte genügen, um die Gebühren für die Umschreibung bei der Liegenschaftsverwaltung zu bezahlen.

Inas EC-Karte funktionierte noch. Sie hatte etwas Geld abgehoben und sich ein paar Sachen gekauft. Die neuen Jeans hatte sie im Laden gleich angelassen.

„Glotzen dir die Männer immer so hinterher, wenn du unterwegs bist?“, fragte Oscar im Gehen.

„Kommt drauf an, was ich anhabe. Ich dachte, du bist der große Anthropologe. Meinst du, Frauen laufen auf Stöckelschuhen herum, weil sie so unglaublich bequem sind?"

„Nein, weil das lange Bein dem Männchen signalisiert, dass sie gute Gene hat. Und beide zusammen finden schön, was für den künftigen Spross gesund ist. War in der Steinzeit enorm wichtig."

Ina lachte. Die Lachfältchen standen ihr.

„Du bist ein Spaßvogel, Oscar. Wo hast du denn diesen ganzen Mist her?"

„Biologie. Ihr steht dafür auf Testosteron-Bolzen. Wenn Ihr die nicht heimlich ungeheuer sexy fändet, wäre vieles einfacher. Aber so vermehren sich diese Jungs ungebremst. Man muss also bis auf weiteres wegen jedem noch so lächerlichen Karriereschrittchen in einen gnadenlosen Kampf ziehen und in jeder Frittenbude wird unweigerlich eine Hackordnung aufgestellt."

„Oscar, der Brachialbiologe. Aber was ist mit dir? Hast du Testosteron? Konnte ich in der tosenden Schlucht und im rabenschwarzen Zimmer noch nicht richtig feststellen."

„Bestimmt nicht. Frauenversteher haben kein Testosteron."

Schon wieder diese Lachfältchen. Oscar blieb fasziniert stehen.

„Weißt du, ich bin eigentlich ein Anhänger von Minderheitsmeinungen. Aber in diesem Fall muss mich dem allgemeinen Urteil ausnahmsweise einmal anschließen. Du siehst hinreißend aus."

Ein Lächeln flog über Inas Gesicht. Für einen Moment sah es so aus, als wolle sie ihn mitten auf der Straße küssen. Aber nur für einen Moment.

♦♣♦

Sie hatten noch etwas gegessen und waren dann hinauf zum Haus gefahren. Die Luft war klar und frisch, die Wolken waren tatsächlich abgezogen. Ina lag in eine Decke eingehüllt in einem Liegestuhl. Unten auf der Wiese stand ein Dutzend schwarz-weiß gescheckter Kühe, die mit ihren Glocken ein helles, unermüdliches Bimmelkonzert veranstalteten. Durch die klare Luft schienen die Berge auf der gegenüberliegenden Seite zum Greifen nah. Oberhalb der Waldgrenze erhoben sich schroff die Felswände.

Oscar war mit seinen Gedanken woanders. Die Bankunterlagen lagen ausgebreitet auf dem Wohnzimmertisch. Er schüttelte immer wieder ungläubig den Kopf.

Der Onkel hatte an einem einzigen Tag sein gesamtes Depot verkauft, das aus verschiedenen Aktien internationaler Unternehmen, mehreren Finanztiteln und einigen gutverzinsten Bonds bestanden hatte. Den Erlös aus diesem Verkauf hatte er nach und nach in Aktien der örtlichen Bergbahn gesteckt. Aber aus welchem Grund? Ein berufsmäßiger Investor wie Eduard Renard macht vielleicht einiges, wovon andere Leute die Finger lassen würden. Aber wozu verkauft er ein gut diversifiziertes Aktienportfolio, um danach alle Eier in einen einzigen Korb zu legen?

Renard hatte die Bergbahn-Aktien in mehreren Tranchen erworben. Gemessen am Preis, zu dem er die Anteile erworben hatte, mussten sie ein paar Millionen wert sein. Allerdings wiesen die Unterlagen keinen aktuellen Tageswert aus. Oscar zog die Visitenkarte von Arpagaus hervor und wählte dessen Nummer.

„Herr Medar, es ist nicht günstig, wenn Sie mich von Ihrem deutschen Mobiltelefon aus anrufen", sagte Arpagaus gleich nach der Begrüßung.

„Wieso?"

„Wir haben heute Morgen über die steuerlichen Angelegenheiten gesprochen", eierte er. „Die Finanzbehörden könnten über den Provider ihre Telefongespräche nachvollziehen. Von daher wäre es besser, wenn Sie keine Spuren zu unserer Bank hinterlassen würden."

„Schon gut, Herr Arpagaus. Ich habe verstanden. Können Sie mir sagen, wie hoch der Zeitwert des Depots ist? Hier auf dem Auszug steht nur der Einstandskurs."

„Es handelt sich um Bergbahn-Aktien, nicht wahr?"

Vielleicht war es eine Art Marotte und man musste als Banker bei jeder Gelegenheit den Vielbeschäftigten geben, der sich unmöglich an alles erinnern konnte. Jedenfalls hätte Oscar gewettet, dass Arpagaus ganz genau im Bild war, worum es ging.

„Genau, Bergbahn-Aktien", sagte Oscar.

„Einen Moment bitte. Ich muss das Dossier holen."

Arpagaus drückte auf einen Knopf und aus dem Hörer erklang der langgezogene Ruf von Alpenhörnern. Wie automatisch sah Oscar durch die Verandatür auf die Berge. Im Angesicht der Größe der Natur, die sich bei nun fast klarem Himmel in vollendeter Schönheit entfalten konnte, fiel es ihm schwer, sich in den Niederungen seines Geschäftssinns zurechtzufinden. War es nicht merkwürdig? Noch am Morgen war er über das Depot, das ihm der Onkel völlig unerwartet überlassen hatte, überglücklich gewesen. Aber kaum war die erste Freude vorbei, begann er sich schon Sorgen um dessen Wert zu machen.

Die Alpenhörner verstummten und Arpagaus meldete sich zurück.

„Herr Medar? Ich habe das Dossier vor mir liegen. Der Barbestand abzüglich Ihrer Abhebung von heute Morgen beträgt 30.667 Franken."

„Danke sehr. Das entnahm ich bereits den Auszügen."

„Über den Wert der Aktien kann ich leider im Augenblick nichts Genaues sagen. Die Papiere der Bergbahnen werden nicht an der Börse notiert. Sie werden über das Telefon gehandelt."

„Wie bitte?"

„Im Telefonhandel."

„Können Sie den aktuellen Kurs ungefähr schätzen?"

„Leider nicht. Die Bergbahnen haben zuletzt keine Gewinne gemacht. Sie sollten daher nicht unbedingt davon ausgehen, dass Sie den Einstandskurs hereinbekommen können. Dazu kommt, dass das Volumen des Marktes nicht sehr groß ist."

Eduard Renard war über Jahrzehnte erfolgreich im Bankgeschäft gewesen. Oscar konnte sich nicht vorstellen, dass er sein Kapital derart aufs Spiel gesetzt hatte.

„Wissen Sie, was meinen Onkel dazu bewogen hat, in dieses, sagen wir einmal, etwas riskante Bergbahn-Unternehmen zu investieren?"

„Ich war hier nicht involviert, Herr Medar. Aber wir könnten selbstverständlich mögliche Verkaufsoptionen diskutieren. Darüber sollten wir jedoch nicht am Telefon sprechen."

„Wie Sie meinen", sagte Oscar.

„Morgen um zehn hier bei uns?", fragte Arpagaus.

„In Ordnung."

Sie beendeten das Gespräch. Oscar ging hinaus auf die Terrasse. Ina hatte die Augen geschlossen.

„Na, Oscar“, sagte sie, ohne die Augen zu öffnen, “was machen deine neuen Freunde von der Bank?“

Sie hatte offenbar durch die offene Tür mitgehört. Er stellte sich neben ihren Liegestuhl und zog sie sanft am Ohr.

„Von wegen Freunde.“

♦♣♦

Christoph Boysen hatte der Filiale in Chur klare Instruktionen gegeben. Sobald sich Oscar Medar bei der Bank melden würde, wollte er informiert werden. Arpagaus hatte trotzdem nicht sofort angerufen. Jetzt aber, da der Erbe daran dachte, die ersten Titel aus dem Depot zu verkaufen, schien es ihm ratsam, den großen Chef in Zürich anzurufen.

Boysen hatte von Renards Unfall zunächst nichts erfahren. Renard war nicht verheiratet und lebte allein. Offenbar hatte sich niemand zuständig gefühlt, ihn zu benachrichtigen.

Als Boysen lange Zeit nichts mehr von Renard gehört hatte, machte er sich Sorgen. In Nizza hob niemand ab, noch nicht einmal die Haushälterin, die das gelegentlich für den Hausherrn übernommen hatte. Er fuhr nach Graubünden, um nachzusehen, ob Renard in seinem Haus war. Einen örtlichen Telefonanschluss gab es dort nicht. Es war keine Seltenheit, dass sich Renard, wenn er in seinem Bergdomizil war, von der Außenwelt abschirmte. Als Boysen eintraf, waren die Rollläden heruntergezogen. Danach hatte er sich im Dorf erkundigt. Niemand wusste etwas. Boysen musste unverrichteter Dinge zurückkehren. Als wenig später Renards Telefonanschluss in Frankreich stillgelegt wurde, tat Boysen, was ihm Renard aufgetragen hatte: Er rief den Notar in Nizza an. Erst von ihm erfuhr Christoph Boysen, dass Monsieur Renard ums Leben gekommen war. Die Untersuchung hatte nicht sonderlich viel Zeit in Anspruch genommen. Die Polizei ging von einem Unfall aus.

Boysen sah in seinen Terminkalender. Eine Entscheidung hatte er indes längst getroffen. Er würde nach Chur fahren, um sich mit Medar zu unterhalten.

Er öffnete das Schloss der untersten Schublade seines Schreibtischs. Sie war den privaten Dingen Boysens vorbehalten. Darin befand sich ein großer brauner Umschlag, in dem er Dinge aufhob, die seine Frau oder die neugierige Putzfrau nicht unbedingt zu Hause finden mussten: die Auszüge seines inoffiziellen Privatdepots und natürlich ein paar geheime Fotos aus alten Zeiten, in denen er noch die Freiheit und die Zeit besessen hatte, sich am Wochenende mit Freunden zu treffen. Eine Aufnahme zeigte ihn mit Eduard Renard in einer Skihütte in Sankt Anton. Boysen nahm es heraus und lehnte sich zurück. Es war gut auszumachen, dass sie etwas getrunken hatten und in der Gesellschaft der hinter ihnen enthemmt tanzenden Damen bester Dinge waren. Es kam selten vor, dass Boysen seinen Geschäftspartnern aus der Finanzwelt wirklich nähergekommen war. Manche Beziehungen mussten aus beruflichen Gründen enger geknüpft werden, aber sie bleiben an der Oberfläche. Renard jedoch war ein Freund gewesen.

Dabei sah es anfangs gar nicht danach aus, bei Weitem nicht. Ihre Interessen waren unterschiedlich, und sie mussten auf der Hut sein. Renard arbeitete für eine amerikanische Investmentbank, die zusammen mit einem Konsortium weiterer Investoren ein großes Energie-Projekt in Afrika finanzieren wollte. Boysen vertrat eine staatliche Förderbank, die dafür einen Zuschuss geben sollte. Es ging um einige hundert Millionen und natürlich darum, welche Partei wie viel davon zu übernehmen hatte.

Als er die Fotografie betrachtete, erinnerte sich Boysen daran, mit wie viel gegenseitigem Misstrauen sie sich anfangs gegenüber standen. Doch während sie in langen Sitzungen die verschiedenen Hindernisse aus dem Weg räumten, merkten sie, dass sie sich mochten. Als die Sache beschlossen war, hatte Renard ihn zu einem gemeinsamen Abendessen eingeladen, das erst im Morgengrauen und nach dem Genuss mehrerer Flaschen Weins geendet hatte. Ein paar Stunden später war Renard wieder in der Luft und hetzte, wie die meiste Zeit seines damaligen Lebens, zu seinem nächsten Deal. Doch hatten sie sich seither nicht aus den Augen verloren. Wenn Renard einmal länger als ein paar Stunden in der Gegend war, hatten sie sich getroffen. Ab und zu reichte es sogar für eine Weinfahrt ins Burgund oder ein gemeinsames Ski-Wochenende in Zermatt – oder eben einen Kurztrip nach Sankt Anton.

Ein paar Jahre später befand Renard, dass er von seinem Leben im Flugzeug genug hatte. Er kaufte sich eine Villa in Südfrankreich und trat etwas langsamer. Boysen hatte ihn dort ein paar Mal besucht, und ab und zu hatten sie auch über Geld gesprochen. Das riesige Vermögen, das Renard über die Jahre angehäuft hatte, steckte damals noch zu einem guten Teil in der amerikanischen Gesellschaft, für die er gearbeitet hatte. Ein anderer Teil lag auf einem Nummernkonto in der Schweiz.

Boysen hatte nie danach gefragt, wer hinter dem Anruf der Personalvermittlung steckte, die ihn vor einigen Jahren nach Zürich gelotst hatte. Er ahnte nur, dass es Renard gewesen war. Renard besaß zu einigen Banken gute Kontakte, und es konnte gut sein, dass er einen Tipp gegeben hatte. Seitdem war Christoph Boysen ebenfalls Banker. Renard hatte die Personalentscheidung der Bank zu schätzen gewusst und brachte sein Geld. Sein Depot wurde zwar offiziell bei der Zweigstelle in Chur geführt, doch hatte sich Renard bis zu seinem Engagement bei der Bergbahn immer nur mit Boysen besprochen.

Boysen steckte das Bild wieder in den Umschlag und verschloss das Fach. Er schüttelte den Kopf. Renards Einstieg bei der Bergbahn blieb ein Rätsel. Die Operation wurde über die Filiale abgewickelt, und anders als sonst hatte Renard nicht darüber reden wollen. Boysen unternahm mehrere Versuche, aber Renard blockte stur ab. Irgendetwas sehr Persönliches musste vorgefallen sein. So sehr er sich mühte, Boysen war nicht dahinter gekommen, was es war. Vielleicht wussten die Leute in Graubünden etwas.

Boysen rief über die Sprechanlage nach seiner Sekretärin. Die Termine waren schnell abgeklärt. Vier Stunden, nachdem ihn Arpagaus angerufen hatte, war Boysen vor Ort.

♦♣♦

„Haben Sie eine Vorstellung davon, was Renard mit diesen Bergbahn-Aktien wollte?"

Arpagaus stammte aus der Gegend. Die Einheimischen kannten die Unternehmen der Region. Wenn sich jemand einen Reim auf Renards Entscheidung machen konnte, dann er. Arpagaus sollte indes nicht erfahren, wie gut sich Boysen und Renard kannten. Es mochte Arpagaus zwar nicht einleuchten, warum Boysen sich in die Provinz begab, um sich mit dem Depot seines Kunden abzugeben. Aber auch in Graubünden stellte ja der Chef die Fragen.

„Wir haben darüber nachgedacht", wich Arpagaus aus. „Das Geschäft war für uns jedenfalls sehr umsatzstark. Renard hat vor seinem Investment bei der Bergbahn AG alle anderen Positionen seines Depots verkauft. Wir konnten ein außerordentliches Gebührenaufkommen verbuchen. Der Kauf der Bergbahn-Aktien lief über Telefonhandel. Wir konnten also außerdem signifikante Arbitragegewinne realisieren."

Boysen durchbohrte Arpagaus mit einem prüfenden Blick, sagte jedoch nichts.

„Ich habe den Eindruck, dass der Erbe die Bergbahn-Titel wieder verkaufen möchte“, setzte Arpagaus eifrig hinzu. „Daraus ergibt sich noch einmal kurzfristig erhebliches Ertragspotenzial.“

Arpagaus unverhohlene Freude kam für Boysen nicht überraschend. Schließlich war er selbst einer der treibenden Kräfte gewesen, die für die Bankangestellten ein leistungsorientiertes Vergütungssystem gefordert hatten. Ab den mittleren Stufen erhielten die Manger und Kundenberater eine Jahresendprämie, deren wesentliche Grundlage ihr jährlicher Umsatz war. Was konnte es für Arpagaus schöneres geben als ein millionenschweres Depot, in dem dauernd etwas gekauft und wieder verkauft wurde? Transaktionen über den Telefonhandel setzten dem noch die Krone auf. Bei dieser Art von Geschäften gab es keinen offiziellen Kurs. Arpagaus konnte als Zwischenhändler auftreten und satte Differenzgewinne einstreichen.

Umso erstaunlicher war das Vorgehen von Renard. Er war Profi und hatte natürlich gewusst, was Arpagaus tun würde. Was war hier los? Warum hatte er sich von einem Provinzbanker, der drei oder mehr Nummern kleiner war als er selbst, so ausnehmen lassen? Es gab nur eine Möglichkeit: Renard hatte den Naiven gespielt und offenbar bewusst tief gestapelt. Anders waren diese Transaktionen nicht zu erklären.

„Was wissen wir über den Erben?“, fragte Boysen.

„Oscar Medar. Wir haben keine Informationen, woher Renard ihn kannte. Anstellung bei der Universität, einige Veröffentlichungen. Keine laufenden Kreditschulden, keine Kreditausfälle. Nach meinem Eindruck kein Mann, der abhebt und das Depot so schnell wie möglich auf den Kopf haut.“

„Hat er eine Vorstellung davon, was sein Onkel vorhatte?“

„Nein, hat er nicht.“

„Ist er beratungsfähig?"

„Kann ich noch nicht sagen. Hat hat vermutlich keine oder nur geringe Erfahrungen mit Finanzgeschäften. Und schon gar nicht mit einem Nummernkonto."

„Sie haben meine Frage von vorhin noch nicht beantwortet", sagte Boysen ein wenig eindringlicher. „Also noch einmal: Was wollte Renard mit den Bergbahn-Aktien?"

Arpagaus zuckte mit den Schultern.

„Nehmen Sie wirklich an, Renard wollte bei unserer Bank schnell mal ein paar Hunderttausend liegen lassen, um darauf zu warten, wie der Aktienkurs der Seilbahn plötzlich wie eine Rakete in die Höhe schießt? Wissen Sie überhaupt, mit wem Sie es da zu tun hatten?", stieß Boysen nach.

„Inzwischen schon. Ein ehemaliger Investmentbanker aus der City."

Boysen nahm Arpagaus noch fester in den Blick. Es war klar, dass er keine Ausflüchte mehr dulden würde. Arpagaus stöberte hilflos in seinen Unterlagen. Er war es gewohnt, von seinen Chefs nach Ergebnissen befragt zu werden und nicht danach, was aus den Investments seiner Kunden wurde.

„Die Bergbahn schüttet seit Jahren keine Dividende aus", brachte er schließlich kleinlaut hervor. „Die Umsatzentwicklung war zwar zufriedenstellend, aber die Erträge wurden sofort wieder investiert."

„In was? Man kann doch nicht jedes Jahr eine neue Seilbahn auf eine Wiese stellen, oder?"

„Hauptsächlich investiert die Bergbahn in neue Apartmenthäuser. Sie tritt als Bauherr auf und finanziert das Ganze."

„Und das wirft keinen Gewinn ab", sagte Boysen.

„Bis jetzt jedenfalls nicht. Inzwischen hat aber das nächste Immobilienprojekt begonnen, das die vorigen noch weit in den Schatten stellt: Blocks-Fort."

„Blocks-Fort?"

„Genau. Auf den bisherigen Parkplatz der Talstation werden mehr als ein halbes Dutzend blockartige Apartmenthäuser gebaut. Das ist das größte Bauprojekt Graubündens."

„Und davon war Renard so begeistert, dass er dafür sein ganzes Depot umgeschichtet hat?"

Arpagaus blickte wieder hilfesuchend in seine Unterlagen.

„Vielleicht sollten wir davon ausgehen, dass Renard mittelfristig die Kontrolle über das Unternehmen erwerben wollte", sagte Boysen.

„Die Bergbahn gehört mehrheitlich drei Haupteigentümern. Wenn sie selbst keine Anteile verkaufen, behalten sie die Mehrheit", wendete Arpagaus ein.

"Schon. Aber wie sieht es mit einer Minderheitsbeteiligung mit Sperrminorität aus?", fragte Boysen.

„Die eingesessenen Haupteigentümer haben ein Interesse, das der Rest der Unternehmensanteile im Streubesitz bleibt. Aber ich kann das nachprüfen, Herr Direktor. Jetzt sofort?"

„Ja, bitte."

„Entschuldigen Sie mich."

Arpagaus erhob sich und verließ den Besprechungsraum in Richtung seines Büros.

Boysen stellte sich ans Fenster und sah hinaus. Draußen herrschte reger Betrieb. Kaum kam die Sonne durch, und schon begann sich die Terrasse des Cafés gegenüber zu füllen. Boysen wunderte sich, wie viele Leute an einem Montagnachmittag Zeit hatten, scheinbar ziellos durch die Stadt zu bummeln. Auf der Straße herrschte keinerlei Eile. Die Menschen bewegten sich mit einer wunderbar anzusehenden Langsamkeit. Als er dem Treiben zusah, sehnte sich Boysen danach, einmal ohne Terminstress, Sitzungen und Sorgen leben zu können.

An die Arbeitsbelastung hatte er sich gewöhnt. Doch waren die Sorgen in letzter Zeit immer größer geworden. Boysen hatte vor einiger Zeit für die Bank in vorgeblich sichere, verbriefte Hypothekenkredite investiert. Sie besaßen ein erstklassiges Rating. Der Controller hatte ohne langwierige Diskussionen zugestimmt, und die Bank investierte im großen Stil. Wenn sich der amerikanische Immobilienmarkt nicht bald erholte, würde es brenzlig werden. Die Nachrichten waren schlecht. Die US-Notenbank hatte erneut die Zinsen angehoben, und wie es aussah, würden immer mehr Hausbesitzer ihre teurer gewordenen Kredite nicht mehr bedienen können.

Boysen war nur zu gerne nach Chur aufgebrochen, um sich von seiner Misere abzulenken. Im Büro brannte es, aber er war einfach gegangen. Der tote Renard hatte ihm sozusagen als letzte Gabe einen Grund hinterlassen, sich für eine Weile um etwas anderes kümmern zu können als um diese vermaledeiten amerikanischen Immobilienkredite.

Wie es schien, hatte Renard einen Plan, von dem niemand etwas wissen sollte. Wenn sein Neffe ihn nicht zu Ende führte, würde er einen großen Teil des Vermögens verlieren.

Arpagaus kehrte zurück und legte den Prospekt der letzten Hauptversammlung der Bergbahn auf den Tisch. Er sondierte das stimmberechtigte Kapital und tippte eifrig Zahlenkolonnen in einen Taschenrechner. Boysen kehrte zum Sitzungstisch zurück.

„Renard hatte nicht alle Aktien auf seinen Namen gekauft“, sagte Arpagaus kleinlaut.

„Was?“, entfuhr es Boysen. „Und das sagen Sie mir erst jetzt?“

„Ein Teil lautet auf seinen Erben Oscar Medar, ein anderer auf eine Frau Helen Hauser. Sie hat sogar eine Generalvollmacht für das Konto.“

„Und wie viel ergibt alles zusammen?“

„Wenn man davon ausgeht, dass die Aktien von Medar, Hauser und Renard miteinander stimmen, fehlen ungefähr 20.000 Anteile für die Sperrminorität. Wenn wir einen Einkaufspreis in der Höhe des Nennwerts von 50 Franken annehmen, hätte er einschließlich der Gebühren noch ungefähr eine Millionen Franken investieren müssen.“

„Aha. Finanziell gesehen wäre das für Renard sicher kein Problem gewesen.“

„Auf dem Girokonto bei uns hatte er noch etwas in der Gegend von 40.000“, sagte Arpagaus schwach.

Boysen bedachte ihn mit einem vernichtenden Blick.

„Und einem wie Renard geht einfach die Luft aus und er kann mittendrin mangels Kleingeld die fehlenden Aktien nicht mehr kaufen? Ich bitte Sie!“

Arpagaus fingerte wieder in den Unterlagen. Wie hätte er ahnen können, dass der ganz große Chef aus Zürich hier auftauchte und ihn einem Verhör unterzog? Seine Finger begannen zu zittern.

„Wer ist Helen Hauser?“, bohrte Boysen weiter.

„Als Wohnsitz ist eine Adresse in Nizza angegeben. Wahrscheinlich wussten weder Hauser noch Medar, dass auf ihre Namen Aktien gekauft wurden. Die Transaktionen liefen sehr diskret ab. Ein Teil der Papiere hatte Renard über andere Banken gekauft und im Wege einer Realübertragung ins Depot gebracht. Das geschah, als ich im Urlaub war."

„Sie waren im Urlaub", widerholte Boysen vernichtend.

Arpagaus war ihm nicht geheuer. Entweder war er eine Flasche oder er hatte irgendwelche Karten im Spiel, die er nicht freiwillig auf den Tisch legen wollte. Boysen stand auf. Arpagaus, der spürte, dass er in ein schlechtes Licht geraten war, schien noch etwas sagen zu wollen. Er räusperte sich.

„Und? Gibt es noch was?", kam ihm Boysen zuvor.

„Nach allem, was man hier weiß, würde Remo Farner niemals zulassen, dass hier ein Fremder auftaucht und sich in die Geschäfte einmischt."

„Farner?"

„Chef, Verwaltungsratspräsident und einer der Haupteigentümer der Bergbahn AG."

„Aha", kommentierte Boysen ungerührt. „Wann genau hat Herr Medar seinen Termin?"

„Morgen früh um zehn."

„Und? Wollen Sie ihm sagen, wie die Bank im Telefonhandel Arbitragegeschäfte macht?"

„Natürlich nicht."

Boysen streckte verlangend die Hand aus. Arpagaus zögerte, gab ihm jedoch widerwillig die Depotunterlagen.

„Ich werde das Gespräch mit Medar selbst führen", stellte Boysen klar. "Machen Sie mir ein Arbeitszimmer frei!"

Arpagaus sah den Chef aus der Zentrale mit großen Augen an. Er traute sich aber nicht, irgendetwas dagegen einzuwenden.

♦♣♦

„Flora? Was ist denn das für ein Lärm da?“

„Hallo Ina. Gut, dass du anrufst. Ich bin schon am Flughafen. Die Maschine geht in zwei Stunden.“

„Aber wolltest du nicht erst morgen zurück fliegen…?“

„Das war der Plan A meines Begleiters. Aber plötzlich hat er heiße Kohlen unter die Füße bekommen und musste schnell Koffer packen. In seiner Bank ist eine Krise ausgebrochen, und da wollte er natürlich nicht abseits stehen.“

„Aber warum bleibst du nicht diesen einen Tag länger und schaust dir in Ruhe Kapstadt an?“

„Vielleicht weil meine Freundin Ina gerade in der Tinte sitzt und Hilfe braucht?“

So ist meine Flora, dachte Ina. Dass sich die Männer reihenweise in sie verknallten und sich vor Liebeskummer vor den Zug werfen wollten, schien sie nicht sonderlich zu beeindrucken. Doch für ihre Freundin war Flora immer da.

„Du bist lieb, Flora“, sagte sie gerührt.

„Dein Gatte hat mich übrigens angerufen. Er sucht dich.“

„Das wird schwierig. Ich weiß selbst nicht mal genau, wo ich bin.“

„Wie geht es dir?“

„Sagen wir mal, ich bin gut abgelenkt.“

„Ablenkung ist eine nicht zu unterschätzende Strategie, Ina. Die Hälfte der Typen, die mit mir verreist, versucht ebenfalls der Realität zu entkommen. Den meisten gelingt das perfekt. Sie sind so außer sich vor Freude, dass sie mir am liebsten den ganzen Airport-Shop kaufen würden, bevor sie wieder in die Problemzone fliegen."

Ina warf ein weiteres Zweifrankenstück in den Schlitz.

„Ich wäre manchmal froh, ich hätte etwas mehr von deinem Pragmatismus, Flora. Aber das Stück, das sich hier vor meinen Augen abspielt, ist unabhängig vom Vorverständnis über Ursachen und Zwecke einfach großartig."

„Klingt zu interessant für ein kurzes Interkontinental-Gespräch vor dem Abflug. Darf ich trotzdem um eine Zusammenfassung bitten?"

„Darfst du. Ein verhinderter Schriftsteller beerbt einen Onkel mit einem interessanten Nummernkonto. Bei der Bank des Onkels forscht er nach dem Sinn des Depots und mit einer ihm auf einem Parkplatz zugelaufenen Frau nach dem Sinn der Liebe. Zusammen besuchen die betrogene Ehefrau und der verhinderte Schriftsteller gelegentlich die biologische Abteilung des Menschseins und widerlegen, was sie den ganzen Tag gesagt haben."

Mitten in das Geräusch einer Flugansage hörte Ina Floras helles Lachen.

„Biologische Abteilung, das gefällt mir", sagte sie, als sie sich wieder beruhigt hatte. „Ich muss los. Wie viel Uhr ist es jetzt bei euch?"

„Zehn Uhr morgens. Der Erbe ist vorhin wieder nach Chur aufgebrochen. Aber er kommt wieder, hat er gesagt."

„Also kommst du morgen?", fragte Flora.

Ina hielt für einen Moment inne. Auf der anderen Straßenseite versuchte eine Mutter ihr entwischtes Kleinkind einzufangen. Das Kind lief auf die Straße. Glücklicherweise war kein Auto in der Nähe. Mit drei schnellen Schritten war die Mutter heran und zog es wieder auf den Gehsteig.

„Ich weiß nicht, ob Zürich so eine gute Idee ist", sagte Ina schließlich. „Hugo ist ja nicht blöd. Wenn er mich wirklich sucht, dann wird er irgendwann bei dir vor der Tür stehen."

„Da kann er lang stehen. Ich mache nicht auf. Oder fällt dir etwas Besseres ein?"

„Vielleicht", sagte Ina. "Ich melde mich."

♦♣♦

Oscar wartete in der Schalterhalle. Zu seinem Erstaunen erschien jedoch nicht Arpagaus, sondern ein auffallend elegant gekleideter Mann. Er kam direkt auf ihn zu.

„Guten Tag, Herr Medar. Mein Name ist Christoph Boysen. Herr Arpagaus ist kurzfristig verhindert. Wenn Sie erlauben, vertrete ich ihn heute."

Boysen streckte Oscar die Hand entgegen.

„Kein Problem. Herr Arpagaus und ich kennen uns noch nicht sehr lange. Ich kann seine Abwesenheit also noch verschmerzen."

„Na, dann ist es ja gut", sagte Boysen.

Er ging voran, die Treppe zu den Besprechungszimmern hinauf.

Boysen mochte ein gutes Stück älter sein als Arpagaus. Seine Haare waren auf Millimeterformat gestutzt, der schwarze Anzug und die dazu passenden Lederschuhe garantiert Maßanfertigungen. Sogar das Besprechungszimmer kam Oscar deutlich eleganter vor als das vom Vortag. Indes fiel ihm auf, dass Boysen keinerlei Unterlagen dabei hatte.

„Ich nehme an, Sie sind im Bilde?", fragte Oscar.

„Bin ich. Sie haben Aktien von der Bergbahn AG."

Boysen schien ihn unentwegt zu mustern. Oscar fiel auf, dass er keinen schweizerisch gefärbten Akzent hatte. Offensichtlich stammte er aus Deutschland.

„Ich habe überlegt, dass es sinnvoll wäre, kurzfristig einen kleineren Teil der Aktien zu verkaufen", sagte Oscar. „Dadurch bekommt man eine ungefähre Vorstellung über den erzielbaren Erlös."

Boysen machte keine Anstalten, auf diesen Vorschlag einzugehen. Anstatt zu antworten stand er auf und holte eine Flasche Mineralwasser. Gläser standen bereits auf dem Tisch.

„Entschuldigung, Herr Medar. Ich war unhöflich. Möchten Sie etwas trinken?"

Ohne die Antwort abzuwarten, goss er zwei Gläser ein. Unter dem Ärmel des Anzugs lugte ein goldener Manschettenknopf hervor.

„Hat Monsieur Renard mit Ihnen über seine Investitionspläne gesprochen?", fragte Boysen.

„Nein. Ich hatte bis gestern noch nicht einmal eine Vorstellung davon, was ein Nummernkonto ist. Außerdem habe ich meinen Onkel schon über zwanzig Jahre nicht mehr gesehen."

Boysen verzog ein wenig den Mund. Oscar konnte es nicht deuten.

„Wir sind vom Thema abgekommen, Herr Boysen. Lassen Sie jetzt das Schattenboxen. Würden Sie bitte 500 Bergbahn-Aktien verkaufen? Dann sieht man ja, welcher Kurs sich ergibt."

Oscar wunderte sich über die Bestimmtheit, mit der er diesen Satz ausgesprochen hatte. Vor einer Viertelstunde war er sich noch nicht sicher gewesen, was er wollte. Aber die Beharrlichkeit, mit der Boysen seine Fragen ignorierte, hatte ihn provoziert. Auch Boysen schien überrascht. Für einen Moment bekam seine vortreffliche Banker-Coolness einen Kratzer. Offenbar hatte er sich das Gespräch anders vorgestellt.

„Das dürfte Zeit in Anspruch nehmen, Herr Medar. Wir müssen erst einen Käufer finden".

„Das sagte Herr Arpagaus auch schon", erwiderte Oscar. „Sie sind in der Tat eine würdige, fast deckungsgleiche Vertretung."

„Wie lange sind Sie noch in der Schweiz?", fragte Boysen.

„Ich habe noch einen Termin beim Grundbuchamt. Morgen wollte ich wieder aufbrechen. Aber wir können die Dinge doch sicher telefonisch abwickeln, oder?"

Boysen trank sein Glas aus und goss Wasser nach. Wenn man hier rauchen dürfte, würde er sich bestimmt noch eine Zigarre anstecken. Offenbar wollte er Zeit schinden. Aber wozu?

„Ich befürchte, Sie würden für die Bergbahn-Aktien derzeit nicht viel bekommen", sagte Boysen bestimmt. „Wenn Sie in kleinen Tranchen verkaufen, wird es noch schwieriger."

„Ihr Kollege Arpagaus meinte, der regionale Markt hier wäre zu klein, um größere Positionen auf einmal verkaufen zu können."

„Das bleibt grundsätzlich auch richtig. Es kommt auf die Strategie an."

Oscar war nahe daran, die Beherrschung zu verlieren. Er atmete tief durch. Das Orakel von Delphi war nichts gegen die Auskünfte, die er in dieser Bank bekam. Der einzig erkennbare Unterschied war, dass das Orakel keine Gebühren erhoben hatte. Er stand auf.

„Sie sollten sich das noch einmal überlegen, Herr Medar. Manchmal ist eine einzige Aktie die Entscheidende. Vielleicht sollten Sie eher versuchen, diese Aktie zu kaufen, anstatt Ihr Aktienpaket durch billige Verkäufe zu entwerten."

Boysen war sitzengeblieben. Er deutete auf Oscars Stuhl.

„Wie meinen Sie das?"

Oscar setzte sich wieder hin.

„Herr Renard hat möglicherweise versucht, eine Anzahl von Stimmrechten zu erwerben, die genügt hätte, die Kontrolle oder wenigstens eine Minderheitsbeteiligung bei der Bergbahn zu erwerben. Es sieht so aus, als ob er auf einem guten Weg dorthin war."

In diesem Moment betrat eine Angestellte den Raum. Sie überbrachte Boysen eine Nachricht. Die Frau war sehr aufgeregt. Boysen entschuldigte sich und las.

„Ich muss sofort aufbrechen, Herr Medar. Wir sollten noch einmal über diese Sache reden. Verkaufen Sie nichts, keine einzige Aktie. Selbst wenn Ihnen irgendjemand dazu raten sollte. Egal wer."

„Wie bitte?"

„Sie haben richtig verstanden. Kennen Sie eine Helen Hauser?"

„Nie gehört. Wer ist das?"

„Ein Teil der Aktien lautet auf ihren Namen. Monsieur Renard hat sie anonym über eine andere Bank gekauft und dann dem Depot hinzugefügt."

„Warum das denn?", fragte Oscar erstaunt.

„Die Bergbahn sollte offenbar nicht mitbekommen, dass er Anteile anhäufte. Altaktionäre haben es nicht so gerne, wenn plötzlich ein Neuer auftaucht, mit dem man die Macht teilen muss."

„Und was, glauben Sie, könnte mir Helen Hauser sagen?“

„Es kann sein, dass sie eingeweiht war und weiß, was Renard vorhatte. Zur Sperrminorität fehlen einige Anteile. Vielleicht weiß sie, wo sie sind.“

„Wofür bitte?“

„Ein Minderheitsaktionär braucht in der Schweiz ein Drittel der Stimmen, um in der Hauptversammlung einer Aktiengesellschaft eine Art Veto-Recht zu bekommen. Das nennt man Sperrminorität. Sie erlaubt es, wichtige Entscheidungen zu blockieren.“

„Und warum sollte mein Onkel darauf aus gewesen sein, ausgerechnet die Entscheidungen der Bergbahn eines Alpendörfchens zu blockieren?“

„Das weiß ich offen gestanden auch nicht. Wie gesagt, vielleicht weiß es Helen Hauser. Sie hat eine Vollmacht für das Depot. Wir können also davon ausgehen, dass sie ihm nahe stand.“

„Und wer ist diese Frau? Wo ist sie?“

„Sie ist Schweizer Staatsbürgerin. Als Wohnadresse wurde eine Adresse in Frankreich angegeben. Aber die dürfte nicht stimmen. Renard hat wahrscheinlich versucht, im Aktionärsverzeichnis keine Spuren zu hinterlassen, die zu ihm führen könnten. Sie sollten versuchen, diese Frau zu finden.“

„Sie finden…“, wiederholte Oscar.

Boysen stand auf. „Ich begleite Sie hinaus.“

Als sie durch den Gang in Richtung Halle gingen, sah Oscar, wie eine Tür hastig zugezogen wurde. Im Vorbeigehen sah er auf das silberfarbene Türschild.

‚Gieri Arpagaus‘ stand in Druckbuchstaben dort.

♦♣♦

„Was ist los?“, fragte Boysen, sobald er die Autobahn erreicht hatte.

„Standard & Poor's hat die verbrieften Immobilienkrediten erneut heruntergestuft“, sagte eine Stimme aus der Freisprechanlage. „Nach den Informationen unseres Büros in London werden die anderen Agenturen bald folgen.“

„Haben wir etwas verkauft?“

„Nicht der Rede wert. Alle wollen verkaufen. Niemand kauft. Der Markt steht vor einem Kollaps.“

„Krisensitzung um 17 Uhr. Ich will vorher den vollständigen Lagebericht aus New York.“

„In Ordnung, Herr Boysen.“

Boysen legte auf. Er war froh, dass der Chauffeur heute freihatte. Er stieg aufs Gas. In wenigen Sekunden beschleunigte der BMW auf 200 Stundenkilometer. Boysen genoss es, dass das Auto anstandslos machte, was er wollte. Wenn er im Büro ankam, würde es anders sein. Er ahnte, dass er dort hilflos würde mit ansehen müssen, wie es unaufhaltsam dem Abgrund entgegenging.

♦♣♦

Für die Übertragung der Wohnung war das Grundbuchamt der Bezirkshauptstadt zuständig. In der Gegend von Reichenau flossen die beiden Arme des Rheins zusammen. Oscar war mit Ina vom Sankt Bernhard her durch den Rheinwald nach Chur gekommen. Die Kreisstadt lag wieder flussaufwärts, aber am Vorderrhein.

Nach der letzten Eiszeit war einer der riesigen Berge auseinandergebrochen und hatte das Tal unter sich begraben. Der Rhein brauchte ein paar tausend

Jahre, bis er sich wieder durch das Gestein gebohrt hatte. Dabei schuf er eine groteske, wildromantische Schlucht. Unten im Tal schlängelte sich die Eisenbahn am Fluss entlang. Die Straße führte über das Massiv hinweg, bevor es talwärts wieder steil hinab ging.

Wie viele der von den Römern besiegten Völker übernahmen auch die Räther die Sprache der Sieger. Die zerklüftete, alpine Landschaft trug dazu bei, dass sich die romanischen Dialekte im Laufe des Mittelalters allerdings stark zersplitterten. Zwischen den östlichen Romanen, wie den Ladinern oder den Friaulern, gab es praktisch überhaupt keine Verbindungen. Aber auch das Romanisch der Bündner entwickelte sich infolge der spärlichen Kontakte zwischen den Gruppen unterschiedlich. Am Vorderrhein sprach die Mehrheit noch Surselvisch, wenngleich das Alemannisch-Deutsche das romanische Sprachgebiet im Laufe der Jahre schon weit zurückgedrängt hatte. Den Ortsschildern war zu entnehmen, dass sich manche Dörfer einen romanischen und einen deutschen Namen zugelegt hatten.

Das Grundbuchamt befand sich an geschichtsträchtiger Stelle. Laut Auskunft einer Hinweistafel, die rechts neben dem Eingang des Rathauses angebracht war, tagte hier einst der Bundestag der Drei Rätischen Bünde. Danach hatte ein Ende des 19. Jahrhunderts entstandener Neubau als Schule gedient. Unterhalb eines mit drei Wappen beflaggten Bogens verhieß die Inschrift „Casa Cumin", dass Oscar hier richtig war. Kreisnotariat und Grundbuchamt befanden sich im obersten Stock. Ein Aufkleber am Aufzug hielt den Besucher dazu an, aus gesundheitlichen Gründen die Treppe zu nehmen. Oscar, immer und grundsätzlich gegen alle Formen der Volkserziehung, nahm den Aufzug. Er gelangte direkt in einen Wartesaal mit einem schwarzen runden Tischchen und drei Stühlen. Offenbar fiel im Amt eine Menge Arbeit an. Jedenfalls wurden die Akten schon außerhalb der Büroräume in einigen schlossbewehrten Wandschränken des Wartezimmers gelagert.

Gion Padrun war ungefähr in Oscars Alter. Für einen Menschen mit Beurkundungskompetenz kam er in seinem hellblau gestreiften Hemd ohne Jackett recht leger daher. Auch das modern geschnittene, blondierte Haar und die randlose Brille passten nicht ins Bild. Außerdem war Padrun erstaunlich umgänglich. Er hatte nichts gegen einen Plausch mit einem Fremden. Beschwingt gab er Auskunft über die Gegend und die umliegenden Berge, die, wie Oscar mit einem Blick aus dem Fester feststellen konnte, vom Tal aus noch mächtiger aussahen.

„Herr Renard war vor einigen Monaten hier“, sagte Gion Padrun. „Ein bemerkenswerter Mann.“

„Was wollte er denn?“

„Unterhalb von Ihrem Haus liegt ein großes Stück Land. Herr Renard hätte die gewünschte Information zwar aus dem Internet holen können, aber er kam her. Er wollte wissen, wem dieses Grundstück gehört.“

„Und wem gehört es?“

„Es handelt sich teilweise um landwirtschaftliches Nutzungsgebiet. Dieser Teil gehört einer Erbengemeinschaft. Drei Schwestern aus Genf. Sie haben das Grundstück an einen Bauern verpachtet.“

„Und der andere Teil?“

„Gehört der Gemeinde.“

Gion Padrun zeigte auf den Kartenausschnitt, der auf dem Tisch lag. Oscar warf einen langen Blick darauf. Renards Haus lag direkt am Wald.

„Warum hat sich mein Onkel dafür interessiert?“

„Das hat er nicht gesagt."

Der Beamte musste zweimal niesen und holte ein Papiertaschentuch hervor. Oscar wartete gespannt.

„Außerdem besitzt die Gemeinde ein Vorkaufsrecht. Wenn die Schwestern verkaufen wollen, müssen sie den Grund erst einmal ihr anbieten."

„Warum sollte die Gemeinde denn eine Wiese kaufen wollen?"

„Um sie wieder zu verkaufen."

„Aber das macht ja keinen Sinn."

„Oh doch. So kann man sicherstellen, dass ein Grundstück im Zweifel in die Hände gelangt, in die es gelangen soll."

An der Eingangstür zum Notariat klingelte es. Padrun hatte seinen nächsten Termin. Die Formalitäten waren erledigt. Sie wechselten noch ein paar Floskeln, dann verabschiedeten sie sich.

Den Weg hinunter nahm Oscar zu Fuß. In den einzelnen Stockwerken las er die verschiedenen Hinweisschilder. Er versuchte sich vorzustellen, wie man die Worte, deren Sinn er ohne die deutsche Übersetzung nie verstanden hätte, wohl aussprechen würde.

♦♣♦

Als Oscar am Haus ankam, fand er Ina auf der Terrasse. Sie hatte sich in die Sonne gelegt und war auf dem Bauch liegend eingeschlafen. Ist es obszön, eine nackte Frau im wehrlosen Zustand des Schlafes zu beobachten?

Oscar gab sich selbst keine Antwort. Er setzte sich aufs Sofa und sah ihr durch die offene Terrassentür zu. Als er sie so betrachtete, kam ihm der Gedanke, dass er seine Steinzeit-Theorien vielleicht doch über

Bord werfen sollte. Damals hätte ein Mann diese Frau wahrscheinlich nicht besonders schön gefunden. Dafür war sie wohl zu dünn, denn die auf Fortpflanzung geeichten Männer hatten instinktiv darauf geachtet, wer bei einer Hungersnot oder einem Kälteeinbruch die größte Chance hatte, zu überleben. Aber was passierte dann? Schon ein paar zeitgeschichtliche Millisekunden nach der Erfindung des Supermarkts war eine Frau wie Ina nicht mehr zu dünn, sondern atemberaubend schlank, und die Prachtexemplare der atemberaubend schlanken Frauen lächelten von allen Titelseiten der Magazine und verdienten ein Vermögen damit, auf ihren dürren Beinen einen Laufsteg hin- und herzustaksen.

Aus dieser Beobachtung hätte man für die Menschheit auch ein bisschen Hoffnung schöpfen können. Wenn Männer ihr sexuelles Beuteschema so radikal ändern konnten, warum sollten sie nicht auch irgendwann damit aufhören können, um jeden Preis besser, reicher und mächtiger sein zu müssen als die anderen? Oscar glaubte allerdings nicht, dass er diesen Wandel noch erleben würde. Er brauchte nur in sich hineinzuhorchen. Das Unbehagen, das er den Leuten von der Bank gegenüber empfand, war ein zu gutes Spiegelbild tiefverwurzelter Instinkte. Durch die Erbschaft war er erstmals in seinem Leben in den Besitz von so etwas wie einem Vermögen gekommen. Sobald er damit begonnen hatte, sich um seine eigenen finanziellen Interessen zu kümmern, betrat auch er eine Welt, in der Misstrauen und Vorsicht die obersten Gesetze waren.

Aber was passierte gerade mit Ina, deren Nähe ihm so wunderbar angenehm war? Die Grenzen und das Misstrauen konnten auf dem Spielfeld der Liebe offensichtlich plötzlich ohne jeden Grund verschwinden. Dafür entstand eine wundersame Sehnsucht, sich hinzugeben und vertrauen zu wollen.

Oscar hätte sich fragen können, wie seine Verzweiflung über den Verlust von Sylvie mit dem zusammenhing, was er soeben mit Ina erlebte. Als er Ina so anmutig in der Sonne liegen sah, nahm er sich vor, es nicht zu tun. Man konnte den Dingen immer die Bedeutung unterschieben, die man haben wollte. Damit schien vieles, was man erlebte, im Nachhinein tatsächlich erklärbar. Aber warum sollte er dem magischen Augenblick gerade das stehlen, was ihn ausmachte?

Sie drehte sich auf den Rücken. Ihre Augen waren geschlossen, aber sie hatte gespürt, dass er hier war. Mit einer Hand begann sie zärtlich ihren Bauch zu streicheln. Fast unmerklich öffnete sie für einen Moment ein wenig die Beine. Oscar sah ihr weiter zu, sie spielte mit der Lust, sich ihm zu zeigen. Noch einmal öffnete sie sich ihm für ein paar kleine, raffinierte Augenblicke.

„Komm“, sagte sie leise, ohne die Augen aufzumachen.

Oscar stand auf, kniete sich neben den Liegestuhl und küsste ihren Hals. Ihre Hand umklammerte seinen Kopf. Zärtlich, aber bestimmt schob sie ihn zwischen ihre Beine.

♦♣♦

Der Nachmittag war wie in einem Rausch vorbeigezogen. Nun lagen sie schweigend nebeneinander. Ina sah traurig durch das Schlafzimmerfenster hinaus zu den Tannen.

„Hast du deinen Mann angerufen?“, fragte Oscar vorsichtig.

„Willst du mich loswerden?“

„Wer hört schon auf, wenn es am schönsten ist…“

„Du, dachte ich. Oder warum bin ich überhaupt hier?“

Ina stand auf und öffnete den Kleiderschrank. Sie suchte etwas zum Anziehen. Oscar unternahm nichts. Sollte sie den Safe finden.

Sie fand ihn.

„Dein Onkel mochte doch Gelbtöne. Wahrscheinlich hat er in dem Safe da im Schrank ein paar Goldbarren versteckt. Willst du nicht nachsehen?“, sagte sie halb ironisch, halb beleidigt.

Oscar sagte nichts. Er ahnte, dass Ina enttäuscht war, weil er ihr nichts von dem Safe erzählt hatte. Mit den Gefühlen stiegen die Erwartungen. Ob sie berechtigt waren, interessierte ab einem bestimmten Punkt niemanden mehr.

Sie fand ein T-Shirt und zog es sich über. Oscar interessierte sich für die Aufschrift auf der Vorderseite. „UC BASEL BASKETBALL“ war in hellblauen Lettern aufgedruckt.

„Ich mache Kaffee“, sagte Ina und ging hinaus.

Oscar blieb liegen und sah hinauf zur Decke. Von drüben erklang Musik. Ina hatte eine der alten Platten aufgelegt, die der Onkel hierher gebracht hatte. Damals in London war die Plattensammlung eine Art persönliches Heiligtum gewesen. Wenn er von der Arbeit nach Hause kam, zog er sich stets für eine Weile in sein Musikzimmer zurück, um nach einem harten Tag ein wenig Ruhe zu finden. Ab und zu hatte er Oscar eingeladen, ihm dabei Gesellschaft zu leisten. Es waren schöne Momente, an die Oscar gerne zurückdachte. Vielleicht war es kein Zufall, dass ihm der Onkel mit dem Haus auch seine Schallplatten vermacht hatte. Oscar war neugierig, an welche Stücke, die sie damals zusammen gehört hatten, er sich noch erinnern konnte. Im Moment lief der virtuose Pete Johnson, dem der Onkel am Klavier gelegentlich selbst nachgeeifert hatte.

Oscars Mutter hatte erzählt, dass ihr Bruder sehr musikalisch war und sich das Klavierspiel mehr oder weniger selbst beigebracht hatte. Ähnlich war es bei anderen Dingen. Er konnte scheinbar spielend leicht eine neue Sprache lernen oder, obwohl er sich nie wirklich intensiv mit der Theorie beschäftigt hatte, beim Schach selbst versierte Turnierspieler in Atem halten. Zudem war er ein gebildeter und interessierter Gesprächspartner. Er hatte fast alle Werke von Molière, Shakespeare und Goethe gelesen und kannte sich in der modernen Philosophie aus. In seinem Kopf saß ein messerscharfer Verstand, mit dem er alles durchleuchtete. Oscars Mutter glaubte, dass es eine Menge Menschen gab, die Angst vor ihm hatten.

Vielleicht war sein Wunsch, sich mit den Besten messen zu wollen, der Grund dafür, dass er in der Finanzbranche gelandet war. Zwangsläufig war diese Entscheidung nicht. Denn dort befand er sich in einer Welt, die dem anderen, musischen Teil seines Wesens widerstrebt haben musste. Die Mutter vermutete, dass ihr Bruder nicht nur fähig war mit seinen Widersprüchen umzugehen, sondern jede seiner Seiten mit Leidenschaft lebte. Ansonsten wäre er nicht so lange in diesem knallharten Business geblieben. Und, vor allen Dingen, dort nicht so erfolgreich gewesen.

Oscar stand auf. Ina hatte seine Sachen bereits von der Terrasse nach drinnen verfrachtet und ihm damit einen unangenehmen Ausflug ins Freie erspart.

„Der Safe hat ein Zahlenschloss“, rief sie durch die geöffnete Küchentür.

Oscar ging zu ihr und drückte sie an sich.

„Sorry, Ina. Wir kennen uns doch noch gar nicht. Ich…“

„Versuch es mal mit den Nummern deines Geburtstags.“

„Habe ich schon. Funktioniert nicht."

„Wäre aber eine feine Idee vom Onkel gewesen, dir eine Chance zu geben. Wenn er schon einen Safe hat."

„Ich habe alles schon ausprobiert. Die Zahlen für die Buchstaben meines Namens im Alphabet auch."

„Du bist ein schlaues Kerlchen, Oscar. Leider traf das auf den Onkel offenbar nicht zu. Ein Safe ohne Code ist in etwa so viel Wert wie ein Ferrari ohne Sprit."

„Falsch geraten. Der Onkel war alles andere als einfältig. Deswegen hatte er auch kein Sparbüchlein, sondern eine Bergbahn."

„Eine was...?"

„Erzähle ich dir nachher beim Abendessen. Das Thema ist ein bisschen verworren."

„Dann gibt es heute gar keine Goldbarren mehr?", fragte sie mit einem Schmollmund, der für die Hauptrolle in einem österreichischen Heimatfilm gereicht hätte. „Was machen wir da bloß die ganze Zeit?"

„Wir gehen ins Internet und suchen Helen Hauser", sagte Oscar.

„Ich liebe Geheimnisse. Wer ist das?"

„Wenn ich wetten müsste, würde ich sagen: sie ist wie du eine halbe Portion und spielt in Basel Basketball."

„Soll ich dich Maigret nennen oder besser Holmes?"

Oscar deutete auf den Aufdruck auf dem T-Shirt. „Weder noch. Irgendjemand, der hier zu Gast war, spielt jedenfalls Basketball beim UC Basel. Wenn dieser Irgendjemand eine Frau namens Helen Hauser ist, erfahren wir vielleicht ein bisschen mehr darüber, was der Onkel vorhatte."

♦♣♦

„Aussichtslos. Niemand kauft. Noch nicht mal zum Ramschpreis", sagte Richards.

Boysen wusste, was das bedeutete. Die Herde war in Bewegung. Jetzt ergab eins das andere. Wenn alle Akteure auf einmal dasselbe machen wollen, bricht ein Markt zusammen.

Boysen verspürte Lust, seiner Verzweiflung freien Lauf zu lassen. Es sah schlimm aus. Seine Bank war nicht die einzige, die verbriefte Hypothekenkredite gekauft hatte. Ein paar davon hatten riesige Probleme. Es brauchte nur das Gerücht aufzukommen, dass eine davon in Konkurs ging. Die Kunden würden die Schalter stürmen und ihre Konten abräumen. Das wäre die Katastrophe.

„Haben wir bilanziellen Bewertungsspielraum?", fragte er Huber.

„Nicht viel. Die Kreditderivate werden als Wertpapiere im Handelsbuch geführt. Im Handelsbuch müssen wir am Stichtag den Marktwert bilanzieren", antwortete Huber.

„Und wenn es keinen Markt mehr gibt?"

„Dann müssten wir..." Huber kam ins Stocken. Er sah hilfesuchend zu Richards. Aber Richards starrte in seine Unterlagen.

... theoretisch auf null abschreiben", setzte Huber hinzu.

„Und praktisch?"

„Wir können versuchen, den Wert von einigen Titeln in der Bilanz höher anzusetzen. Was im Bankbuch bilanziert wird, können wir zum Anschaffungspreis bewerten."

Das wird nichts helfen, dachte Boysen. Eine Bank, von der es hieß, dass sie faule Wertpapiere in der

Bilanz versteckte, würde von keinem Investor mehr Kapital bekommen.

Es war seine Schuld. Er hatte sich täuschen lassen, von Richards, von Huber, von den anderen und von den Bewertungen der Agenturen, die mit dem Gütesiegel, das sie den Papieren gegeben hatten, der Katastrophe den Boden bereitet hatten. Er hätte sich die Dinge genauer ansehen müssen. Jetzt war es zu spät. Durch die steigende Zahl der Privatkonkurse würde eine riesige Menge von gepfändeten Häusern auf den amerikanischen Markt kommen. Die Preise sackten unaufhaltsam in den Keller. Die Sicherheiten, mit denen die Kredite abgesichert werden sollten, lösten sich somit in Luft auf. Damit waren die verbrieften Kredite nichts mehr wert.

Das Schlimmste war, dass Boysen nicht wusste, wie sich das Blatt noch wenden konnte. Es war schlichtweg hoffnungslos.

„Wie viel müssen wir abschreiben?“, fragte er Richards, der immer noch in seinen Sachen herumkramte.

„Schwer zu sagen“, antwortet Richards. „Ein paar Milliarden mindestens.“

Noch vor ein paar Wochen hätte Boysen so eine Antwort nie und nimmer durchgehen lassen. Jetzt war er angeschlagen, er hakte nicht nach. Huber und Richards sahen betreten aus dem Fenster. Boysen tat es ihnen nach. Alle schwiegen. Ein Vogelschwarm zog über die Stadt und den See hinweg in Richtung Süden.

Ich werde bald auch nicht mehr hier sein, dachte Boysen.

♦♣♦

Der letzte Koffer stand gepackt neben den anderen bei der Eingangstür. Helen Hauser goss den letzten

Schluck Wein ein und nahm das Glas mit hinaus auf die Dachterrasse. Die Sonne stand schon tief über dem Sundgau. Trotzdem würde es noch eine Weile hell bleiben. Es waren diese Sommerabende auf der Terrasse, die schuld daran waren, dass sie die eigentlich viel zu große Wohnung unweit des Chemiewerks genommen hatte.

Im Winter war sie, wann immer es ihr möglich war, aus der Stadt geflohen. Sie konnte sich das leisten. Zumindest dachte sie das. Warum sie in der Firma nicht weiter nach oben gekommen war, interessierte jetzt allerdings niemand mehr. Helen legte sich auf einen der beiden Holzliegestühle.

Im Sommer war sie oft hier draußen gewesen. Sie liebte es, wenn es den Tag über richtig heiß gewesen war und er abends hier oben in der Dämmerung mit einem Glas Wein friedlich ausklingen konnte. Warum es sie nie gestört hatte, dass man von ihrem Liegestuhl aus den Abgasturm der Firma sehen konnte, wusste sie nicht. Weil man nirgends hinsehen musste, wohin man nicht wollte? Ohne die Pflanzen, die jetzt ihrer Schwester gehörten, sah die Terrasse unwirtlich und kahl aus. Es sind manchmal nur Details, welche die Dinge verändern.

Die Liegestühle hatte sie dem Vermieter vermacht. Er hatte sie nur fassungslos angestarrt, als sie die Wohnung gekündigt und die Abschlagszahlung auf den Tisch geblättert hatte. Links vom Fabrikturm schlug die Kirchenuhr. Morgen um diese Zeit würde sie weg sein.

Obwohl sie alles lange geplant hatte, blieb der Abschied ein Gedanke, an den sie sich immer noch gewöhnen musste. Mit ein paar kleineren Unterbrechungen hatte sie ihr Leben in Basel verbracht. Sie war bodenständig, keine Frage. Doch hatte sie sich in den vergangenen Jahren immer weniger vorstellen können, auf ewig hier auszuharren. Die Sehnsucht nach einem anderen Leben hatte mit ihrer Beharrlichkeit schon immer heftige Kämpfe ausgefochten, aber bis zuletzt stets verloren. Sie dachte an einen Frosch, der, anstatt den rettenden Sprung zu wagen, kläglich im langsam erhitzten Wasserkessel verendet.

Das menschliche Leben war auch ein Experiment, allerdings hingen Art und Anzahl der Versuche in hohem Grad von einem selbst ab. Gemeinsam mit dem Frosch hatte man freilich den Umstand, dass es nur ein Leben gab. Hinter der Stadtgrenze hob sich eines der letzten Flugzeuge des Tages in den Himmel.

Helen Hauser sah hinüber zum Fabrikgelände. Der in fröhlichem Rot-Weiß angestrichene Turm reckte sich kerzengerade in die Höhe. Die Machtspiele hatten weiter unten in der Kommandozentrale stattgefunden. Je mehr sie innerlich dagegen rebellierte, desto eitler, ignoranter, egoistischer und hinterhältiger kamen sie ihr vor, gerade so, als ob sich ihre Visionen von selbst erfüllten. Oder waren die Leute des Kaders immer schon so und es war ihr nur nicht aufgefallen? Andererseits verdiente sie gut, zu gut für den großen Sprung. Was für einen Frosch der Wasserkessel war, war für sie der goldene Käfig der Firma, aus dem sie nicht entweichen konnte.

In der Tat, die Firma bezahlte sie gut. Schon das Grundgehalt war üppig gewesen. Wenn das Geschäft lief, war am Jahresende noch eine satte Prämie drin. Als einzige Frau im Mittelmanagement war Helen Hauser aus frauenpolitischen Reputationsgründen zudem so gut wie unkündbar, und natürlich hatte ihr das Gehalt, das sie dort verdiente, Möglichkeiten verschafft, von denen viele ihrer Freunde noch nicht einmal träumen konnten.

Vor sieben Jahren hatte sie sich dafür entschieden, ihre Arbeitszeit auf vier Tage in der Woche zu verkürzen, ohne dass sie auf etwas Wichtiges hätte verzichten müssen. Ihr Chef hatte sich zwar offenbar seine

Gedanken gemacht und sie bei der Verteilung des Jahresbonus seither mehrmals übergangen, aber es reichte immer noch für die jährliche Fernreise nach Südamerika, eine oder zwei Segelwochen im Mittelmeer und eine Woche mit Freunden im Engadin. Aber das alles half nichts. Sie wollte weg.

Viele Menschen werden in Zeiten des Aufbruchs euphorisch und stürzten sich beflügelt in ein großes, neues Lebensabenteuer. Helen Hauser gehörte nicht dazu. Sie dachte stets daran, was sie verlor. In diesem Leben, das war ihr schon lange klar, würde es für sie keine leichten Entscheidungen mehr geben.

♦♣♦

Das Telefon klingelte. Helen Hauser wunderte sich, dass es die Telefongesellschaft noch nicht abgestellt hatte. Sie hob so gut wie niemals ab, das gehörte zu ihren Freiheitsritualen. Wer etwas Wichtiges zu sagen hatte, würde auf das Band sprechen und wer wichtig war, der hatte die Handynummer. Sie ging hinein und sah auf das Display des Telefons. Es war keine Nummer, die sie kannte. Helen Hauser griff widerstrebend nach dem Hörer.

„Hauser."

„Guten Abend, Frau Hauser. Mein Name ist Oscar Medar. Ich bin ein Neffe von Eduard Renard."

Für einen Augenblick herrschte Stille. Oscar ahnte, dass er ins Schwarze getroffen hatte.

„Ja bitte", sagte Helen Hauser, „was kann ich für Sie tun?"

„Mein Onkel ist gestorben. Ich nehme an, Sie wissen Bescheid."

Helen Hauser antwortete nicht. Im Hintergrund hörte man nur das ferne Geräusch eines Flugzeugs.

„Er hat ein Depot mit Aktien hinterlassen“, setze Oscar hinzu, „ein Teil lautet auf Ihren Namen.“

Wieder schwieg Helen Hauser. Wusste die Frau am Ende gar nichts von dem Depot?

„Dass Eduard verunglückt ist, wusste ich“, sagte sie schließlich nach einer längeren Pause.

„Könnten wir uns treffen?“

„Das geht nicht. Ich verreise.“

Jetzt war es Oscar, der zögerte. Aber was hatte er zu verlieren?

„Vielleicht für eine halbe Stunde? Ich weiß nicht, was mein Onkel vorhatte und was die Aktien, die er gekauft hat, überhaupt wert sind. Wir sollten darüber reden, bevor Sie verreisen.“

„Werden Aktien mehr wert, wenn man über sie redet?“

„Es gibt ein paar Anzeichen dafür.“

„Klingt aufregend“, sagte Helen Hauser trocken. „Sie überfordern allerdings ein bisschen meine Fantasie.“

Oscar bemerkte, dass ihre Stimme widerhallte, als ob sie von einem leeren Raum aus telefonierte. Klar, schoss es ihm durch den Kopf. Helen Hauser verreist nicht. Sie zieht fort.

„In zwei oder drei Stunden könnte ich bei Ihnen sein“, sagte Oscar mit mehr Nachdruck, als er wollte.

Offenbar hatte Oscar sie auf dem falschen Fuß erwischt. Sie antwortete nicht.

„Frau Hauser?“

„Es ist Ihnen klar, wie spät es ist?“

„Besser spät als zu spät, Frau Hauser.“

Dieser Satz klang nach einem Ausspruch des letzten Führers der Sowjetunion. Oscar, der vermeiden wollte, irgendwie dramatisch zu klingen, hielt die Luft an. Helen Hauser sah auf ihre Koffer. Sie schüttelte unwillig den Kopf.

„Meinetwegen. Morgen um Elf im Badischen Bahnhof?"

„Sehr gut. Danke."

„Kennen Sie das Les Gareçons?"

„Ich werde es finden."

Sie legten auf. Helen Hauser ging nach draußen. Sie blieb am Geländer der Terrasse stehen. Unten fuhr knatternd ein Moped vorbei. Hinter den Bergen verschwand die Sonne. Sie bereute bereits, dass sie abgehoben hatte.

♦♣♦

„Und was willst du tun? Möchtest du deinen Mann nicht irgendwann anrufen?", fragte Oscar.

Ina zuckte mit den Schultern.

„Darüber kann ich immer noch nachdenken. Ich weiß ja schon, was kommt. Er wird mir vormachen, wie lächerlich unwichtig die Geschichte mit seiner Freundin doch ist."

„Vielleicht ist sie es ja. Aufs große Ganze gesehen."

Aus Inas Augen blitzte es plötzlich sehr angriffslustig.

„Es gibt kein großes Ganzes. Es gibt nur die Gegenwart", sagte sie nachdrücklich.

„Und warum bist du immer noch hier? Etwa, weil es fürchterlich abwegig und ausgeschlossen ist, dass man mit einem Mann die Zukunft plant und mit einem anderen etwas Wunderbares erlebt?"

Einen Moment dachte Oscar, Ina würde aufstehen und ihn sitzen lassen. Glücklicherweise trat die Bedienung an den Tisch. Sie nahm die Bestellungen auf. Oscar orderte eine Spezialität aus der Region, deren genauere Zusammensetzung er sich von dem Mädchen erklären ließ. Ina bestellte nur einen Salat.

„Weißt du, Oscar, vielleicht habe ich ja auch ein bisschen was verstanden", sagte Ina, als die Kellnerin gegangen war. „Ich fürchte, du hast sogar recht. Es ist nicht sehr wahrscheinlich, dass man ein ganzes Leben mit dem gleichen Mann in einem nie endenden Liebesrausch verbringen kann. Würden sonst ganze Völker noch mit dem Gewehr in der Hand ins Nachbarland einmarschieren oder von früh morgens bis spät in der Nacht in einem Büro sitzen?"

„Interessanter Gedanke", bemerkte Oscar halb belustigt. „So habe ich das noch gar nicht gesehen."

„Und ich sehe, dass sich jedenfalls die etwas weniger bescheidenen Gemüter unter uns gegenseitig einiges an Freiheit gewähren müssen, wenn man tatsächlich ein ganzes Leben lang zusammen bleiben will. Man braucht sich ja nur mal bei den anderen umzugucken. Aber wenn sich dieser Idiot von Mann von mir dabei erwischen lässt, wie er ‚Ich liebe dich' ins Telefon flötet, dann stellt sich selbst eine aufgeklärte Romantikerin wie ich gewisse Sinnfragen."

„Das heißt, du wirfst deinem Mann nur vor, dass er nicht schlau genug war, sich nicht erwischen zu lassen?"

„Ich gebe zu, das klingt so albern wie unglaubwürdig. Aber sieh es mal nicht philosophisch, sondern pragmatisch. Wenn dieser Trottel nicht so unvorsichtig gewesen wäre, könnte ich ihm gar nichts vorwerfen. Weißt du, Oscar, bevor du mich auf dem Parkplatz aufgeklaubt hast, waren wir gerade zwei Wochen in

Italien. Er war hinreißend. Und wir haben es miteinander getrieben wie schon lange nicht mehr."

Oscar hätte nicht erwartet, dass er jemals in seinem Leben von einer Frau etwas Derartiges zu hören bekommen würde. Die Frauen, die er kannte, waren anders. Sie hätten immer die Wahrheit wissen wollen. Selbst wenn sie alles zerstörte.

Er dachte an Lisa, mit der er ein paar Jahre zusammengewesen war. Offenheit stand bei ihr über allem. Sie hatten sich oft darüber unterhalten und manchmal sogar gestritten. Als sich Oscar und Lisa verliebten, lebte sie bereits mehr als zehn Jahre mit einem erfolgreichen, aber ebenso exzentrischen Maler zusammen und praktizierte, nachdem der Meister mit einer seiner Studentinnen angebandelt hatte, so etwas wie eine offene Ehe. Lisa behauptete, dass sie ihrem Mann alles erzählte, und auf den ersten Blick betrieb das Ehepaar die jeweiligen Nebenbeziehungen tatsächlich in vollkommener Offenheit. Die Toleranz machte selbst vor dem Ehebett nicht Halt, das sich die Ehegatten mitunter für eine Nacht mit dem Geliebten bereitwillig überließen.

Aber was war das, die „Wahrheit"? Oscar hatte sich oft gefragt, ob Lisa ihrem Mann eingestand, dass sie ihn liebte. Diesbezüglichen Fragen wich sie ebenso elegant wie ambivalent aus, und Oscar hätte darauf gewettet, dass sie ihre Gefühle zu einer oberflächlichen, rein sexuell motivierten Episode herunterspielte und, als es zu Ende war, vollends zur Bagatelle stilisierte.

Wie viele Menschen, die sich lieben und eigentlich auch gehören wollen, tatsächlich „die Wahrheit" übereinander wissen können, ohne an sich, dem anderen oder gemeinsam zu verzweifeln, blieb eine wiederkehrende Frage. Für Oscar brachen die starken menschlichen Gefühle wie Liebe und Lust, aber auch die Gier nach Geld und Macht ohne Einladung des Verstands hervor. Natürlich, man konnte Gefühle und angeborene Instinkte kontrollieren und auf etwas verzichten, aber in Wirklichkeit war diese äußerlich wahrnehmbare Kontrolle nur eine Seite der Medaille.

In der Liebe waren die Dinge ungleich komplizierter. Ein Partner erwartet vom anderen in aller Regel nämlich nicht nur den Verzicht auf Sex mit anderen, sondern auch, dass dieser Verzicht leicht fällt oder, noch besser, derartige Wünsche gar nicht aufkommen. Obwohl ein Verzicht, der schwerfällt, eigentlich viel mehr wiegen müsste, ist gerade er für den anderen eine Zumutung.

Ina schien mit ihrem Pragmatismus das schiere, aber nichtsdestotrotz originelle Gegenteil von Lisa abzugeben. Aus ihrer Sicht hatte der Mensch anscheinend weit mehr Spaß an seinem Leben, wenn er ab und zu die Wahrheit die Wahrheit sein ließ und sich im Fall der Fälle wie eine Mimikry verhielt.

„Die Ehe hat zumindest den Vorteil, dass sie beide Seiten zu einem Höchstmaß an Fantasie zwingt", hörte sich Oscar sagen.

„Wo hast du denn das her?"

„Oscar. Allerdings leider Wilde. Der Gute war freilich gar nicht verheiratet, daher müsste eigentlich hinterfragt werden, woher er seine diversen Weisheiten überhaupt hatte. Trinkst du ein Glas Wein mit mir?"

„Besser nicht. Ich habe einen ziemlich intensiven Charakter, der unter dem Einfluss diverser Getränke ungebremst zutage tritt. Wenn du mich im falschen Moment mit Alkohol erwischt, könnte das gefährlich für dich werden. Und zwar nicht in der Weise, wie sich ein Mann das normalerweise gerne vorstellt."

„Das macht nichts. Ich erwarte ja nichts von dir. Du kannst also getrost sagen, was für unmoralische Betrüger wir sind."

„Das ist ja wunderbar. Also gut."

Sie lachte und schnitt dazu ein Gesicht wie ein Kind vor der Weihnachtsbescherung. Oscar gab der Bedienung ein Zeichen für ein zweites Weinglas. Als er sie ansah, mit ihrem spitzbübischen Lächeln und den zarten Fältchen, verspürte er keine große Lust mehr, weiter nachzubohren. Schließlich wusste er um seine eigenen Widersprüche, und wenn er es genau betrachtete, machten ihm Leute, die keine hatten, weit mehr Angst als jene, die sich vor allen Augen mit ihnen herumschlugen.

„Das Unglück des Menschen beginnt wahrscheinlich damit, dass er zu viel von sich selbst erwartet", hörte sich Oscar trotzdem sagen. „Er hat ein irrationales Bild von sich. Am liebsten möchte er wirklich ein ganzes Leben lang mit dem Menschen glücklich sein, dem er in der kurzen Phase der erotischen Raserei verfällt."

„Und? Was wäre besser?", gab sie zurück. „Wenn du der Zukunft nicht mehr vertraust, raubst du der Gegenwart ja jede Bedeutung. Würdest du dich noch ernst nehmen, wenn du genau wüsstest, dass dir das, was du gerade erlebst, irgendwann wie eine lächerliche Bagatelle vorkommt?"

„Milde Formen von Autismus sind keine Krankheit, sondern eine Gnade", antwortete Oscar.

Ina holte Luft, um zu protestieren, kam aber nicht mehr dazu. Oscars Handy klingelte. Er hob zur Entschuldigung die Hand und ging mit dem Telefon am Ohr hinaus auf die Straße.

„Ich habe Helen Hauser gefunden", sagte er, als er draußen war. „Sie wohnt in Basel."

„In Basel? Gut. Kooperiert sie?", fragte Boysen.

„Das weiß ich noch nicht. Ich treffe sie erst morgen."

Oscar hörte, wie bei Boysen ein anderes Telefon klingelte. Offenbar war er noch im Büro.

„Wir sollten uns noch einmal darüber unterhalten, sobald Sie mit ihr gesprochen haben. Vielleicht weiß Frau Hauser ja etwas. Lassen Sie sie in jedem Fall eine Vollmacht unterschreiben."

„Wofür eine Vollmacht?"

„Eine Vollmacht für die Hauptversammlung der Aktionäre der Bergbahn. Frau Hauser soll Sie als ihren Bevollmächtigten einsetzen."

„Und wofür soll das gut sein?"

„Wenn Sie die Stimmen von Frau Hauser haben, können Sie in der Hauptversammlung mitmischen, sonst nicht. Es handelt sich um Namensaktien, und eine erhebliche Anzahl der Aktien hat Monsieur Renard auf ihren Namen gekauft. Sie brauchen eine schriftliche Erklärung, dass Sie Frau Hauser in der Aktionärsversammlung vertreten dürfen."

„Ist das so?"

„Ja, das ist so. Und fragen Sie Frau Hauser, ob sie eine Ahnung hat, ob außer ihr noch jemand anders als Aktionär von Renard installiert wurde. Es fehlen noch einige Aktien zur Sperrminorität."

„Ist gut", murmelte Oscar.

„Noch etwas: Schauen Sie, bevor Sie Frau Hauser treffen, einmal beim alten Parkplatz der Bergbahn vorbei und sehen sich an, was dort gemacht wird. Vielleicht gibt das mehr Aufschluss darüber, was Renard vorhatte. Ich muss jetzt auflegen. Schönen Abend."

Boysen hatte tatsächlich aufgelegt. Anscheinend hatte der Mann es immer eilig.

♦♣♦

Als Oscar zurückkehrte, saß Ina nicht mehr am Tisch. Allerdings hatte er sie auch nicht hinausgehen sehen.

Er war gespannt, wie es mit ihr und ihrem Mann weiter gehen würde. Womöglich würde er es nie erfahren. So widersinnig das war, aber für eine Freundschaft fand er sie weitaus zu anziehend. Es wäre nur anstrengend und lächerlich, wenn er die ganze Zeit an etwas anderes würde denken müssen, während man zusammen vielleicht irgendwo in einem Cafe herumsaß und scheinbar gleichgültig über Gott und die Welt redete. Umgekehrt war es bestimmt genauso.

So gesehen war es eigentlich ein Kompliment, wenn eine Frau, die moralisch-asketische Vorsätze gefasst hatte, einen Bogen um einen Mann machte. Es gehörte zwar zur hohen Schule der Selbsttäuschung, sich in passenden Momenten ehrbarer Motive bedienen zu können, aber es blieb trotzdem ein Irrtum zu glauben, man könne eine Situation, wenn man sie in vordergründig harmloser Absicht erst einmal geschaffen hat, jederzeit im Griff haben. Eine Frau wie Ina wusste das. Je attraktiver sie ihn fand, desto geringer war die Wahrscheinlichkeit, dass er sie je wiedersah.

Allein, für dieses Kompliment konnte man sich nichts mehr kaufen. Denn das war dann ja das Ende.

Auf der anderen Seite verloschen manche Feuer so schnell, wie sie erglommen waren. Das war philosophisch gesehen zwar nicht minder trostlos, aber man bekam, wenn man unterwegs nicht zu viel Porzellan zerdepperte, immerhin vielleicht noch mit, wie es dem anderen erging.

In diesem Moment kehrte Ina an ihren Tisch zurück. Ihre langen schwarzen Haare hatte sie zu einem Pferdeschwanz zusammengebunden. Ihre Schönheit litt darunter nicht, aber sie fiel, wie Oscar fand, ein wenig frecher aus. Zu diesem Befund trug auch eine kleine Sommersprosse bei, die sich auf ihr linkes Ohrläppchen verirrt hatte und jetzt, da die Harre zurückgesteckt waren, zum Vorschein kam.

„War das wieder einer deiner Banker?", fragte sie mit ironischem Unterton.

„Wie du weißt, hat meine Geliebte am Wochenende geheiratet und ist vermutlich in diesem Moment bereits schwanger. Es ist von daher also unwahrscheinlich, dass sie es war. Bleiben also nur die geheimnisvollen Banker."

„In Bezug auf die Braut wäre ich mir nicht so sicher. Du denkst zu eindimensional. Manche Leute heiraten, um endlich auseinandergehen zu können."

„Darauf möchte ich lieber nicht wetten", gab Oscar zurück. „Es gibt bessere Strategien, eine Liebe zu begraben, als sich mit illusorischen Hoffnungen zu quälen."

Sie tippte mit dem Mittelfinger auf seine Brust. Dazu schüttelte sie heftig den Kopf.

„Besser illusorische Hoffnungen als gar keine mehr, Oscar. Oder willst du dir künftig nur noch Gedanken darüber machen, wie du dein Depot umschichtest oder wohin du mit dem vielen Zaster in den Urlaub fährst? Dafür bist du noch nicht alt genug."

„Nun, theoretisch und statistisch gesehen gäbe es immerhin noch weit über drei Milliarden andere weibliche Wesen auf der Erde."

„Aber rein praktisch gesehen hattest du offenbar bei dieser Frau so etwas wie einen Royal Flash auf der Hand und hast sie von einem Typen mit zwei oder drei Neunern vor den Traualtar ziehen lassen. Glaubst du wirklich, du kriegst bei jedem Spiel so ein Blatt?"

„Sylvie will unbedingt Kinder. Dafür sind ein paar solide Neuner weit besser als ein Flash. Der elektrisiert zwar alles, ist aber dann, gefolgt von riesigem Donnerhall, verschwunden."

Oscar wartete auf eine gesalzene Antwort, von der er bereits ungefähre Vorstellungen hatte. Zu seiner Überraschung hob Ina jedoch ihr Glas und stieß mit ihm an.

„Reden wir besser über was anderes, mein Lieber. Die Geschichte mit dieser Lady hast du eh schon vergeigt. Es gehört zu den wichtigsten Erfolgsrezepten, dass man immer schön nach vorne schaut. Also los: Was tut sich nun in deinem Geheim-Depot und in der Hochfinanzszene?"

Die Augenblitze von vorhin waren übergangslos einem Lächeln gewichen. Er verstand nicht alles an dieser Frau. Vor allem nicht diese nahtlosen Stimmungswechsel, die sie ohne jeden Übergang zustande brachte. Er beobachtete fasziniert ihr Minenspiel.

„Die Hochfinanz meinte, wir sollten einen ehemaligen Parkplatz aufsuchen", sagte er geheimnisvoll.

„Das ist originell. So was habe ich schon ewig nicht mehr gemacht. Zeigst du mir dort dann deine Briefmarkensammlung?"

„Nein, wir schauen nach, warum der Onkel plötzlich so einen Appetit auf Bergbahn-Aktien hatte."

„Und da gibt es nach den diversen Erörterungen mit der Hochfinanz bereits erste Vermutungen?"

Oscar sah ihr in die Augen.

„Das ist eine offenbar etwas kompliziertere Geschichte. Willst du sie hören?"

„Klar will ich. Wir können doch nicht den ganzen Tag nur vögeln, oder?"

♦♣♦

Inzwischen war es dunkel geworden. Man sah nicht viel. Hinter dem Bauzaun war schemenhaft die Rohform von riesigen, quaderförmigen Blöcken zu erkennen. Dazwischen standen ein paar Schutthaufen und drei Baukräne.

„Die scheinen hier ja einiges vorzuhaben", sagte Ina. „Wahrscheinlich hast du recht – der Onkel wollte aus irgendeinem speziellen Grund hier mitmischen. Hast du die Apartmenthäuser entlang der Straße gesehen?

„Die sahen ziemlich neu aus", sagte Oscar.

„Und leer", setzte Ina hinzu.

„Aber warum wohl baut man noch größere Kästen, wenn man nicht mal die kleinen los wird?"

Eine schwarze Limousine fuhr heran und hielt vor dem an die Baustelle angrenzenden Hotel. Ein ungefähr sechzigjähriger Mann stieg aus, begleitet von einer blonden Frau. Er blieb mit der Blondine, die gut 30 Jahre jünger sein mochte, in ein paar Metern Entfernung vor dem Zaun stehen. Gestikulierend zeigte er irgendwo auf die Baustelle.

„Fragen wir doch den Herrn dort, der kennt sich bestimmt aus", flüsterte Ina.

Ohne Oscars Antwort abzuwarten ging sie auf den Mann zu. Oscar folgte ihr, blieb aber auf halber Strecke stehen.

„Guten Abend. Entschuldigen Sie. Wissen Sie, was hier gebaut wird?"

„Das wird die neue Wohnungsanlage Blocks-Fort", sagte der Mann mit unüberhörbar lokalem Akzent.

„Sieht ziemlich riesig aus, das Ganze. Sind die Wohnungen schon verkauft?"

Oscar bemerkte, wie Ina auf einmal abschätzig gemustert wurde.

„Sind Sie von der Presse?“, fragte der Mann, ohne sich Mühe zu geben, sein Missfallen zu verbergen.

„Wir haben uns gewundert, warum hier noch groß gebaut wird, wo doch schon so viele Apartments im Ort leer stehen.“

„Soso“, sagte der Mann.

Er flüstere seiner Begleiterin etwas zu, und die beiden verschwanden wieder im Auto. Als Ina zurückkehrte, strahlte sie über das ganze Gesicht.

„Oscar, wer fürchtet sich vor Journalisten?“

„Jemand, der in der Zeitung nichts Schlechtes über sich lesen will.“

„Und wer kommt schlecht weg, wenn in der Zeitung steht, dass an diesem Ort eine neue Alpenfestung hochgezogen wird?“

„Der Bürgermeister? Weil er die Genehmigung auf dem Gewissen hat?“

„Gute Theorie. Aber doch nicht schon, bevor das architektonische Kunstwerk überhaupt fertig ist.“

„Besonders alpenidyllisch sehen die Klötze jedenfalls nicht aus. Allerdings, wenn ich es bedenke… Für einen schlechten Geschmack schämt sich heute niemand mehr. Im Zweifel nennt man etwas einfach ‚Avantgarde‘. Mit diesem Zauberwort kann man jeden Kritiker jederzeit in einen konservativen Spießer verwandeln“, sagte Oscar.

Oscar dachte an Lisas Maler, dessen Kunst für einen normalen Sterblichen ebenfalls nicht zugänglich war. Die Bilder, die er in seiner Wohnung aufgehängt hatte, waren dermaßen Avantgarde, dass sie, wie Oscar überschlägig schätzte, von höchstens zehn Leuten auf dem Erdball verstanden wurden. Fast hätte Oscar über seine leichtsinnigen Gedanken lachen müssen. Aber irgendwie schien es, als ob es ein Künstler just in dem Moment wirklich geschafft hatte, in dem er mit jedem noch so wirren Werk beim staunenden Publikum einen Anfall des intellektuellen Selbstzweifels auszulösen in der Lage war.

„Vielleicht hat ja der Bauherr höchstpersönlich ein Problem“, sagte Ina.

Sie zückte einen Stift und schrieb die Autonummer des fremden Wagens auf, der soeben davon fuhr.

“Wobei es bei dieser Gattung in der Regel nicht um guten Geschmack, sondern eher um Geld geht. Aber wem das Auto gehört, können wir ja herausfinden, nicht?“

„Wie, herausfinden? fragte Oscar überrascht. „Wozu schreibst du die Autonummer auf?“

Die schwarze Limousine entfernte sich in die Richtung, aus der sie gekommen war. Ina schaute auf ihre Armbanduhr.

„Wozu, lieber Oscar, hast du eine Journalistin kennengelernt? Und kannst du mir nun doch einmal kurz dein Handy leihen?“

♦♣♦

Es war bereits nach Mitternacht. Die Klimaanlage hatte sich abgeschaltet. Im Büro war es stickig und düster. Christoph Boysen saß hinter seinem Schreibtisch und merkte nichts davon. Seit Stunden hatte er nur noch vor sich auf den Bildschirm gestarrt. Die amerikanischen Häuserpreise stürzten weiter in die Tiefe. Sie fanden einfach keinen Boden. Der Bericht aus New York war niederschmetternd. Niemand hatte damit gerechnet, dass so viele Hauseigentümer aufgeben mussten.

Was hatten die Amerikaner da gemacht? Kredit für alles und jeden? Die Bank stand nicht mehr weit vor der Klippe, an der es kein Entrinnen mehr gab. Jede weitere Herabstufung der Wertpapiere durch die Ratingagenturen trieb sie näher heran. Boysen würde tatenlos zusehen müssen, wie es Stück für Stück dem Ende zuging. Er lehnte sich zurück und schaute über den Bildschirm hinweg in die Nacht.

Früher war er anders gewesen. Freilich, auch in seinem vorigen Job bei der Förderbank hatte er Typen erlebt, die ohne Rücksicht um ihr Territorium und ihre Macht kämpften. Daneben spulte das große Heer der Gleichgültigen das tägliche Pensum herunter. Doch gab es dazwischen eine kleine Gruppe, die in den Entwicklungshilfe-Projekten regelrecht aufging. Sie wurde davon angetrieben, etwas Gutes tun zu wollten. Diese wenigen waren unermüdlich. Ihre Motivation trotzte allen Widrigkeiten bei der Abwicklung der Projekte wie auch jeder Willkür in der eigenen Hierarchie. Boysen hatte diese Idealisten bewundert. Wäre er geblieben, hätte er ihnen vielleicht sogar nachgeeifert, wer weiß.

Bei einer Großbank, die an allen wichtigen Finanzplätzen der Welt an der Börse notiert wurde, war alles anders. Es ging darum, Geld zu verdienen. Boysen hatte gesehen, wie schnell die Instinkte in dieser Umgebung zu unbezwingbaren Riesen wurden. In der Herde erfolgssüchtiger Egozentriker hatte er sich verändertet.

Die vergangen Jahre hatte er wie die gesamte Branche in einer Art Goldgräberstimmung erlebt. Die Finanzindustrie boomte, befeuert von niedrigen Zinsen und dem kreditfinanzierten Kaufrausch der Amerikaner. Die Aktienkurse schossen in die Höhe, und es verging kaum ein Tag, an dem nicht eine andere Bank einen neuen Rekordgewinn vermeldet hatte. Irgendwann wurde es riskant, das hatte Boysen gewusst.

Doch ist ein Risiko eben nur die Wahrscheinlichkeit eines Verlustes, und gibt keine Gewissheit, ob und wann er tatsächlich eintritt.

Boysen konnte sich nichts mehr vormachen. Kollektiv mit all den anderen hatte er die drohende Gefahr einfach verdrängt. Der Aufschwung und der Gewinn waren zum Greifen nah gewesen, und der Bonus, der ihm am Jahresende winkte, auch. Wer kehrt schon gerne um, während eine euphorisierte Meute gierig von einem Gewinnrausch in den nächsten taumelt? Solange die Musik spielte, standen alle auf und tanzten. Und wie all die anderen hatte auch Boysen nicht aufhören können, selbst als die schwarzen Sturmwolken schon mitten über dem Atlantik standen.

Boysen war müde. Er legte den linken Arm auf und stützte seinen Kopf auf die Handfläche. Als er vor einigen Tagen die Bank betreten hatte, war Oscar Medar vielleicht noch ein Idealist gewesen. Vielleicht wäre es besser gewesen, er hätte ihn Arpagaus überlassen. Arpagaus hätte seine Bergbahn-Aktien mit satten Arbitragegewinnen für die Bank irgendwo verramscht und Medar hätte den Geruch des großen Geldes nie in die Nase bekommen.

Boysen wusste: was er tun würde, konnte das Leben von Oscar Medar verändern. Genau so, wie Eduard Renard sein Leben verändert hatte.

♦♣♦

Besonders groß war sie wahrscheinlich nicht. Das Basketballtrikot, das sie in Eds Schlafzimmerschrank gefunden hatten, hatte Ina perfekt gepasst. Eduard Renard selbst war ein Bär von einem Mann gewesen. Aber das hieß nichts. Oscar konnte sich gut vorstellen, dass er, wie viele große Männer, in Bezug auf Frauen einen Hang zur Asymmetrie verspürt hatte. Er ärgerte sich, dass er nicht gewagt hatte, Helen

Hauser nach einem Erkennungszeichen zu fragen. Aber womöglich würde sie ohnehin nicht kommen.

Wie in manch anderer Stadt hatte sich auch in Basel eine interessante Bahnhofskultur ausgebreitet. Die fast zehn Meter hohen Hallen, die früher einmal als Wartesäle gedient hatten, luden dazu ein, sie mit ein paar architektonischen Kniffen in angesagte Restaurants zu verwandeln. Im hinteren Teil des Les Gareçons, in dem Oscar nun wartete, hatte der Architekt auf die Effekte einfacher Formen und Symmetrien gesetzt. Quadratische Lampen aus lachsfarbenem Tuch schwebten über ebenso quadratischen Tischen und Sitzecken. Oscar dachte sofort an die schroffen Quader auf der Baustelle. Anscheinend war eckig in diesem Land gerade enorm in.

Was verband Helen Hauser mit Ed? War sie seine Geliebte? Seine Mutter hatte erzählt, dass Ed zwar nie verheiratet war, auf Frauen jedoch sehr anziehend gewirkt haben musste. Womöglich lag das an seinem Charme oder seinem scharfsinnigen Verstand, mit dem er Frauen beeindruckte. Doch konnte dieses Phänomen auch mit seiner physischen Erscheinung zu tun haben. Manche Frauen, so meinte Oscars Mutter, sehnen sich danach, einmal loslassen und die Verantwortung auf sehr große Schultern legen zu können. Einer wie Eduard, der ebenso stark wie klug war, konnte diese Rolle spielen. Und wenn die Mutter recht hatte, so spielte er sie auch.

Am hinteren Eingang erschien eine mittelgroße Frau, die um die fünfzig sein mochte. Die Haare waren fast schon weiß, doch wirkte ihre Erscheinung schlank, sportlich und voller Energie. Als sie sich suchend umsah, stand Oscar auf.

„Frau Hauser?“

Sie kam auf ihn zu und gab ihm die Hand. Oscar machte eine Verbeugung und eine einladende Handbewegung. Sie setzte sich ihm gegenüber.

Oscar sah in zwei scheue dunkelbraune Augen. Helen Hauser strich nervös durch ihre Haare. Sie musterte ihn. Oscar begriff, wie schwer ihr diese Begegnung fiel. Wenn sie Eduards Geliebte gewesen war, fürchtete sie sich davor, etwas von ihrem toten Freund in ihm wiederzuerkennen. Auf diese Weise konnte der Schmerz des Verlustes schnell wieder hochkommen.

„Leider habe ich nicht viel Zeit", sagte Helen Hauser.

Zur Unterstreichung dieser Aussage warf sie einen flüchtigen Blick auf ihre Armbanduhr. „Mein Zug fährt bald."

Oscar bestellte einen Krug der hausgemachten Waldbeerlimonade, einer der Hits im Les Gareçons. Dann berichtete er von Eds Depot und den Bergbahn-Aktien.

„Haben Sie gewusst, dass Eduard auf Ihren Namen Aktien gekauft hat?"

Helen Hauser hatte sicher damit gerechnet, dass Oscar die Frage stellen würde. Trotzdem schien es, als würde sie die Antwort sorgfältig abwägen.

„Eduard sprach davon, dass er Anteile an der Bergbahn kaufen wollte. Aber er hat mir nicht direkt gesagt, dass ich dabei irgendeine Rolle spiele."

„Aber indirekt schon?"

„Er sagte etwas darüber, dass die Bergbahn Schwierigkeiten machen würde, wenn er dort selbst in großem Stil einsteigen würde."

Die Bedienung erschien und stellte die Karaffe mit der Limonade auf den Tisch. Farblich passte alles wunderbar zusammen. Die karminroten Wände, das lachsfarbene Tuch der Deckenlampen und jetzt das quirlige Rot der Limonade, das wie eine Mischung aus allem aussah. Sie tranken einen Schluck.

„Schade, dass wir so wenig Zeit haben. Ich hätte mich gerne über meinen Onkel unterhalten. Als ich noch sehr jung war, bin ich ab und zu bei ihm in London gewesen. Irgendwann gab es Dissonanzen in der Familie und wir verloren den Kontakt zu ihm. Ich habe fast keine Erinnerung mehr daran, wie er war."

„Über seine Familie hat Ed nie gesprochen. Doch hing ein Foto von Ihnen in seinem Arbeitszimmer. Ich glaube, die Freiheit, die ihm immer so unersetzlich wichtig war, begann irgendwann, ihren Preis zu fordern. Er fühlte sich manchmal einsam. Je älter er wurde, desto öfter hat er bedauert, dass er keine Kinder hatte."

Helen Hauser schaute wieder auf ihre Armbanduhr. Oscar goss Limonade nach. Er schien zu vergessen, warum er hergekommen war.

„Kannten Sie Eduard schon lange?", fragte er.

„Ich habe ihn während eines Auslandssemesters in New York kennengelernt, als er noch in Amerika gearbeitet hat. Wir waren allerdings nie ein klassisches Paar, falls Sie sich das fragen. So etwas hätte niemals funktioniert. Glücklicherweise wussten wir das beide. Das Maximum, was ich selbst je zustande gebracht habe, waren Distanzbeziehungen. Die Männer, mit denen ich zusammen war, lebten mindestens drei Stunden von Basel entfernt. Ich muss annehmen, dass das kein Zufall ist. Jedenfalls sollte man angesichts meiner Eigenheiten nicht unbedingt Kinder haben."

Obwohl er sie erst ein paar Minuten kannte, ahnte Oscar, was Ed an dieser Frau gemocht hatte. Sie war direkt und kam ohne Spielchen zur Sache.

„Wie erging es meinem Onkel? War er glücklich?"

Helen Hauser schaute ihn verwundert an. Offensichtlich schien sie die Frage aber auch zu amüsieren. Sie setzte ein gutmütiges Lächeln auf.

„Schauen Sie, Oscar. Eduard und ich kannten uns wie gesagt sehr lange. Wenn Sie in einen Marathonlauf gehen, fangen Sie da gleich an zu sprinten, als ginge es in einen 100-Meter Lauf?“

„Ich verstehe nicht ganz“, sagte Oscar.

„Wir haben uns nicht ständig gesehen. Manche Monate sogar überhaupt nicht.“

Sie nahm ihr Glas, setzte es an den Mund. Oscar bemerkte ihr schlankes Handgelenk, doch auch einen erstaunlichen Bizeps, den er der zierlichen Frau nie und nimmer zugetraut hätte. Offensichtlich hatte Helen Hauser das Basketball-Spielfeld beizeiten durch die Kraftmaschinen eines Fitnessclubs ersetzt.

„Eduard hatte sich zuletzt ziemlich verändert“, fuhr Helen Hauser fort. „Als er zurück nach Europa kam, war sein Hunger nach Geschäften noch lange nicht gestillt. Er arbeitete zwar nicht mehr so viel wie zuvor und flog auch nicht jede Woche um die halbe Welt. Aber er hatte immer noch einige Projekte, die ihn antrieben. Manchmal hing er wie im Fieber stundenlang am Telefon. Aber dann hörte alles mit einem Schlag auf. Irgendetwas war vorgefallen.“

Oscar wartete, aber Helen Hauser sagte nichts mehr. Sie rührte abwesend mit dem Löffel zwischen den Eiswürfeln herum.

„Haben Sie eine Vorstellung davon, was das gewesen sein könnte?“, fragte Oscar so behutsam wie möglich.

„Genau weiß ich es nicht. Eduard hat nicht über alles gesprochen. Aber es muss mit der Firma in den Staaten zu tun gehabt haben, für die er einmal im Vorstand saß und noch immer eine Beteiligung hatte. Etwas, das mit dieser Firma zusammen hing, bedrückte ihn. Aber er wollte nicht darüber reden. Danach haben wir uns eine Weile nicht gesehen.“

Helen Hauser verzog ein bisschen den Mund. Es fiel ihr schwer weiterzureden.

„Wissen Sie wie die Firma hieß, in der er war?“

„Irgendein lustig klingender Name. Es war aber alles anders als lustig. Beim nächsten Wiedersehen sagte er, dass der Laden irgendwann zusammenbrechen würde. Ich hatte ihn in all den Jahren nie so düster erlebt. Wenig später hat er mir am Telefon erzählt, dass er seine Anteile verkauft hätte. Alle auf einen Schlag.“

Ein Mann am Nebentisch fluchte lautstark in sein Telefon und rief dann nach der Bedienung. Halt die Klappe, dachte Oscar. Er hatte Angst, dass Helen aufhörte zu reden.

„Als ich ihn das letzte Mal in Nizza besucht habe, lagen die Börsen-Zeitung und die Financial Times zwar noch irgendwo herum, aber nur, weil er nicht die Energie aufbrachte, das Abonnement zu kündigen. Er würdigte die Finanzwelt keines Blickes mehr.“

Sie sah ein drittes Mal auf die Uhr. Dieses Mal tat sie es auffällig lange. Oscar war klar, dass ihm nicht mehr viel Zeit blieb.

„Ich weiß nicht, wo mein Onkel sonst noch überall mitgemischt hat“, sagte Oscar endlich. „Es gab einen ziemlichen Auftrieb bei der Testamentsverlesung. Ich nehme auch nicht an, dass da nur Hosenknöpfe verteilt wurden. Doch zumindest alles, was an Wertpapieren in seinem Churer Depot lag, hatte er auf einmal verkauft und in Anteile der Bergbahn dieses Graubündner Dorfes gesteckt. Haben Sie eine Ahnung, was er mit diesen Bergbahn-Aktien wollte?“

„Dazu kann ich nicht viel sagen“, sagte Helen Hauser schulterzuckend. „Ich glaube aber nicht, dass es ihm um noch um Gewinne oder Dividenden ging.“

„Wie kommen Sie darauf?“

„Ich hatte ihn ein paar Wochen vor seinem Unfall getroffen. Er sah nicht gut aus."

Helen Hauser standen die Tränen in den Augen.

„Vielleicht hätte er gern darüber geredet. Dieses letzte Mal traf ich ihn in einem Cafe in Zürich. Ich hatte einen Fortbildungskurs und musste zu einer Abendveranstaltung. Also ich wollte nicht in der Eile etwas schnell mal abhaken und danach gleich aufstehen. Verstehen Sie?"

„Und jetzt tut es Ihnen leid, dass Sie mit ihm nicht darüber gesprochen haben."

Helen Hauser schwieg. Sie zuckte nicht mal mehr mit den Schultern. Oscar legte einen Zwanzigfrankenschein auf den Tisch. Sie standen auf.

„Darf ich Sie zum Zug begleiten?"

Sie gingen gemeinsam hinaus. Das Häuschen für die Passkontrolle war unbesetzt. Man übte bereits den Wegfall der Grenzkontrollen, der in ein paar Monaten amtlich werden würde.

„Ich bedauere auch, dass ich meinen Onkel nicht einmal mehr besucht habe, nachdem er zu meiner Familie den Kontakt abgebrochen hatte. Ich wusste nicht, wo er war und schob die Suche vor mir her. Man denkt ja immer, man hätte für alles noch so viel Zeit", sagte Oscar.

„Und ich sehe erst jetzt, wie wichtig er für mich war. Ich konnte jederzeit zu ihm kommen, er wusste immer Rat und Trost. Selbst wenn ich es nie mehr in Anspruch genommen hätte, war es ein sehr gutes Gefühl zu wissen, dass jemand für einen da ist."

„Vielleicht schätzt man auf Dauer nur das, was man nicht hat", sagte Oscar.

Dazu hätte er noch eine Menge sagen können. Sein vordergründig selbstloser Verzicht auf Sylvie war vielleicht im Grunde auch nichts anderes als eine konsequente Anwendung dieser niederschmetternden Erkenntnis.

Während sie langsam in Richtung der Gleise gingen, starrte Helen Hauser stumm vor sich hin. Das Treffen hatte nun tatsächlich die Wendung genommen, die Oscar befürchtet hatte. Helens Trauer über den Verlust des Freundes war zurück. Oscar wusste nicht, wie er sein Anliegen anbringen sollte. Es in dieser Stimmung zu versuchen war herzlos.

Sie gingen die Rampe zum Bahnsteig hinauf. Eine elegant gekleidete Rothaarige in Stöckelschuhen schickte sich an, einen schweren Koffer über die Rampe zu wuchten. Oscar wollte schon helfen, aber ein anderer Mann kam ihm zuvor. Sie hörten die Ansage der Bahnhofsprecherin. Der Zug nach Zürich würde gleich ankommen. Oscar gab sich einen Ruck.

„Ich möchte Sie um etwas bitten, Helen. Eduards Banker meinte, es wäre gut, wenn Sie mir Ihre Stimmen übertragen würden."

„Was für Stimmen?"

„Mit Aktien erwirbt man Stimmrechte in der Aktionärsversammlung. Ich weiß noch nicht genau, wozu das gut sein soll. Aber dieser offenbar ziemlich hohe Banker aus der Zentrale ist von Zürich bis nach Chur gefahren und hat mich beschworen, bloß nicht nur eine einzige Aktie zu verkaufen. Ich verstehe davon im Moment so viel, dass man alles, was mein Onkel besaß, zusammenlegen muss, um etwas mit diesen Anteilen anfangen zu können. Eduard war anscheinend so bekannt in der Szene, dass er einen Teil der Aktien auf Umwegen auf fremde Namen kaufen musste. Genauer gesagt: auf Ihren und meinen. Wenn Sie länger verreisen wäre es gut, wenn Sie mir eine Vollmacht für die Ausübung ihrer Stimmrechte geben würden."

Oscar wunderte sich selbst, wie nüchtern und geschäftsmäßig er die Sache vorgebracht hatte.

„Aha“, sage Helen Hauser trocken.

Oscar sah sie fragend an.

„Ich werde aus der Schweiz fortgehen, Oscar. Eduard hat mich bedacht. Machen Sie sich keine Gedanken. Was ich am wenigsten will ist hier noch in etwas Kompliziertes verstrickt zu werden.“

Der Zug fuhr ein. Oscar holte das Papier hervor, das er am Morgen verfasst hatte. Er hielt es ihr hin. Sie warf einen kurzen Blick darauf. Ohne etwas zu sagen nahm sie den Kugelschreiber, den Oscar aus seiner Jackentasche gezogen hatte, und schrieb ihren Namen unter den Text.

„Würden Sie bitte noch Ihren Geburtstag hier draufschreiben?“

Oscar zeigte auf die vorgesehene Stelle. Die Frage sollte so beiläufig wie möglich kommen. Aber so einfach funktionierte das natürlich nicht. Oscar war sich selbst unangenehm und das merkte sie natürlich. Sie sah ihn fragend an.

„Wozu brauchen Sie das denn?“

Oscar hatte bereits eine vorgefertigte Antwort im Kopf. Aber er entschied sich für die Wahrheit.

„Ed hatte einen geheimen Safe im Kleiderschrank. Unmittelbar davor lag ein Basketball T-Shirt von Ihnen, was ich als Zeichen dafür gedeutet habe, dass wir uns unterhalten sollten. Es könnte darüber hinaus auch sein, dass er das Zahlenschloss mit dem Datum ihres Geburtstags programmiert hat.“

„Die Aussicht auf einen großen Schatz macht anscheinend erfinderisch“, sagte Helen Hauser mit unüberhörbar sarkastischem Unterton.

Die offene, fast schon vertraute Stimmung war dahin. Helen Hauser schrieb schweigend die Zahlen auf das Papier. Sie schien alles möglichst schnell und ohne Diskussionen hinter sich lassen zu wollen. Als sie mittendrin plötzlich innehielt, fragte sich Oscar, ob sie sich an die Wahrheit gehalten hatte. Angewidert von Oscars Umtriebigkeit konnte sie genauso gut etwas Sinnloses erfinden.

Die ersten Leute stiegen aus. Es war der Startschuss für das übliche Bahnsteiggedrängel. Der Mann von der Treppe hatte sich neben die Rothaarige gestellt. Er wartete auf seinen Einsatz, ihr den Koffer in den Zug hieven zu dürfen. Helen Hauser sah schweigend in die Wolken.

„Wie heißt der Banker, der Sie beraten hat?", fragte sie plötzlich.

„Christoph Boysen."

„Dachte ich mir."

„Wie? Sie kennen ihn?", fragte Oscar überrascht.

„Das wäre zu viel gesagt. Ich habe ihn nie persönlich kennengelernt. Aber Eduard und Boysen kannten sich schon lange. Er hatte ab und zu mal von ihm gesprochen. Ich denke, die beiden waren irgendwie sogar so etwas wie Freunde. Wenn das in diesem Bankengewerbe überhaupt möglich ist."

„Boysen tat mir gegenüber so, als hätte er Ihren Namen noch nie gehört."

„Eduard war, was Frauen anging, sehr diskret. Verschwiegenheit war so etwas wie eine goldene Regel für ihn. Es kann durchaus sein, dass er meinen Namen Boysen gegenüber nie erwähnt hat."

Die Leute begannen mit dem Einsteigen. Helen Hauser streckte Oscar die Hand hin. Er hätte sie lieber in den Arm nehmen wollen.

„Passen Sie auf sich auf, Oscar.“ Ihre Stimme klang fürsorglich.

„Wohin geht es?“, fragte er.

„Südamerika. Argentinien war immer mein Traum. Und nun werde ich ihn leben.“

„Sie steigen aus?“

„Jetzt steige ich erst mal ein“, lachte sie. „Und von Aktien, Stimmrechtsübertragungen und möglichen Gewinnen will ich nichts wissen. Sie dürfen sich wirklich gerne alleine damit herumschlagen.“

Helen Hauser nahm die Stufen hinauf in den Zug. In der Tür drehte sie sich noch einmal um. Sie hob ihre Hand und lächelte.

Oscar wollte noch etwas sagen, doch Helen hatte sich bereits umgedreht. Sie ging ins Abteil, um einen Sitzplatz zu suchen. Der Schaffner pfiff. Die automatischen Türen schlossen sich.

Oscar blieb noch eine Weile auf dem Bahnsteig stehen und sah dem Zug nach. Er rührte sich noch nicht einmal, als das weiße Ende längst nicht mehr zu sehen war.

♦♣♦

„Wo bist du“?

„In Basel. Genauer gesagt in einer Telefonzelle.“

„In Basel? Was machst du denn da? Und wolltest du nicht zu mir kommen?“

„Wollte ich, ja. Aber ich muss vorher meinem Retter vom Parkplatz zur Seite stehen. Rettung auf Gegenseitigkeit, sozusagen.“

„Und warum muss das in Basel stattfinden? Was hat er denn?“

„Sagen wir mal, es geht eher darum, was er nicht hat."

„Aha. Also geht es um Geld."

In Sachen Geld kannte sich Flora aus. Beim Escort-Service traf sie ausnahmslos mit Leuten zusammen, die zu viel davon hatten und sich Gedanken machten, wie sie es wieder loswerden konnten. Offenbar war das alleine zu schwierig oder mit der Ehefrau zu langweilig, weshalb man bei der Agentur Personal anheuerte, um beim Abbau der Überschüsse ein wenig Unterstützung zu erbitten. In diesen Kreisen war Flora ein gefragter Star. Ihre Klientel wurde irgendwann nach ihr süchtig und trieb ihr Bankkonto in schwindelerregende Höhen.

„Richtig, Flora-Engelchen", antwortete Ina. „Der Onkel des Retters ist gestorben. Er hinterließ ein Bankdepot mit vielen, aber anscheinend ertraglosen Aktien von irgendeiner Bergbahn. Dazu hat der Onkel in seinen Kleiderschrank einen geheimnisvollen Safe eingebaut. Nun weiß der Erbe nicht, was er damit anfangen soll. Irgendwie tragisch. In den Safe kommt er nicht rein und aus den Bergbahn-Aktien nicht raus."

Ina hörte, wie Flora laut lachte.

„Rein und raus. Wie beim Escort-Service."

„Sehr witzig", grunzte Ina zurück.

„Du verstehst ja gar keinen Spaß mehr. Aber sag jetzt mal: Was tust du in Basel?"

Darauf wusste Ina keine richtige Antwort. Jedenfalls keine, die sie hätte preisgeben wollen.

„In der Geschichte stimmt etwas nicht", überging sie Floras Frage. „Der Onkel war Banker. Einer von der Sorte kauft sich nicht einfach aus einem Jux heraus Anteile an einer Seilbahn, die jahrelang keinen Rappen Dividende ausgespuckt hat."

„Du bist ja der Wirtschaftsexperte. Ich dachte aber, die sogenannten Heuschrecken machen so was schon mal."

„Ich glaube nicht, dass ein Fünfundsiebzigjähriger ein Unternehmen in einem abgelegenen Bergdorf kauft, um es dann wieder zu verscheuern."

„Und was ist mit Warren Buffet? Der ist ja auch nicht gerade ein Neugeborener.""

„Der hat eine riesige, gierige Truppe, die jeden Laden auf den Kopf stellt und notfalls mit dem eisernen Besen durchpustet. Davon war beim toten Onkel weit und breit nichts zu sehen. Außerdem macht eine richtige Heuschrecke so was vielleicht bei General Motors, aber nicht bei einer Seilbahn."

„Was wollte er dann?", fragte Flora weiter.

„Keine Ahnung. Jedenfalls sieht es so aus, als ob ein harmloses kleines Goldfischchen von der Universität herausfinden muss, was der Hai von der Großbank vorhatte."

„Und dabei hilfst du ihm jetzt", sagte Flora immer noch ein bisschen ungläubig.

„Genau."

Hinter Ina ratterte eine elegante Basler Straßenbahn vorbei. Die Eleganz beschränkte sich allerdings auf den optischen Effekt ihrer grünen Farbe. Die Geräusche waren abscheulich. Die Freundinnen mussten ihr Gespräch unterbrechen.

„Gestern Abend haben wir durch Zufall den Chef der Bergbahn getroffen, als er einer jungen Lady das neueste Bauprojekt zeigen wollte", setzte Ina fort, als es wieder ruhig war. „Ich habe ihn gefragt, welchen Sinn die neuen Apartmentblocks haben, wo doch schon im Dörfchen so viele Ferienwohnungen leer stehen. Also entweder ist der paranoid oder da ist etwas faul.

Er zog in aller Windeseile wieder ab. Dabei hatte er eine Mieze dabei, der er gerade mit stolzgeschwellter Brust sein Empire zeigen wollte."

„Vielleicht sieht man dir deinen Beruf einfach an, meine Liebe. Oder der Mann hat ein besonderes Spürnäschen für ungemütliche Situationen. Aber sag, wo steht das denn, das große Empire?"

„In Melf."

„Das kenne ich. Da war ich mal mit einem Typen zum Skifahren. Ist schon ein paar Jahre her. Aber ich erinnere mich noch gut. Wir standen zusammen mit ein paar Vertretern der Zürcher Goldküste oben an der Cüpli-Bar."

„Aber anscheinend fährt die Goldküste abends wieder nach Hause. Sonst würden ja nicht so viele Apartments leer stehen."

Ina hörte wieder Floras Lachen.

„Bei all den Cüpli, die sie da oben in der Bar gefasst hatten, kann ich mir nicht vorstellen, dass die noch weit gekommen sind…"

Eine neue Straßenbahn erschien, wurde aber vorläufig von einer Ampel aufgehalten.

„Wie heißt der gute Mann?", fragte Flora.

„Remo Farner. Ich hatte die Autonummer von seinem dicken Schlitten aufgeschrieben."

„Ich meinte eigentlich deinen edlen Ritter, wegen dem du kreuz und quer durch die Gegend gondelst…"

„Ach so, du meinst den Goldfisch. Oscar heißt er. Süßer Typ. Eigentlich viel zu schade für so ein Haifischbecken."

Ina hörte, wie bei Flora ein Handy klingelte. Flora nahm nicht ab. Nach einer Weile verstummte es wieder.

„Warte mal einen Moment, Ina“, sagte Flora. „Sagtest du Remo Farner?“

„Ja. Wenn der Kollege nichts falsch verstanden hat.“

„Den Namen habe ich schon einmal gehört. Da klingelt irgendwas. Hm…“ Flora gestattete sich im richtigen Moment eine Denkpause – die vorhin von der Ampel gestoppte Straßenbahn näherte sich quietschend.

„Warte mal. Ich sehe im Internet nach.“

Flora hatte auf einen Knopf gedrückt. Es erklang eine Musik, wie man sie normalerweise bei Ämtern oder Telefongesellschaften zu hören bekommt, während man umständlich irgendwohin verbunden wird. Anscheinend wurden die Anrufer auch bei Flora unter Verwendung der neuesten Erkenntnisse der Kommunikationswissenschaft auf längere Warteschleifen eingestimmt. Jedenfalls klang die Musik sehr nach dem Nirwana und der dort herrschenden, immerwährenden Ruhe. Ina war trotzdem aufgeregt. Sie fahndete in der Handtasche nach ihrer Geldbörse.

Nach ungefähr drei Minuten war das Nirwana zu Ende.

„Kenne ich“, sagte Flora. „Mit dem hatte ich eine so merkwürdige Begegnung, dass ich damals unbedingt rausfinden musste, wer das ist.“

Ina steckte ein Fünffrankenstück in den Schlitz.

„Dann schieß mal los, mein Engel.“

♦♣♦

Beat Capaul hatte in Sankt Gallen Betriebswirtschaft und Finanzen studiert. Anschließend war er als Assistent der Geschäftsleitung bei der Bergbahn von Davos untergekommen. Als er nach Melf zurückkehrte, lernte Capaul unter strenger Anleitung von

Remo Farner die Besonderheiten der heimischen Bergbahn kennen. Nach vier für Beat sehr harten Jahren hatte ihm Farner die Zuständigkeit für die Finanzen übertragen.

Beat tat gut daran, sich dem Patriarchen bedingungslos unterzuordnen. Farner regierte die Bergbahn wie ein absolutistischer Herrscher und duldete keinerlei Widerspruch. Wenn Beat mit ihm auskommen wollte, musste er sein Ego im Griff haben. Manchmal fiel ihm das schwer. Er absolvierte regelmäßig sein Yogatraining und besuchte gelegentlich einen spezialisierten Mentalcoach in Zürich, der ihm half, mit den schwierigsten Situationen umzugehen. Andererseits war Farner schon deutlich über sechzig. Wenn Beat sich nicht mit ihm anlegte, konnte er darauf hoffen, irgendwann von ihm als Nachfolger installiert zu werden.

Gieri Arpagaus hatte er während des Studiums in Sankt Gallen kennengelernt. Arpagaus entstammte einem Dorf unweit von Chur. Zunächst taten sie sich mit zwei anderen Studenten zusammen, um freitags gemeinsam mit dem Auto nach Hause und Montagfrüh wieder zurück zur Uni zu fahren. Gegen Ende des ersten Semesters lernten sie erstmals gemeinsam für Klausuren. Bald fanden sie heraus, dass sie gemeinsame Hobbys hatten. Sie trafen sich fortan zu ausgedehnten Skitouren im Hochgebirge. In den Sommerferien fuhren sie mit ihren Motorrädern über die Pässe hinunter nach Ascona oder Lugano, um für eine Weile das raue Bergklima gegen das mediterrane Lebensgefühl des Südens zu tauschen. Auf diese Weise war eine Freundschaft entstanden, die das Ende des Studiums überlebt hatte.

„Hast du eine Ahnung, was dieser Deutsche vorhat?“, sagte Capaul in den Hörer.

„Medar selbst ist unerfahren“, antwortete Arpagaus. „Auf sich alleine gestellt wäre er harmlos. Ich hätte ihm einen Teil seiner Aktien abgekauft und die Sache wäre erledigt gewesen. Aber einer der großen Chefs aus der Zentrale ist plötzlich hier aufgetaucht und hat ohne jeden ersichtlichen Grund die Dinge an sich gerissen. Offenbar gibt es Loyalitäten gegenüber Renard, die nun auf den Erben übertragen werden. Ich bin praktisch aus der Sache raus."

„Wer ist dieser Chef in Zürich? Kann man mit dem nicht reden?", fragte Capaul ungehalten.

„Christoph Boysen. Hat keine persönliche Verbindung zu Graubünden. Dazu ist er noch nicht mal Schweizer, sondern ebenfalls Deutscher. Das können wir vergessen, den umzubiegen."

Arpagaus Fehler war, dass er Medar im ersten Gespräch keinen richtigen Köder hingeworfen hatte. Hätte Medar angebissen und einen Teil seiner Aktien verkauft, wäre die Sache gelaufen gewesen. Aber im Vertrauen auf Medars Naivität hatte er an seinen Arbitragegewinn gedacht und erst einmal gepokert. Dass plötzlich Boysen auftauchte und alles durcheinander brachte, konnte niemand ahnen.

Außerdem hatte er die Bedeutung der Sache für Beat Capaul und die Bergbahn nicht richtig eingeschätzt. Auf die Idee, dass Renard eine Minderheitsbeteiligung aufbauen wollte, war er nicht gekommen. Anstatt Medar seine Waffen aus der Hand zu schlagen hatte er Capaul anrufen müssen, um ihm zu sagen, dass er das Problem nicht mehr lösen konnte. Das war gerade jetzt besonders peinlich, da Capaul einen großen Teil der Kredite, welche die Bergbahn für die Finanzierung ihres neuen Apartment- Großprojekts benötigte, bei seiner Bank aufnehmen wollte. Dabei handelte es sich um ein sehr lukratives Geschäft, mit dem Arpagaus intern enormes Aufsehen erregt hatte.

Er hätte gern noch einmal gesagt, dass Medar alleine niemals auf die Idee gekommen wäre, an eine

Sperrminorität zu denken. Aber alle Erklärungen und Deutungen von seiner Seite waren inzwischen überflüssig.

„Was ist mit dieser Frau aus Basel?", fragte Capaul.

„Ich habe sie stündlich angerufen. Keine Antwort. Seit heute morgen ist der Anschluss abgemeldet."

Arpagaus überlegte noch einmal, ob er die Wahrheit sagen sollte. Auf den Verrat von Bankgeheimnissen stand in der Schweiz Gefängnis. Aber um nicht als der letzte Idiot dazustehen, musste er zeigen, dass er für Capaul noch von Nutzen war.

„Sie hat ein Konto bei unserer Filiale in Basel. Vor zwei Monaten hat sie aus einer Lebensversicherung etwas mehr als zwei Millionen Franken ausbezahlt bekommen."

„Renard?"

„Die Versicherung, von der das Geld überwiesen wurde, hat ihren Sitz in Luxemburg. Als Verwendungszweck war eine Versicherungsnummer angegeben. Ich versuche, mehr herauszubekommen."

„Das gefällt mir gar nicht", raunzte Capaul. „Klingt sehr nach einer reich gefüllten Kriegskasse."

„Das Geld ist zu einem größeren Teil inzwischen nicht mehr in der Schweiz", sagte Arpagaus, ohne zu entscheiden, ob dies eine gute oder eine schlechte Nachricht war.

„So? Wo ist es denn?", fragte Capaul.

„In Argentinien", verkündete Apargaus mit geheimnisvoller Stimme.

Capaul machte eine abfällige Handbewegung, die, da er allein in seinem Büro war, natürlich niemand sehen konnte.

„Das allein sagt gar nichts. Von dort ist es genauso schnell wieder in der Schweiz."

♦♣♦

Die Autobahn nach Zürich war voll, aber sie würden es rechtzeitig zum Termin mit Boysen schaffen. Soeben hatten sie die Außenbezirke von Basel hinter sich gelassen. Oscar hatte schweigend zugehört, als ihm Ina von den Neuigkeiten über Remo Farner erzählte.

„Und du bist sicher, dass sich deine Freundin nicht irrt? Warum sollte jemand vor aller Welt ausbreiten, dass er vorhat, einen Geschäftspartner aufs Korn zu nehmen?", fragte er ungläubig.

„Dass ausgerechnet Männer offenbar am wenigsten von Männern verstehen. Nimm mal nur den ehemaligen Präsidenten der Vereinigten Staaten. Meinst du, Bill Clinton hat besonders lange nachgedacht, als er mit Monica…?"

Ina brachte den Satz nicht zu Ende. Ein Lastwagen scherte plötzlich auf die Überholspur aus. Oscar musste ruckartig nach links ausweichen und gleichzeitig scharf abbremsen. Für einen kurzen Moment schien er die Kontrolle zu verlieren. Doch zu seiner eigenen Überraschung blieb der Wagen in der Spur. Er wechselte auf die rechte Seite und fuhr nur noch langsam in der Kolonne weiter. Für eine Weile sagte niemand etwas.

„In ein paar Sekunden ist alles Makulatur", sagte Ina leise. „Was kümmert einen noch so ein dämliches Bankdepot, wenn man im falschen Moment am falschen Ort ist?"

Die Hügel des Aargaus zogen an ihnen vorbei. Nichts wäre anders gewesen, wenn sie gerade von dem LKW an der Leitplanke zerquetscht worden wären, dachte Oscar. Die Welt war eine willkürliche Ansammlung von Zufällen. Sie drehte sich ungerührt weiter, egal was irgendwo passierte. Derweil fraß der große Fisch immer den kleinen und wer nicht schnell genug war, um davonzukommen, war erledigt. Die Geschichte von David, der mit seiner Steinschleuder den Riesen Goliath zu Fall gebracht hatte, war nur deshalb so bemerkenswert, weil es nach allen Gesetzen der Natur normalerweise umgekehrt war.

Wie konnte man nur darauf kommen, dass inmitten einer derart feindseligen und gefräßigen Umwelt ausgerechnet der Mensch von Natur aus gut sein sollte? Für die Vermehrung seiner Gattung bis zu seinem Aufstieg zum Herrscher des Planeten hatte er andere Eigenschaften benötigt. Und womöglich waren noch mehr davon übrig, als er wahrhaben wollte.

„Wahrscheinlich hast du Recht“, murmelte Oscar in seine Gedanken hinein.

„Womit denn?“

„Dass manche Typen richtig irr werden, wenn die falschen Hormone im Spiel sind. Das gilt für alle Berufe, einschließlich für Präsidenten. Es kommt nur drauf an, wie stark sie sind.“

„Sag ich doch. Im konkreten Fall sieht es freilich so aus, als hätten sich die üblichen Hormone mit ein paar sehr unüblichen Zufällen verquickt.“

♦♣♦

Normalerweise griff die Firma für die Begleitung von Geschäftsreisenden auf das Personal zurück, das bereits vor Ort war. Manche Kunden bestanden allerdings darauf, sich in ihrer Muttersprache unterhalten zu können, und scheuten keine Kosten, die passende Begleitung notfalls von weit her einfliegen zu lassen. Andererseits war Diskretion unverzichtbar.

Wahrscheinlich war das der Grund, warum sich der Kunde bei der Begleitagentur nach Damen erkundigt hatte, die zwar Deutsch sprechen, aber nicht aus der Schweiz kommen sollten. Die Anfrage erfolgte indes zu kurzfristig. An den gewünschten Tagen sollten in Deutschland einige Messen stattfinden, und die Nachfrage nach dem verlangten Spitzenpersonal war in diesen Zeiten groß. In der Not hatte die Zentrale entgegen der Absprache doch ihre Niederlassung in Zürich angerufen.

Wie Ina war auch Flora in Siebenbürgen aufgewachsen, einem teilweise deutschsprachigen Gebiet Rumäniens. Die Vorvorfahren waren in der zweiten Hälfte des 12. Jahrhunderts aus den Bistümern Köln, Trier und Luxemburg eingewandert. Floras Deutsch klang daher eher rheinisch gefärbt. Keinesfalls hatte sie jedoch jenen Akzent, mit dem sich eine Schweizerin sofort verrät. Bevor sie nach Zürich gekommen war, hatte sie dazu einige Jahre in München studiert. Die Agentur, die über alles sorgfältig Kartei führte, befand, dass sie der perfekte Ersatz war. Flora würde glaubwürdig behaupten können, dass sie aus Deutschland kam. Sicherheitshalber ließ sie der umsichtige Geschäftsführer mit der Firmenlimousine nach München chauffieren, damit sie von dort aus am Flughafen Nizza eintreffen konnte.

Obwohl ihr Zusammentreffen schon mehr als zwei Jahre zurück lag, war Flora Remo Farner noch gut in Erinnerung geblieben. Der Gastgeber und seine zwei ebenfalls aus der Schweiz angereisten Geschäftspartner hatten im Verlauf des Tages offensichtlich miteinander gestritten, weshalb die ursprünglich für den Abend mit drei Damen vom Escort-Service geplante Party kurzerhand abgesagt wurde. Farner reiste gleich unmittelbar nach Floras Ankunft ab. Offenkundig war die Feier von ihm organisiert worden, denn er war es, der Flora gleich nach ihrer Ankunft in der Hotelhalle ein vorbereitetes Kuvert übergab, in dem sich ein Zimmerschlüssel und das vereinbarte Honorar befanden.

Farner war nicht besonders groß. Sein schneeweißes Ziegenbärtchen, seine Falten und die Halbglatze deuteten auf ein fortgeschrittenes Alter. Allerdings wirkte er auffallend drahtig. Flora hatte sich vorgestellt, wie er spielend leicht einen Viertausender erklomm und unten im Tal jeden rund machte, der nicht nach seiner Pfeife tanzte. Farner übergab ihr den Umschlag ohne viel zu sagen. Flora hatte jedoch sofort gespürt, dass er sehr in Rage war.

Den Grund für den Streit erfuhr sie am Abend. Die beiden zurückgebliebenen Männer hatten sich zwar vorgenommen, ihre Zwistigkeiten mit Farner während des Abendessens im Restaurant des eleganten Hôtel de Paris zu vergessen. Doch der Stachel saß zu tief. Sobald die Gespräche zum Anlass ihres Ärgers zurückkehrten, wechselten die Männer zwar in die romanische Sprache ihrer Heimat, konnten jedoch nicht ahnen, dass Flora sie verstand.

In ihrem Elternhaus und in der Schule hatte Flora immer Deutsch gesprochen, doch war Rumänisch die Sprache der Straße. Darüber hinaus hatte sie in München Romanistik studiert und dabei über die aus dem Vulgär-Latein abgeleiteten Dialekte des Alpenraums eine Seminararbeit verfasst. Die darauf aufbauende Doktorarbeit harrte zwar schon eine Weile der Vollendung, doch hatte Flora das Projekt noch nicht abgeschrieben. Aus diesem Grund war sie immer wieder einmal für ein paar Tage nach Graubünden gekommen, um zu recherchieren und ihre Kenntnisse wieder ein wenig aufzufrischen.

Durch Zufall hatte sie auf der Fahrt nach Sankt Moritz im Restaurant des Glacier-Express einen Journalisten eines lokalen Radiosenders kennengelernt, der ein in rätoromanischer Sprache ausgestrahltes Magazin moderierte. Der Moderator war von Flora sofort begeistert. Nachdem sie ihm von ihrer Doktorarbeit erzählt hatte, begann er, ihr glühende Mails in seiner romanischen Muttersprache zu schreiben. Flora nahm den Ball auf. Beide fanden, dass es ihrer Verbindung einen eigenen Charme gab, wenn sie ihm auf Rumänisch antwortete. Durch ein herumliegendes Handy kam irgendwann heraus, dass Flora beim Escort-Service arbeitete, und die Freundschaft war beendet. Bis dahin hatte sie jedoch eine Menge Rätoromanisch dazugelernt.

Da sie sich mit den anderen beiden Frauen unterhielt, hatte Flora nicht genau mitbekommen, was die beiden Männer in Monte Carlo so aufgeregt miteinander diskutierten. Aber es wurde klar, dass sie sich betrogen fühlten. Im weiteren Verlauf ihres Gesprächs wurden sie sich einig, dass Remo Farner ein Schwein sei und die anwesenden Damen nur eingeladen hatte, um sie bei bester Laune einzuseifen. Auf dem negativen Höhepunkt des Abends schworen sie sich, es ihm heimzuzahlen. Sie gerieten dabei derart in Rage, dass sie während des Dinners einfach aufstanden und, ohne noch auf den nächsten Gang zu warten, grußlos in ihre Zimmer verschwanden. Flora und ihren Kolleginnen war damals nichts anderes übrig geblieben, als gemeinsam das Zimmer zu beziehen, das der abgereiste Gastgeber zurückgelassen hatte.

Flora blieb in Erinnerung, wie zärtlich sich die beiden Frauen neben ihr im Morgengrauen liebten und wie erregt sie war, als sie heimlich dabei zusah. Aber auch ohne dieses Erlebnis, das sie nie ganz losließ und immer wieder in ihren Träumen auftauchte, hätte sie das Treffen in Monte Carlo nicht vergessen. Nie zuvor oder danach war es vorgekommen, dass ein Mann freiwillig auf Floras Gesellschaft verzichtet hatte. Und noch nie hatte sie einen Mann erlebt, der derart vor Zorn bebte wie Remo Farner.

„Hat deine Freundin etwas darüber sagen können, worum es bei dem Streit ging?“, fragte Oscar.

„Nur ungefähr. Flora meinte sich zu erinnern, dass es um ein beschlossenes Projekt ging, das Farner plötzlich blockieren wollte.“

Sie gelangten an die Abzweigung nach Zürich. Die Reisenden mit dem Ziel Sankt Gotthard und Italien würde nun in Richtung Luzern und Bern abbiegen. Oscar hoffte, dass sie noch rechtzeitig bei Boysen eintrafen. Ina sah aus dem Fenster. Sie kannte die Strecke. In wenigen Minuten würden sie durch den Habsburgtunnel kommen, der die Reisenden daran erinnerte, dass sich das Stammland der ehemals so mächtigen Habsburger nicht in Österreich, sondern in der alemannischen Schweiz befand.

Was diese Leute wohl angetrieben haben mochte, von ihrem beschaulichen Hügel herabzusteigen, um sich halb Europa zu unterwerfen? Wie es aussah, war Oscar eher das Gegenteil eines kriegerischen Alphamännchens. Wahrscheinlich würde er sich nie freiwillig in die Politik begeben, geschweige denn irgendwohin, wo geschossen wurde. Bis vor wenigen Tagen hatte er sich noch in der unschuldigen Welt der Universität bewegt, und es passte dazu, dass er davon träumte, seinen kreativen Neigungen nachzugehen. Die finanzielle Freiheit, die ihm seine Erbschaft verschaffen konnte, würde ihm dabei helfen.

Ina strich Oscar zärtlich mit dem Handrücken über die Wange. Vielleicht würde er in einem Elfenbeinturm wirklich ein Leben lang glücklich sein, wenn man ihn dort in Ruhe ließe. Doch bevor es so weit war, würde er seine Unschuld verlieren. In seinem Leben war der Umgang mit knüppelharten Geschäftsleuten und zwielichtigen Bankern nicht vorgesehen. Konnte sich ein Mann, der sich am liebsten irgendwo in eine abstrakte Gedankenwelt zurückzog, vorstellen, wie die Leute, mit denen er es jetzt zu tun bekommen würde, gestrickt sind?

Bei ihr selbst war das anders. Ihr Beruf hatte sie unweigerlich Stück für Stück misstrauischer gemacht. Wo es für Macht und Geld ein Spielfeld gab, tummelten sich Leute, die Macht und Geld wollten. Wie die Erfahrung sie gelehrt hatte, beschützte das Erreichte einen Getriebenen niemals vor der Sucht nach mehr. Manche Mitglieder der Oberliga vermochten dabei ihre wahren Absichten derart perfide zu verschleiern, dass sie sich nicht einmal mehr selbst erkannten.

„Wir sollten damit anfangen, eine Theorie zu entwickeln“, sagte Ina.

Wie erwartet hatte der Verkehr nach der Abzweigung zum Gotthard abgenommen. Oscar sah auf die Uhr auf dem Armaturenbrett. Er stieg wieder etwas beherzter aufs Gaspedal.

„Fangen wir einmal so an. Floras Geschichte ist für uns nur von Belang, wenn sie etwas mit dieser Bergbahn zu tun hat. Flora hat gesagt, Farner wollte ein verabredetes Geschäft blockieren“.

„Vielleicht die Quaderlandschaft, die wir besichtigt haben?“, warf Oscar ein.

„Könnte sein. Jedenfalls kann ich mir keine andere Verbindung zum Investment deines Onkels vorstellen. Wir sollten einmal davon ausgehen, dass sich Farner mit den anderen wegen Blocks-Fort gestritten hat.“

„Aber wieso soll Farner plötzlich gegen ein Prestige-Projekt sein, bei dem er als Chef der Bergbahn den richtig großen Zampano spielen kann? Geld hat der bestimmt genug. Also baut er sich noch ein Denkmal. Von ‚Blocks-Fort‘ zu ‚Farner Blocks‘ ist es ja phonetisch nicht mehr weit. Und wenn die Quader schon nicht schön sind, dann hört es sich doch wenigstens gut an, oder?“

Mein Goldfischchen ist wohl doch nicht so harmlos, dachte Ina. Andererseits konnte man ja schlecht gute Bücher über das Leben schreiben, wenn man es nicht kannte. Sie nahm sich vor, einen seiner Romane zu lesen.

„Mag sein, dass Farner zunächst für das Projekt war und erst später irgendwann Zweifel bekam. Viele der Wohnungen, die bereits von der Bergbahn gebaut wurden, konnten ja nicht verkauft werden. Die Investition in eine riesige Anlage wie diese kostet viele Millionen. Das ist für ein Unternehmen von der Größe der Bergbahn ein gewaltiges Volumen. So etwas kann auch leicht einmal schief gehen“, fuhr sie fort.

„Aber warum hätten sich die beiden anderen von Farner betrogen fühlen sollen? Das hört sich doch an wie eine normale Diskussion über die Wirtschaftlichkeit eines großen Projekts.“

Ina nickte. Sie legte beiläufig ihre Hand auf Oscars Oberschenkel. Oscar begann sich zu wünschen, dass sie dort noch eine Weile verweilen oder, besser noch, etwas mehr in die Mitte rücken würde. Die erotische Anziehung, die sie auf ihn ausübte und die sich immer weiter zu steigern schien, bekam allmählich etwas Obsessives.

„Genau das müssen wir herausfinden, Oscar. Die Baustelle auf dem alten Parkplatz war ja keine Halluzination. Das Projekt wird realisiert. Wenn wir die Geschehnisse in Monte Carlo richtig deuten, geschah das zumindest gegen den damaligen Willen von Farner. Und dann stellt sich natürlich die Frage, was dein Onkel damit zu tun hatte. Das ist das Merkwürdigste überhaupt.“

„Das stimmt wohl. Die Sperrminorität, die er angeblich haben wollte, liefert da nicht unbedingt eine Antwort."

„Allerdings. Ein erfahrener Banker steigt nicht in ein Unternehmen ein, das sich gerade an einer Kröte verschluckt. Das wäre der falsche Zeitpunkt. Der Onkel hat angefangen Aktien zu kaufen, als Blocks-Fort schon längst in der Pipeline war. Wir müssen davon ausgehen, dass er Bescheid wusste, was die Bergbahn vorhatte."

Die Autobahn schlängelte sich in sanften Kurven durch das Tal. Sie fuhren an einigen Höfen, Viehweiden und kleinen Siedlungen vorbei. Die Wiesen waren bis hinauf zu den Kuppen der Hügel in sanftes Grün getaucht. Die Kuppen selbst gehörten dem Wald.

„Da stimmt was nicht", fuhr Ina fort. „Einer, der sein halbes Leben lang mit Sachs und Stanley Geschäfte gemacht hat, ist nicht so naiv davon zu träumen, dass die Bergbahn mit dieser Betonlandschaft den großen Coup landet."

„Das habe ich Boysen auch gesagt."

„Außerdem frage ich mich, warum sich die Herren unbedingt in Monte Carlo treffen mussten, wenn doch alle drei offenbar aus Graubünden stammen? Oder sprechen die Leute aus Zürich oder Luzern gelegentlich auch Romanisch miteinander?"

„Natürlich nicht. Ein Betriebsausflug mit Damenbegleitung lässt sich in Monte Carlo allerdings diskreter organisieren als auf dem alpendörflichen Präsentierteller", warf Oscar ein.

„Mag sein. Vielleicht hatten sich Farner und die anderen jedoch vorher mit deinem Onkel getroffen. Schließlich lebte er ja in Nizza. Das liegt so gut wie nebenan."

Oscar schüttelte den Kopf.

„Dass sich eine Männercrew irgendwo in Monte Carlo trifft, ist für sich alleine gesehen nicht im höchsten Maße außergewöhnlich. Das Wetter ist normalerweise ganz nett da. Und vielleicht wollten die Herren nach all der harten Arbeit noch im Casino ein bisschen Geld anlegen."

„Geld anlegen", wiederholte Ina belustigt.

„Außerdem waren es ja angeblich nur drei Damen. Und nicht vier", legte Oscar nach.

Vor ihnen überholte ein Lastwagen. Ausgerechnet hier. Die Autobahn führte gerade etwas bergauf. Es ging nur sehr langsam voran. Inas Hand wanderte etwas mehr zur Mitte. Offenbar konnte sie Gedanken lesen. Oscar schielte auf die Uhr auf dem Armaturenbrett. Für einen Abstecher ins Grüne war es zu spät.

„Wie du weißt, hat dein Onkel die Anteile über Mittelsmänner auf fremde Namen gekauft", sagte Ina. „Das bedeutet doch, dass die Leute von der Bergbahn keinesfalls Wind davon bekommen sollten, was er vorhatte. Vielleicht haben die aber doch etwas gemerkt und sind zu ihm nach Nizza gefahren."

„Wie können wir das herausfinden? Wir wissen noch nicht einmal, worum die in Monte Carlo gestritten haben. Bisher gibt es nur Theorien", sagte Oscar.

„Das könnte sich bald ändern".

Oscar sah überrascht zu Ina hinüber. Sie sah aus dem Fenster und lächelte. Geheimnisse zu lüften war ein Teil ihres Berufs. Allerdings brauchte man meistens ein wenig Fantasie. Die seltsame Entscheidung des toten Bankers schien sie zu beflügeln.

„Meine Freundin hat Kontakt zu einer der beiden Kolleginnen, die damals in Monte Carlo dabei waren", fuhr sie fort. „Und die wiederum hatte sich hinterher offenbar regelmäßig mit einem der beiden Männer getroffen, die damals so wütend zurückgeblieben waren. Das ist doch was, oder? Vielleicht können wir so etwas herausfinden."

„Wie? Ich dachte, die Party damals wäre geplatzt?"

„Das Flugzeug von Floras Kollegin ging erst am Abend. Einer der Männer wollte im Gegensatz zu den anderen noch über das Wochenende in Monte Carlo bleiben. Irgendwann zwischen Frühstück und Flugzeug ist man sich dann doch näher gekommen. Mancher tut sich anscheinend bei so etwas leichter, wenn sonst niemand dabei ist, meinte Flora. Irgendwie scheint sogar eine Art Dauerverhältnis dabei heraus gekommen sein."

„So was", sagte Oscar.

„Flora hatte die Kollegin wenig später in Barcelona wieder getroffen. Der dortige Einsatz dauerte anscheinend eine ganze Woche. Über die Tage hatte sich Flora ein bisschen mit ihr angefreundet. Dabei kam das Gespräch irgendwann auf das merkwürdige Treffen in Monte Carlo. Dabei hat die Kollegin erzählt, dass sie einen der beiden Typen am nächsten Tag noch ein bisschen näher kennengelernt hat."

„Und nun fragst du deine Freundin, ob uns ihre Kollegin etwas verraten kann?"

„Wenn ich sie um einen Gefallen bitte, sind jedenfalls die Chancen nicht schlecht."

„Warum tust du das alles für mich?", fragte Oscar.

„Weil du Prinz Oscar bist, der edle Ritter von Tessin. Aber warten wir erst einmal ab. Es steht ja auch noch nicht fest, ob Floras Kollegin irgendetwas weiß. Aber wenn wir das herausfinden wollen, sollten wir nachher mal an einer Telefonzelle anhalten. Du willst ja nicht deine Handynummer beim Escort-Service hinterlassen, oder?"

♦♣♦

„Flora? Hier ist schon wieder ein Höllenlärm."

Die Telefonzelle befand sich an der Durchgangsstraße in Richtung Chur. Der Umgehungstunnel, der nach langer Anlaufzeit nun bald die Ost-West-Route mit dem Westufer des Sees verbinden würde, war noch nicht fertig. Der Verkehr in Richtung Süden wurde immer noch mitten durch Zürich geleitet. Sobald die Ampeln auf Grün sprangen, rollte ein nimmermüder, riesiger Blechwurm durch die Stadt. Bei Rot kam der Wurm zum Stehen und man hörte für eine Weile nur noch das sanfte Brummen der Motoren. Das war der Moment für die Quereinsteiger, die sich von den Seitenstraßen her einreihten.

„Hört sich sehr nach Stadt an", sagte Flora. „Wieso herrscht immer so ein Krach, wenn du anrufst?"

„Als Hugo nicht aufhörte, mich anzurufen, habe ich mein Handy aus dem Autofenster geworfen. Es schlummert nun friedlich in einem Straßengraben bei Bellinzona. Dafür erlebt die Telefonzelle eine erstaunliche Renaissance."

„Wann kommst du?"

„Der Goldfisch hat mich gefragt, ob ich mit ihm zum Hai vom Hai gehe."

„Wie bitte? Noch einer?"

„Ja, der Finanzberater vom toten Finanzier."

Flora sagte etwas, was Ina im Lärm der Straße nicht verstand. Bestimmt handelte es sich um eine Bemerkung über die stetig anwachsende Anzahl von Fischen. Aber Ina interessierte im Moment ohnehin etwas anderes.

„Hast du mit deiner Bekannten gesprochen?", rief sie in den Hörer.

„Quasi in letzter Minute. Sie saß am Gate für einen Flug nach Mexiko."

Die Ampeln schalteten um und der Blechwurm kam zum Stehen.

„Wir konnten nicht lange reden. So direkt wollte ich auch nicht gleich zur Sache kommen. In unserem Metier gibt es ein paar Verschwiegenheitsgrundsätze."

„In meinem auch", meinte Ina. „Also hast du nichts?"

„Nicht so schnell, Ina. Ein bisschen was hat sie schon herausgelassen. Den vollen Namen hat sie mir nicht gesagt. Sie meinte aber, dass der Typ wahrscheinlich Erwin heißt."

„Das ist doch schon mal was. Aber wieso nur wahrscheinlich?"

„Manche Männer haben eine Heidenangst davor, dass man sie im Internet ausspioniert und dann erpresst. Die nehmen schon einmal vorsichtshalber einen Künstlernamen an. Die Typen, die sich immer mit der gleichen Frau treffen, sehnen sich allerdings danach, dass man sie bewundert. Irgendwann brechen die Dämme und sie erzählen dann doch alles. Außerdem ist Erwin nicht unbedingt eine von den gerade angesagten Tarnungen. Wenn sich die heimlichen Herren schon einen Namen ausdenken, dann eher Tom, Mike oder Elvis. Erwin wird also schon stimmen."

„Hat sie sonst noch etwas verraten?", unterbrach Ina, die drohende Grünphase vor Augen.

„Sie meinte, dass Erwin irgendwelche Firmen hat."

„Hat er etwas über eine Bergbahn gesagt?"

„Eine Bergbahn? Ich habe sie nicht danach gefragt, wo Erwin überall seine Hände im Spiel hat. Ich wollte auch nicht zu tief bohren. Aber ich nehme ohnehin nicht an, dass ein Mann, der zu einem Treffen mit einem Mädchen vom Escort-Service geht, unbedingt das Organigramm seiner Firma mitschleppt."

Die Ampel hatte auf Grün geschaltet. Es ging los.

„Ich rufe dich an", schrie Ina.

♦♣♦

„Was hat die Reise nach Basel ergeben?", fragte Boysen.

Die Frage war an Oscar gerichtet. Boysen musterte jedoch unverhohlen die dunkelhaarige Frau, die sein Klient mitgebracht hatte. Boysen kam es so vor, als ob er sie schon einmal irgendwo gesehen hätte. Er hatte keine Vorstellung davon, weshalb sie plötzlich hier auftauchte, und schon gar nicht, was Medar damit im Sinn hatte. Derlei Überraschungen mochte er überhaupt nicht.

Oscar übergab Boysen die Vollmacht, die Helen Hauser im Bahnhof unterschrieben hatte. Boysen warf einen kurzen Blick darauf, bevor er mit dem Papier in einem Nebenraum verschwand. Sie hörten das Geräusch eines Kopiergeräts. Auf dem Tisch lag der letzte Geschäftsbericht der Bergbahn.

„Wenn wir die Anteile von Frau Hauser zu Ihren und Renards Aktien dazurechnen, kommen wir auf 29,5 Prozent des stimmberechtigten Kapitals", sagte Boysen.

„Ist das von Bedeutung?", fragte Oscar.

„Oh ja. Das bedeutet, dass es nicht für eine Sperrminorität reicht. Bei Aktiengesellschaften nach Schweizer Recht braucht man dafür ein Drittel der Stimmen. Es fehlen also etwa vier Prozent."

Oscar sah hinüber zu Ina, die ihm schräg gegenüber saß. Aber Ina hob nur die Schultern.

„Auf dieser Grundlage ergibt das Investment meines Onkels keinen Sinn“, befand Oscar.

„So gesehen nicht“, sagte Boysen. „Aber die fehlenden vier Prozent dürften finanziell für Eduard Renard kein Problem gewesen sein. Er hatte zwar fast alles, was bei unserer Bank angelegt war, in Bergbahn-Aktien investiert. Doch besaß er sicher bei anderen Banken weitere Guthaben, die gereicht hätten, die restlichen Anteile zu kaufen.“

„Vielleicht blieb ihm dafür keine Zeit mehr“, warf Oscar ein.

„Ich glaube nicht, dass der Unfall eine Rolle gespielt hat. Den Hauptanteil des Aktienpakets hat Monsieur Renard schon einige Zeit vor seinem Tod in seinen Besitz gebracht.“

„Sie meinen, er hat die fehlenden Anteile gekauft und wir wissen nur nicht, wo sie sind?“, fragte Oscar.

„Könnte so sein.“

„Ich kann ja die anderen Erben anrufen und sie fragen, ob sie nicht zufällig auch ein paar Bergbahn-Aktien geerbt haben“, sagte Oscar halb belustigt.

Boysen verzog gequält den Mund. Ihm war nicht nach Scherzen zumute. Oscar spürte indessen Inas Absatz auf seinem Schuh. Offensichtlich hatte sie das Bedürfnis, ihm etwas mitzuteilen.

„Sie könnten versuchen, sich die fehlenden Anteile selbst zu beschaffen“, sagte Boysen.

Boysen war klar, dass er mit diesem Vorschlag eine Grenze überschritten hatte. Medar würde nun Fragen stellen. Aus seiner Antwort würde sich die nächste Frage und daraus wieder die nächste ergeben. Alles wäre einfacher, wenn er diese Frau nicht mitgebracht hätte. Gewisse Dinge bespricht man nicht in der Anwesenheit von Dritten.

„Wie viel würde das kosten?", fragte Oscar.

„Ungefähr zwei Millionen", antwortete Boysen wie aus der Pistole geschossen. „Aber der Preis könnte auch darüber liegen."

„Wie bitte"?

„Sie haben schon richtig gehört".

„Ich verstehe nicht ganz Herr Boysen", sagte Oscar. „Arpagaus meinte, ich solle froh sein, wenn ich für meine Aktien überhaupt etwas bekäme. Wenn ich richtig rechne, dann liegt der Kaufpreis für eine Aktie fünfmal so hoch wie das, was man mir vorher als Verkaufspreis genannt hat."

Na bitte, dachte Boysen. Er stand auf und ging zu einem Wandschrank, der sich ein Stück weit hinter seinem Schreibtisch befand. An der Seite befand sich ein Knopf. Boysen benutzte den Zeigefinger. Surrend öffnete sich die mittlere Tür des Schranks und eine vollständig eingerichtete Bar kam zum Vorschein. Boysen griff zielsicher nach drei Gläsern.

„Möchten Sie einen Cognac?", fragte er.

Boysen wartete die Antwort gar nicht erst ab. Er kehrte um und stellte die drei Gläser auf den Tisch. Dann ging er zurück zu seiner Bar und holte die Karaffe. Das alles sah reichlich konfus aus. Anstatt sich zu setzen, blieb er geistesabwesend stehen. Dann sah er hinüber zu dem Ölbild, auf dem der ehrwürdige ehemalige Vorstandsvorsitzende Didier Habermann verewigt war. Eingerahmt von weiteren graumelierten Größen schien Habermann von der Wand aus das Geschehen in Boysens Büro haargenau zu beobachten.

Ob Banker früher anders waren? Boysen wusste, dass der Hunger der Aktionäre auf immer höhere Gewinne heute nicht mehr durch das klassische Kreditgeschäft zu stillen war, mit dem es Habermann einst zu einer weithin geachteten Größe gebracht hatte. Wenn eine Bank Renditen im zweistelligen Bereich erzielen wollte, musste sie auch andere Geschäfte machen. Kredite wurden von Großbanken heute nicht mehr nur gegeben und dann bis zur Rückzahlung von ihr betreut, sondern mit anderen Krediten zu Paketen geschnürt und als Wertpapiere weiterverkauft. Darüber hinaus operierten die Finanzinstitute längst nicht mehr nur im Auftrag ihrer Kunden, sondern handelten auch auf eigene Rechnung mit allen möglichen Wertpapieren, Derivaten, Devisen oder Rohstoffen.

Boysen stellte sich vor, wie der Alte dort drüben auf dem Bild sein weises Haupt schüttelte. Die Cognacgläser standen noch immer verloren auf dem Tisch herum. Boysen machte keine Anstalten, seinen Besuchern etwas einzuschenken.

„Graubünden ist nicht Wall Street, Herr Medar. Die Dinge laufen hier anders. Die Aktien der Bergbahn werden nicht über die Börse, sondern über Telefon gehandelt. Da bildet sich der Preis nach anderen Gesetzen", sagte Boysen immer noch im Stehen.

Ina hatte die ganze Zeit geschwiegen. Oscar warf ihr ab und an einen schüchternen Blick zu. So war ihm nicht entgangen, wie sie sich verändert hatte. Das sanfte Grün ihrer Augen war schlagartig etwas anderem gewichen, das gefährlich zu blitzen begann. Oscar hatte dieses Schauspiel schon einmal bewundert. Ina war zornig. Wenn ihn nicht alles täuschte, würde sie sich nicht mehr lange beherrschen können.

„Sie meinen, die Bank kann eine solche Situation ausnutzen, um durch Eigenhandel ein paar satte Arbitragegewinne einzustreichen?", fuhr sie auch schon dazwischen. „Vor allen Dingen, wenn ein unerfahrener Amateur zur Tür hineinschneit, dem man alles auftischen kann?"

Boysen hielt seinem ersten Impuls stand und schwieg. Angesichts der Zahlen, die er gerade in den Raum geworfen hatte, gab es ohnehin keine Zweifel mehr. Boysen blieb mit der Karaffe in der Hand stehen. Seine Augen fixierten geistesabwesend einen Punkt irgendwo auf der gegenüberliegenden Wand.

Die meiste Zeit seines Lebens hatte er mit sich im Frieden gelebt oder war in schwierigeren Zeiten zumindest irgendwie mitgeschwommen. Heute war er an einem Punkt angelangt, an dem er nicht mehr daran zweifeln konnte, dass er auf der ganzen Linie versagt hatte. Wenn das Debakel seiner Fehlgriffe in vollem Ausmaß sichtbar wurde, würden sie ihn davonjagen. Er war inzwischen so weit zuzugeben, dass sein Rauswurf ebenso gerechtfertigt wie unvermeidlich wäre.

Vielleicht konnte er, wenn er dem Neffen seines toten Freundes half, ein wenig von der Selbstachtung zurückgewinnen, die ihm in den letzten Wochen mehr und mehr abhandengekommen war. Boysen ahnte, dass sein vordergründiger Altruismus nicht ganz selbstlos war. Aber kam es darauf an? Menschen sind nie bloß „schwarz" oder „weiß". Manchmal hing es nur von den Umständen ab, auf welcher Seite des Spielfelds man spielte. Man brauchte sich dafür nur die kommunistischen Revolutionäre anzusehen, die sich bald nach der Machtübernahme in totalitäre, privilegiensüchtige Monster verwandelten. Geschmeidig wie sie waren, hatten die modernen westlichen Demokratien vorsorglich den sogenannten „Champagnersozialisten" erfunden. Seither konnten die Vertreter der Arbeiterklasse frei von allen Selbstzweifeln vollmundig die Umverteilung fordern und sich, genährt von reichlich bemessenen Diäten und dem einen oder anderen Aufsichtsratsmandat, gleichzeitig den weniger schrecklichen Seiten des Kapitalismus zuwenden.

Ich ziehe das durch, beschloss Boysen. Aber zuerst musste er diese Frau loswerden. Plötzlich fiel ihm ein, woher er sie kannte.

„Sie sind doch Journalistin?“, sagte er zu Ina. „Ich glaube, ich habe Ihr Gesicht schon einmal gesehen.“

Ina hatte in der Samstagsausgabe ihrer Zeitung eine eigene Kolumne. Um der Zeitung ein persönlicheres Image zu geben war der Chefredakteur auf die Idee gekommen, die Meinungskommentare mit einem Foto des Autors zu versehen. Seither war es öfter vorgekommen, dass sie von den Leuten erkannt wurde. Ina war sich sicher, dass auch Remo Farner geahnt hatte, wer sie war. Womöglich war das der Grund, warum er es so eilig hatte, wieder von seiner Baustelle zu verschwinden.

„Ich bin nicht beruflich hier, Herr Boysen“, sagte Ina.

Boysen maß sie mit einem Blick, der keinen Widerspruch duldete.

„Darf ich Herrn Medar trotzdem unter vier Augen sprechen?“, sagte er noch halbwegs freundlich.

Oscar nickte stumm.

„Ich warte im Café“, sagte Ina im Aufstehen. „Es liegt in der Bahnhofstraße in Richtung See. Auf der rechten Seite am Paradeplatz.“

Boysen begleitete Ina ins Vorzimmer, wo sie von Boysens Assistentin in Empfang genommen wurde. Er murmelte noch lau einen Abschiedsgruß. Dann wurde die Tür geschlossen.

♦♣♦

„Ich habe die Sache in Chur gegen den Widerstand der Filiale in die Hand genommen“, sagte Boysen, noch ehe er sich an den Tisch gesetzt hatte.

Oscar wollte etwas sagen. Aber jetzt redete Boysen.

„Eduard Renard war mein Freund. Sie wären hier über kurz oder lang unter die Räder gekommen. Deswegen habe ich mich eingemischt."

Boysens Handy klingelte, aber er hob nicht ab. Oscar nutzte die Unterbrechung.

„Sie geben also zu, dass man mich über den Tisch ziehen wollte?"

„Was heißt ‚über den Tisch ziehen'? Der Markt ist nicht liquide. Alles geht über Telefonhandel. In so einer Situation macht eine Bank ihr Geschäft. Wichtig ist, ob Sie für den Verkauf ihrer Anteile ein Limit geben."

„Von einem Limit hat Arpagaus nichts gesagt", warf Oscar ein.

„Natürlich nicht. Ohne ein Limit geben Sie ihm und der Bank eine Carte blanche. Das wäre für Arpagaus sozusagen der Idealfall. Wenn Sie beim Verkauf ein Limit setzen, unter dem Sie nicht verkaufen, ist es nicht so leicht, mit Eigenhandel einen großen Gewinn zu machen."

„Unfassbar", sagte Oscar.

„Die Geschichte mit dem Finanzamt ist übrigens auch eine Ente. Ihr Onkel hatte ein Nummernkonto. Das ist vollkommen anonym. Wenn Sie ein Bankangestellter verrät, kommt er nach Schweizer Recht ins Gefängnis."

„Und warum tischt man mir das dann auf?"

„Damit Sie ein bisschen Angst bekommen und Ihr geerbtes Konto schön bei der Bank lassen. Und natürlich, um zu testen, ob Sie sich in Finanzdingen auskennen."

„Es wird immer absurder, was Sie erzählen."

„Alleine haben Sie keine Chance. Sie sind ein Greenhorn, verstehen Sie? Ich habe mich entschieden, Ihnen zu helfen. Solange ich es noch kann."

Oscar sah Boysen verwundert an. Es war schon unwahrscheinlich genug, dass ein Banker einen Kunden vor der Ausplünderung durch die eigene Bank retten wollte. Aber der Nachsatz gab ihm noch mehr zu denken. War Boysen auf dem Absprung?

Boysen reichte Oscar den Cognac. Sie stießen an. Boysen leerte sein Glas in einem Zug.

„Kommen wir zur Sache, Oscar. Wie Sie wahrscheinlich wissen, arbeitete Ihr Onkel bei verschiedenen Banken und einige Jahre im Vorstand eines amerikanischen Immobilienfinanzierers. Irgendwann zog er sich aus diesem Geschäft zurück, hielt aber bis vor einiger Zeit noch einige Anteile. Er hatte eine Menge Erfahrung und einen Riecher für die Märkte, um den ihn alle beneidet haben. Offensichtlich ging er davon aus, dass es, ausgehend von einer Krise auf dem amerikanischen Immobilienmarkt, auf den Finanzmärkten schon bald einen großen Crash geben wird. Folgerichtig hat er alle Finanztitel und Aktien, die vorher im Depot unserer Bank lagen, verkauft."

„Offensichtlich hatte er dieses Mal unrecht", sagte Oscar. „Nichts zu sehen von einem Crash."

Boysen hätte widersprechen müssen, doch er schwieg. Die Wahrheit war, dass auch er, solange es noch irgendwie ging, selbst nur gesehen hatte, was er sehen wollte. Und das war angesichts seiner Position weit schlimmer als bei einem Amateur wie Oscar Medar, der bisher nur sein Girokonto und vielleicht noch maximal ein Sparbüchlein verwaltet hatte.

„Aber was wollte der Onkel ausgerechnet mit diesen Bergbahn-Aktien?", fragte Oscar.

Am Schreibtisch summte die Gegensprechanlage. Boysen blieb ungerührt am Besprechungstisch sitzen.

„Es könnte sein, dass er in Schweizer Franken investieren wollte“, setzte er fort. „Außerdem hat ein Touristikunternehmen nicht direkt etwas mit der Finanzbranche zu tun. Als die Bergbahn AG eine Kapitalerhöhung durchführte, nutzte er die Gelegenheit, um sich dort über verschiedene Kanäle einzudecken. Wenn er auf über 33 Prozent des Kapitals gekommen wäre, hätte sich das mittelfristig lohnen können.“

„Und warum lohnt es sich nicht schon mit 29 Prozent?“

„In den letzten Jahren gab es nie eine Gewinnausschüttung. Die Umsätze sind zwar stets gestiegen, aber die Überschüsse wurden immer sofort wieder reinvestiert. Apartmenthäuser, Hotels, Restaurants. Wenn man diesen Kreislauf nicht unterbrechen kann, gehen die anderen Aktionäre leer aus. Mit einer Sperrminorität kann man auf die Geschäftsführung Einfluss nehmen und das ändern.“

Es klopfte. Ohne eine Antwort abzuwarten, betrat Boysens Assistentin den Raum.

„Entschuldigen Sie bitte die Störung. Das Büro des Verwaltungsratspräsidenten hat gerade angerufen“, sagte sie aufgeregt.

„Und?“, pflaumte Boysen unwirsch.

„Der Präsident möchte Sie dringend sprechen. Herr Adorf wird auch dabei sein. Wäre 17 Uhr in Ordnung? Ihr Terminkalender wäre noch frei bis 18 Uhr. Dann haben Sie die Telefonkonferenz mit New York.“

Der Vorstandsvorsitzende und der Verwaltungsratspräsident in einer Sitzung? Boysen überlegte nicht lange, ob es ihm recht war.

„Der Termin geht in Ordnung. Sagen Sie Huber, dass er mich in der Telefonkonferenz mit New York vertritt. Richards soll die aktualisierten Ratings für die amerikanischen Immobilienpapiere zusammenstellen und ausrechnen, wie sich drei weitere Herabstufungen in unserem Portfolio auswirken. Wenn er das hat, soll er direkt in mein Büro kommen."

Die Assistentin nickte und verließ den Raum. Boysen war wie verwandelt. Er griff sich fahrig an seine Brille. Im nächsten Moment sah er auf seine Armbanduhr. Unweigerlich tat es Oscar ihm gleich. Es war fast halb vier.

Boysen klappte die Mappe mit den Unterlagen auf, sah jedoch nicht hinein. Sein Kopf war woanders.

„Wollten Sie mir vorhin nicht etwas vorschlagen?", fragte Oscar, verwundert über Boysens plötzliche Verwandlung.

„Ja, das wollte ich. Sie können die fehlenden vier Prozent zur Sperrminorität mit Hilfe eines Kredits erwerben. Dann können wir versuchen, das gesamte Paket einem Investor anzubieten", sagte Boysen halb abwesend.

„Und wie soll ich zwei Millionen Franken auftreiben?", fragte Oscar entgeistert.

„Sie können die Anteile, die Sie schon besitzen, beleihen. Mit einem Kredit hätten Sie genügend Mittel, um den Deal finanzieren zu können. Ich könnte das hier in der Bank in die Hand nehmen. Ebenso helfe ich Ihnen Anteilseigner zu finden, die Ihnen etwas verkaufen."

„Zwei Millionen sind eine Menge Geld", sagte Oscar.

„Es ist natürlich Ihre Entscheidung", sagte Boysen.

„Kann da etwas schief gehen?"

Boysen hätte am liebsten laut gelacht. In der Finanzwelt gab es nichts, was einfach war. Jeder wusste das.

Man hatte es im Gewinnrausch der vergangenen Jahre nur eine Weile vergessen.

„Die Eigentümer der Bergbahn könnten von dem Plan mit der Sperrminorität etwas mitbekommen", sagte Boysen ohne jede äußerliche Regung. „Spätestens dann, wenn die Aktien von Renard aus dem Depot auf Sie übertragen werden, geht es los. Da es sich um Namensaktien handelt, wissen die, an wen sie sich wenden müssen, um Ihnen die Suppe zu versalzen. Es ist nicht unwahrscheinlich, dass man versuchen wird, Ihre Aktion zu vereiteln."

„Auf welche Weise?"

„Die wirksamste Möglichkeit wäre, Frau Hauser zu überreden, Ihre Anteile zu verkaufen."

Das kann man wohl ausschließen, dachte Oscar. Nach aller Wahrscheinlichkeit war Helen Hauser bereits in der Luft.

„Verstehe."

Boysen stand auf. Er brauchte Zeit, um sich auf sein Gespräch mit dem Präsidenten vorzubereiten.

„Überlegen Sie sich die Sache in Ruhe. Allerdings müssen Sie dann schnell und entschlossen handeln. Vergessen Sie nicht, hier geht es für ein paar Leute um existenzielle Interessen."

Oscar stand nun ebenfalls auf.

„Wie können die Leute von der Bergbahn denn herausfinden, dass Helen Hauser mit mir kooperiert und wir zusammen nahe an der Sperrminorität sind?"

Boysen hatte einen Verdacht. Apargaus war ihm nicht geheuer. Aber er würde den Teufel tun, darüber zu reden.

„Die Menschen dort oben in den Bergen sind sehr gut vernetzt. Und sie halten im Zweifel zusammen.

Vor allem, wenn sich Fremde oder gar Ausländer einmischen. Das sollten Sie nicht unterschätzen“, sagte er nur.

„Aha. Eins noch: Wer sind die maßgeblichen Leute hinter dieser Bergbahn?“

„Rufen Sie Walter Walder an“, sagte Boysen. „Er war mein Vorgänger hier. Seit ein paar Jahren ist er Privatier. Er stammt aus der Gegend und kennt sich aus.“

Boysen ging zu seinem Schreibtisch und schrieb eine Telefonnummer auf. Er versprach, Walter Walder bis zum Abend auf Oscars Anruf vorzubereiten.

♦♣♦

„Und? Traust du Boysen?“, fragte Ina.

Sie saßen an der Fensterfront des Cafés. Von mondänen Marmortischen aus genoss der Gast eine großzügige Aussicht auf den Paradeplatz und die Bahnhofstraße. Die gegenüberliegende Bank hielt darüber hinaus an der Hauswand und auf dem Dach einige in Stein gehauene Kunstwerke bereit. Wer von der Eleganz und der Pracht des Ortes immer noch nicht überzeugt war, konnte sich an dezent im Lokal verteilten goldenen Spiegeln oder dem Anblick des altehrwürdigen Hotel Savoy erfreuen, das sich schräg gegenüber auf der anderen Seite des Platzes befand.

Im Obergeschoss war es ein wenig ruhiger als unten, wo ein stetiger Strom von Besuchern in den Verkaufsladen drängte. Oscar war Inas Rat gefolgt und hatte eine heiße Schokolade bestellt, die zwar noch von einem stattlichen Berg Schlagsahne verdeckt wurde, doch bereits vielversprechend duftete.

„Vom Gefühl her traue ich ihm“, sagte Oscar. „Außerdem hat Helen Hauser gesagt, dass sich mein Onkel und Boysen gut kannten. Was hätte er davon, mich aufs Glatteis zu führen?“

„Nun, mit einem zwei Millionen-Kredit würde er ja immerhin schon mal ein gutes Geschäft machen. Bei vier Prozent Zinsen zahlst du schon mal Achtzigtausend im Jahr. Wie willst du die beibringen? Und Kredite mit Wertpapieren zu besichern ist so eine Sache. Hat nicht der andere Banker in Chur gesagt, die Anteile wären nicht viel wert?"

„Nicht direkt. Aber so ungefähr."

„Siehst du. Aktien kann man normalerweise nur zu maximal 50 Prozent beleihen. Wenn sich irgendwann am Markt der Wind dreht, dann heißt es plötzlich, dass der Wert deiner Aktien gesunken ist und nicht mehr ausreicht, um deinen Kredit zu besichern."

„Du bist ja paranoid", schmunzelte Oscar.

Es mochte sein, dass er in manchen Dingen naiv war, dachte er. Aber wäre der völlige Verlust der Vertrauensfähigkeit nicht weit schlimmer? Er wollte sich lieber nicht ausmalen, wie eine Welt aussah, in der niemand mehr dem anderen traute.

„Was mir eher Sorgen macht ist, dass Boysen möglicherweise bald gar nicht mehr bei der Bank ist", sagte Oscar.

„Wie kommst du darauf?"

„Er sagte in einem Nebensatz so etwas wie ‚solange ich noch da bin'."

„Das hört sich nicht gut an."

„Boysen hat zwar versucht, die Contenance zu behalten, aber er konnte seine Nervosität nicht überspielen. In seiner Bank tobt wohl gerade ein Sturm. Die Sekretärin rief mitten in die Besprechung rein. Als Boysen nicht antwortete, stand sie eine Minute später in seinem Büro und hat ihm vor meinen Augen gesteckt, dass er in zwei Stunden bei seinem Verwaltungspräsidenten anzutreten hat."

„Oha! Für diese Liga ist das in der Tat ein bisschen kurzfristig", fand Ina.

„Danach war Boysen völlig von der Rolle."

Oscar stieß mit dem Löffel durch die Schlagsahne nach unten. Die duftende Schokolade rief Erinnerungen an die einfachen Genüsse der Kindertage wach. Im Laufe eines stetig komplizierter werdenden Lebens begann man irgendwann wieder damit, sich nach ihnen zu sehnen. Er trank vorsichtig den ersten Schluck, der, wenn seine Erinnerung nicht trog, immer der beste war. Zur Überprüfung dieser Theorie nahm Oscar sogleich einen zweiten. Wie er feststellte, vermochte die Zeit der Gültigkeit mancher elementarer Grundsätze nichts anzuhaben.

„In der Bank ist jedenfalls einiges im Gange", fuhr er fort. „Vor dem Erscheinen seiner Sekretärin hat mir Boysen noch bedeutet, mein Onkel hätte eine große Finanzkrise vorausgesehen."

„Möglicherweise ist die Krise inzwischen bei Boysen selbst angekommen. Wenn er sich irgendwo verspekuliert hat und sie ihn rauswerfen, kann er allerdings das, was er dir vorgeschlagen hat, gar nicht mehr selbst durchziehen."

Als Oscar die Tasse absetzte, säumte ein kleines, lustiges Bärtchen aus Schlagsahne seine Oberlippe. Er sah nach draußen. Auf dem Platz vor dem Café herrschte reges Treiben. Soeben schlossen ringsherum die Banken. Oscar stellte sich vor, wie sich die Investmentbanker und Trader unter die Spaziergänger mischten, Einkäufe erledigten oder in die Altstadt oder zum Limmatquai hinübergingen, um sich in einer der Bars einen Drink zu genehmigen. Vielleicht gingen sie sogar in die nahe gelegene Kirche und beteten. Er sah dem Treiben eine Weile zu. Niemand auf der Straße schien von hier oben auch nur ein kleines bisschen gefährlich auszusehen. Wie nur konnte sich das so schnell ändern, sobald die Leute ihre Büros betraten?

„Ich habe übrigens vorhin meinen Mann angerufen", sagte Ina.

Oscar spürte, wie sich etwas in ihm regte.

„Er fliegt übermorgen für die Firma nach Shanghai und bleibt die ganze nächste Woche dort."

„Mit oder ohne Begleitung?"

„Keine Ahnung. Will ich im Moment auch gar nicht wissen."

„Wieso nicht?"

„Ich habe nachgedacht. Hugo und ich haben keine Kinder. Wir haben nur uns selbst. Aber was heißt schon haben? Wir müssen nicht zusammenbleiben. Ich habe ihm gesagt, er soll den Dingen mal auf den Grund gehen. Das tue ich auch. Dann sehen wir weiter."

Er nahm ihre Hand.

„Klingt wahrscheinlich ohnehin alles blöd, was ich sage", sagte Oscar. „Außerdem sollte man das Weihnachtsessen nicht unbedingt mit dem Truthahn besprechen."

Ina lachte.

„Du willst also, dass ich noch bei dir bleibe?"

„Eigentlich will ich auch, dass die Sache mit deinem Mann wieder ins Lot kommt. Aber man kann nicht gleichzeitig ein Egoist sein und den Helden spielen."

„Dann musst du dich wohl entscheiden", sagte Ina.

„Egoist", sagte Oscar.

Er schlug sich dabei mit der Innenfläche seiner Hand auf die Brust, so wie es Fußballer machen, wenn sie ein Tor geschossen haben. Nun lachten beide.

Die Bedienung erschien und stellte zwei belegte Toasts auf den Tisch. Dazu gab es einen Kassenzettel. Im Angesicht der Großbank gegenüber fummelte man am Marmortischchen anscheinend nur ungern mit Kleingeld herum. Womöglich drohten ansonsten die steinernen Kunstwerke auf dem Dach der Großbank aus lauter Mitleid mit den mickrigen Umsätzen des armen Café Sprüngli hinunterzustürzen. Für die Finanztransaktionen gab es daher, etwas weiter hinten und von den Dachfiguren nicht einsehbar, eine eigens dafür eingerichtete Kasse.

„Sag mal, Ina: Vorhin bei Boysen bist du mir auf den Fuß gestiegen", sagte Oscar.

„Stimmt. Da wollte ich dir was sagen."

„Und was?"

„Mir kam eine Idee, wo deine fehlenden Prozente sind."

„Spannend. Und wo sind sie?"

„Du solltest mal bei Gelegenheit den Safe im Kleiderschrank knacken. Notfalls eben mit Gewalt. Wozu hatte dein Onkel denn den?"

♦♣♦

An der nördlichen Seite des ehemaligen Parkplatzes der Bergbahn lag der Melfer Hof. Nach Lage der Dinge dürfte das Hotel seine beste Zeit bereits hinter sich haben. Die Baukräne und der Schutt zwischen den Rohbauten waren kein besonders verlockendes Ambiente für Hotelgäste. Ina hatte vorgeschlagen, im Restaurant des Hotels einzukehren. Am ehesten erfährt man etwas Interessantes über Leute, wenn man sich ins Lager ihrer Gegner begibt, meinte sie. Dass beim Eigentümer des Melfer Hofs nicht gerade helle Freude über das Bauprojekt herrschen würde, war anzunehmen.

Stand die Blocklandschaft vor der Haustüre erst einmal in voller Höhe, war es mit der Bergsicht für die Hotelgäste vorbei. Sicher, es würde immer noch Leute geben, für die es während ihres Skiurlaubs das Wichtigste war, vom Hotel aus möglichst schnell zu Fuß zur Seilbahn hinübergehen zu können. Aber für den Teil der Gäste, der von einem Hotelzimmer in einem Alpendorf einen schönen Blick auf die Berge erwartete, würde es nun bessere Adressen geben.

Der Eingangsbereich des Hotels war mit ein paar altbackenen, in verschiedenen Rottönen gehaltenen Teppichen ausgelegt. Auch das Interieur des Restaurants legte den Eindruck nahe, dass in den vergangenen Jahren hier nicht mehr viel investiert worden war. Die Tische aus hellem Kiefernholz und die an einigen Stellen bereits nachgedunkelten Stühle wirkten wie Relikte aus dem vorigen Jahrhundert. Die allgegenwärtigen, dunkelbraunen Holzverkleidungen taten ein Übriges. Entweder versuchte sich der Melfer Hof als nostalgisches Gegenmodell zur abweisenden Kühle der draußen entstehenden Quaderkultur oder der Eigentümer hatte schlicht und einfach keine Lust mehr, hier noch viel Geld auszugeben.

Im Restaurant war es ruhig. Bis auf ein paar Einheimische, die hinten am Stammtisch saßen und heftig diskutierten, war niemand zu sehen. Chefkellner Thomas Kaschnig hatte nicht viel zu tun. Nachdem er die Teller des Hauptgangs abgetragen hatte, lud ihn Oscar ein, sich eine Weile zu ihnen an den Tisch zu setzen. Das Schrillste an ihm war seine leuchtend gelbe Swatch-Armbanduhr, dicht gefolgt von seiner kunstvoll mit Gel gestylten Frisur. Das übrige Outfit geriet eher klassisch. Wie es sich für einen österreichischen Oberkellner gehörte, trug er eine schwarze Hose, ein weißes Hemd und darüber eine graue Weste mit schwarzer Fliege.

Kaschnig erzählte, dass er aus Kärnten stamme und, wie viele der Gastarbeiter, die in der Gastronomie arbeiteten, zunächst wegen der ausgezeichneten Verdienstmöglichkeiten in die Schweiz gekommen war. Inzwischen hatte er die vielen anderen Vorzüge des Landes zu schätzen gelernt. Inzwischen lebte er gerne hier. Da das Hotelfach für junge Schweizer offenbar nur mäßig attraktiv war, bemühten sich die Hotels und Restaurants des Landes aktiv um qualifiziertes, deutschsprachiges Personal. Derart umworben zu werden gab ihm ein Gefühl von Selbstwert und Unabhängigkeit. Seine ersten Stationen hatten ihn nach Zürich und Luzern gebracht, wo er in erstklassigen Restaurants gearbeitet hatte. Melf hatte ihn vor allem wegen des attraktiven Skigebiets gereizt. Es hätte seine letzte Station in der Schweiz werden sollen. Eigentlich wollte er schon Ende des Jahres nach Kärnten zurückkehren, um in einem neu eröffneten Restaurant am Faaker See anzufangen. Doch dann hatte ihm der Chef des Melfer Hofs die Stelle des Chefkellners angeboten, und Thomas Kaschnig war geblieben. Inzwischen schloss er nicht mehr aus, dass er noch ein oder zwei weitere Jahre dranhängen würde.

Das Restaurant war diesen Sommer ganz ordentlich gelaufen. Der Chef hatte mit zwei deutschen Reiseveranstaltern längerfristige Verträge abgeschlossen, von denen Hotel und Restaurant gleichermaßen profitierten. Die Gäste waren zwar keine „Big Spenders“, wie es im Fachjargon hieß, doch dafür kamen sie in großer Zahl in vom Veranstalter gecharterten Bussen. Die meisten der Gäste waren deutsche Rentner, die eine mehrtägige „Tour de Suisse“ gebucht hatten. In aller Regel trafen sie am späten Nachmittag von einer anderen Station kommend ein. Das Hotelzimmer verstand sich dann inklusive Abendessen und Frühstück, und am nächsten Morgen nahm sie der Bus wieder mit.

Dieses Jahr hatten sich viele Gäste über die riesige Baustelle vor ihren Zimmerfenstern beschwert, berichtete Kaschnig. Die Reisenden, die in überwiegender Zahl aus dem Ruhrgebiet kamen, hatten erwartet, auf ihrer Reise in die Berge mehr Ruhe und Natur vorzufinden. Da der Melfer Hof auf die Rentner angewiesen war, hatten die Sorgen mit jeder neuen Beschwerde zugenommen. Allein vom Wintergeschäft, das auf etwa vier Monate im Jahr begrenzt war, würde man nicht gut leben können. Die Verträge liefen turnusmäßig im Herbst aus. Das Führungspersonal wartete bang, ob die Reiseveranstalter für die nächste Sommersaison wieder neue Zimmerkontingente buchen würden.

Ina hätte gerne mit dem Eigentümer darüber gesprochen. Doch wie Kaschnig wusste, kam der nicht jeden Tag ins Hotel. Da an diesem Tag keine Busse erwartet wurden, blieb er in seinem Haus am Zürichsee. Sie musste daher mit dem Oberkellner vorliebnehmen. Ina fragte ihn, ob sein Chef gegen die Blocklandschaft vor seiner Haustüre nichts unternommen habe.

Kaschnig sah flüchtig hinüber zu dem Tisch mit den Einheimischen.

„Diese Dinge sind vor meiner Zeit geschehen. Für die Details habe ich mich nie sonderlich interessiert. Warum wollen Sie das wissen?“, fragte er mit gedämpfter Stimme.

„Ich bin Journalistin. Ich schreibe einen Artikel über die Aktivitäten des Bausektors in schweizerischen Skiorten“, antwortete Ina.

„Und was wollen Sie da schreiben?“

„Das weiß ich noch nicht. Ich kann mir allerdings vorstellen, dass nicht alle Leute von diesem Bollwerk da draußen begeistert sind.“

Kaschnig stand auf und begann, den Tisch von Brotkrumen zu säubern.

„Es wäre doch logisch, dass ein Nachbar gegen ein Bauvorhaben, das seinem Hotel quasi die Aussicht nimmt, eine Beschwerde einlegt“, hakte Ina nach.

Kaschnig zwang sich zu einem Lächeln. Während er sprach, behielt er den Stammtisch fest im Blick. „Aber nicht, wenn der Bauherr und die Kommission, die für die Prüfung der Beschwerde zuständig ist, praktisch ein und die gleiche Person ist. Genauso könnte man versuchen, mit einem Zahnstocher einen Panzer aufzuhalten.“

„Wo gibt es denn heute noch so etwas?“, meinte Oscar kopfschüttelnd.

„Hier oben. Es geht zu wie in einem alten Königreich. Natürlich geht der König nicht überall selbst hin, das hat er nicht nötig. Er hat überall seine Untertanen. Die machen genau das, was er will.“

„Und wer ist dieser König?“

„Remo Farner, der Chef der Bergbahn. Gleichzeitig ist er Mitglied des Gemeinderats und Chef des Tourismusfördervereins. Er hat auch sonst überall die Hände drin. Wer sich mit dem anlegt, hat hier nichts mehr zu lachen.“

„Und Ihr Chef? Wenn er schon keine Nachbarklage gegen das Bauwerk eingereicht hat, lacht er dafür wenigstens?“

„Nur noch selten. In die Blocks kommen ins Untergeschoss Geschäfte und Restaurants rein. Doch darüber gibt es viele neue Ferienapartments. Im Kampf gegen die leerstehenden Zweitwohnungen hatte Farner dazu noch eine grandiose Idee. Die Käufer sollen sich dazu verpflichten, ihre Apartments zur Vermietung an Feriengäste freizugeben. Diese Aufgabe übernimmt dann die Bergbahn.“

„Und das bedeutet für den Melfer Hof nichts Gutes“, sagte Ina.

„Nicht nur für den Melfer Hof. Auch für alle anderen, die hier Wohnungen haben und vermieten wollen. Die ‚kalte-Betten-Story' ist ja nur die halbe Wahrheit. Die meiste Zeit des Jahres gibt es für das verfügbare Angebot viel zu wenig Nachfrage. Nur im Winter während der Schulferien ist es wirklich voll."

„Daran wird sich durch Blocks-Fort doch nicht viel ändern, oder?", warf Ina ein.

„In der Zeit außerhalb der Schulferien wird sich schon etwas ändern. Wenn nicht viel läuft, wird die Bergbahn für die Apartments in den Blocks All-inclusive-Pakete anbieten und den Leuten die Lifttickets quasi umsonst hinterherwerfen. Verstehen Sie? Wie sollen die anderen dagegen konkurrieren? Ich glaube, der Chef hat irgendwann einfach aufgegeben."

Jemand rief nach neuen Getränken. Kaschnig begab sich ohne ein weiteres Wort zum Stammtisch. Oscar sah ihm nach. Er fragte sich, ob Kaschnig nicht schon bereute, was er gesagt hatte.

♦♣♦

Nach dem Essen hatten sie noch eine zweite Flasche Wein getrunken und waren bis eine Stunde vor Mitternacht sitzen geblieben. Sie beschlossen, den Weg zum Haus hinauf zu Fuß zu gehen. Zunächst ging es nur gemäßigt bergan. Nach ungefähr einem Drittel der Strecke begann eine Steigung, deren Steilheit ihnen, als sie mit dem Auto heraufgekommen waren, gar nicht aufgefallen war. Nach einer Weile hörte die Straßenbeleuchtung auf. Mit jedem Schritt wurde es finsterer. Schließlich sahen sie kaum noch etwas. Ina hakte sich bei Oscar ein. Die ungewohnte Dunkelheit war ihr unheimlich. Endlich standen sie vor dem Haus.

Oscar steckte den Schlüssel ins Schloss, doch die Tür war verschlossen. Er probierte der Reihe nach alle anderen Schlüssel, doch es war zwecklos.

Oscar erinnerte sich, dass an der Innenseite der Tür ein gusseiserner Riegel angebracht war, mit dem man von innen verriegeln konnte. War jemand im Haus? Er horchte am Toilettenfenster neben dem Eingang. Von drinnen drang leise ein Geräusch, wie von Schritten. Oscar war nicht sicher, ob er sich das nur einbildete. Doch plötzlich huschte durch die Streben des Fensterladens das Licht einer Taschenlampe, die hastig ein- und wieder ausgeschaltet wurde.

„Wir haben Besuch", flüsterte Oscar.

Auch hier oben war es stockdunkel. Ina zog Oscar am Arm. Sie zitterte vor Angst. Das nächste Haus lag in etwa fünfzig Meter Entfernung. Sie liefen die Straße bergauf und versteckten sich im Eingang des Nachbarhauses. Oscar spähte in die Nacht. Nirgends brannte ein Licht. Zu dieser Jahreszeit war niemand hier oben.

„Ruf die Polizei!", flüsterte Ina mit zitternder Stimme.

„Verdammt! Das Handy liegt im Auto."

Neben der Straße erahnte Oscar die Umrisse eines abgebrochenen Astes. Er hob ihn auf und machte Anstalten, wieder zurückzugehen.

„Bist du verrückt?", zischte Ina. „Bleib hier!"

In dieser Sekunde durchbrach das Geräusch eines startenden Motorrads die Stille. Im nächsten Moment brauste es davon.

„Der Einbrecher! Er haut ab!", rief Oscar.

Er lief in den Garten. Von dort hatte man Einblick auf die Straße, die um Renards Haus herum eine Kehre machte und ein Stück weiter unten wieder parallel zu oberen Teil verlief. Oscar sah kurz das Bremslicht des

Motorrads. Eine Weile hörte man noch das Geräusch des Motors, das sich rasch entfernte. Dann war alles still.

Sie gingen langsam zurück zum Haus, blieben aber in einiger Entfernung von der Haustür stehen. Oscar hielt immer noch den Ast in der Hand.

„Bist du sicher, dass er weg ist?“, flüsterte Ina.

„Ich glaub schon. Das war der Einbrecher. Wer braust sonst schon um diese Uhrzeit ohne Licht mit dem Motorrad umher?“

Die Haustür ließ sich noch immer nicht öffnen. Oscar umklammerte den Ast und schlich um das Haus herum auf die Terrasse. Die Verandatür stand offen. Oscar atmete tief durch. Die Wanduhr im Wohnzimmer schlug zwölfmal. Ein unwirklich friedliches Geräusch inmitten der Feindseligkeit der Finsternis, in die Oscar angestrengt hineinstarrte. Er nahm seinen Mut zusammen und ging durch die Tür. Rechts neben dem Sofa stand eine Leselampe. Oscar tastete sich vorsichtig zum Schalter und knipste sie an.

„Mein Gott“, zischte er zwischen vor Angst zusammengepressten Lippen.

Mit dem Ast in der Hand ging er durch die anderen Zimmer. Er machte der Reihe nach überall Licht. Erst dann entriegelte er die Haustüre. Ina hatte in einigem Abstand vom Haus gewartet. Sie zitterte immer noch. Er schloss sie in die Arme.

„Der Besuch ist aufgebrochen“, sagte er beruhigend.

„Na, du hast Humor“, sagte Ina. „Ich wäre da freiwillig nie reingegangen.“

Sie gingen ins Haus und sahen sich um. Nichts war verändert, seitdem sie es am Morgen verlassen hatten. Die Schubladen der Kommode im Wohnzimmer und der Schreibtisch im Arbeitszimmer standen unberührt. Nichts schien durchwühlt oder zerstört. Oscar warf instinktiv einen Blick auf die Schallplatten. Aber selbst der kleine Steinbock aus Stoff, den Ina auf die Lehne des Sofas gesetzt hatte, war noch an seinem Platz.

„Merkwürdig. Scheint nichts weggekommen zu sein", stellte Oscar fest.

„Oder gar nicht merkwürdig. Wir haben den Einbrecher gestört. Er hatte keine Zeit etwas mitzunehmen", sagte Ina.

„Nun, ein bisschen Zeit hatte er schon. Wir sind ja den ganzen Weg hinauf zu Fuß gegangen. Wenn ich es richtig sehe, gibt es nur diese eine Straße, die vom Tal zum Haus hinaufführt. Und das Motorrad, mit dem der Einbrecher gerade abgehauen ist, muss ja vorher irgendwie nach oben gekommen sein. Wir waren vom Restaurant mindestens eine halbe Stunde unterwegs", sagte Oscar.

„Mir ist auf dem Weg hinauf kein Motorrad aufgefallen. Der Einbrecher muss es also irgendwo am Straßenrand versteckt haben. Das letzte Stück ist er dann zu Fuß gegangen. Die Zeit, die er dafür gebraucht hat, müssen wir berücksichtigen. Darüber hinaus dürfte es eine Weile gedauert haben, bis er hier drinnen war", sagte Ina.

„Aber wie ist er eigentlich reingekommen? Durch die Fenster jedenfalls nicht. Sie sind noch alle ganz", sagte Oscar.

Er sah zur Vorsicht noch einmal nach. Die Fensterläden, die sie am Morgen geschlossen hatten, waren von innen verriegelt. Blieb nur noch die Tür. Oscar untersuchte sie genauer, konnte aber nichts Besonderes feststellen.

„Kann man so ein Türschloss aufbrechen, ohne dass man Spuren hinterlässt?", fragte Oscar.

„Klar kann man. Der Experte vom Notdienst zum Beispiel, wenn du dich ausgesperrt hast. Der schickt dich mal kurz um die Ecke, damit du nicht sehen kannst, wie er das macht. Aber nach ein paar Sekunden spazierst du durch die Tür, als wäre nichts geschehen."

„Geht das mit jedem Schloss gleich schnell? Immerhin hat der Onkel sogar einen Riegel anbringen lassen, mit dem er von innen noch einmal absperren konnte, wenn er im Haus war. Wäre nicht sehr konsequent, wenn man die Tür mal schnell mit einem Dietrich knacken könnte."

In diesem Moment fiel Oscar ein, wo er nachsehen musste. Er hastete ins Schlafzimmer und öffnete den Kleiderschrank. Der Einbrecher hatte Eds Hosen und Pullover weggeräumt und schön säuberlich auf der anderen Seite des Schranks übereinandergeschichtet. Der Safe lag frei.

Oscar beugte sich hinunter. Die Tür stand einen Spalt weit offen. Er zog sie auf und sah hinein. Der Safe war leer.

„Verstehst du das?" Oscar starrte wie hypnotisiert in die Leere.

„Ich verstehe erst einmal, dass hier offenbar ein Profi am Werk war", befand Ina.

„Sieht sehr danach aus", pflichtete Oscar bei.

„Keinerlei Einbruchsspuren an der Haustür. Ebenso wenig an den Fenstern und nicht mal hier am Safe. Das Zahlenschloss hier sieht nicht gerade danach aus, als ob es einfach von alleine aufspringt, wenn man es nur einmal scharf genug ansieht. Absolut filigraner Typ, der Einbrecher."

„Oder ein Profi mit Ausrüstung", sagte Oscar. „Holen wir die Polizei?"

„Ich weiß nicht, ob das was bringt. Die haben zwar alles, was man braucht, um herauszufinden, wie der Einbrecher hier eingestiegen ist. Aber wenn wir nicht einmal wissen, ob aus dem Safe etwas gestohlen wurde, werden sie wohl kaum mit ihrer Experten-Armada hier aufkreuzen."

„Ein Investmentbanker dürfte sich ja wohl kaum einen Safe zulegen, um Spielzeugchips wegzusperren."

„Richtig. Aber die Armada kostet ja was. Wir sind hier in der Schweiz. So ein Kommando rückt nur aus, wenn Blut geflossen ist oder das Gold der Nationalbank geklaut wurde."

„Da hast du wahrscheinlich recht", murmelte Oscar.

Er warf noch einen letzten ungläubigen Blick in den Safe. An Schlafen dachte jetzt keiner von beiden. Sie setzten sich auf das Sofa im Wohnzimmer.

Oscar dachte an den Einbruch in seine Studentenbude. Die Einbrecher fanden die alte Uhr der Großmutter, die er etwas leichtsinnig zwischen den Socken versteckt hatte. Die Uhr war ein Geschenk zu seinem 20. Geburtstag gewesen. Die Uhrenkette hatte die Oma einst aus ihrem eigenen Haar geflochten, und im Amulett steckte ein Bildchen von seinem Vater, als dieser noch ein kleiner Junge war. Damals empfand Oscar eine riesige, schwer zu zähmende Wut.

Zu seiner eigenen Überraschung war er heute völlig ruhig geblieben. Vielleicht war es ihm im Moment aber auch einfach nur wichtiger zu wissen, was hier gespielt wurde. War alles nur Zufall? Oder gab es einen Zusammenhang zwischen seiner Erbschaft und diesem Einbruch? Was war in dem Safe gewesen?

„Lass uns ein Stückchen die Straße hinunter gehen", sagte Oscar.

Ina stand sofort auf und zog sich ihre Schuhe an. Anscheinend hatte sie den gleichen Gedanken.

„Gibt es hier eine Taschenlampe?“, fragte sie.

♦♣♦

Kurze Zeit später standen sie draußen auf der Straße. Vom Wald klang das Rufen eines Uhus zu ihnen herüber. Der kleine Bach, der längs des Hauses ein Stück weit parallel zur Straße lief, plätscherte friedvoll vor sich hin. Die dichte Wolkendecke war aufgerissen. Zwischen den Wolken zeigte sich der Mond, der die weite Wiese unterhalb des Hauses in ein mattes, sanftes Licht tauchte. Nichts rührte sich. Oscar ließ der Gedanke, dass sich der Einbrecher noch irgendwo hier herumtrieb, nicht los. Hier draußen war ihm unbehaglich. Die Welt war das, wofür man sie hielt.

Sie gingen langsamen Schrittes die Straße hinunter. Talseitig wurde sie durch ein Geländer begrenzt. Dahinter fiel eine ungefähr drei Meter hohe Mauer ab bis zur Wiese.

„Da unten hat das Motorrad jedenfalls nicht gestanden. Da bräuchte man schon einen Flaschenzug, um es wieder auf die Straße zu ziehen“, sagte Oscar.

„Also stand es auf der Bergseite. Wo genau hast du das Bremslicht gesehen?“, fragte Ina.

An der Stelle, an der sie standen, verlief die Straße mäßig bergab. Bevor sie nach der Rechtkurve steil ins Tal führte, ging es noch einmal einige Meter bergauf.

„Auf der Kuppe dort vorn. Der Einbrecher muss das Motorrad in einer der Garagen der beiden Nachbarhäuser versteckt haben. Es war zwar dunkel. Aber wenn es hier draußen auf der Straße gestanden wäre, hätten wir es vorhin beim Hinaufgehen sicher bemerkt“, sagte Oscar.

„Das untere Haus steht sehr nahe an der Kurve. Die Straße hat ihren Scheitel dort aber bereits erreicht. Der Einbrecher hätte die Maschine das kurze Stück schieben und dann im Leerlauf ins Tal rollen können. Er muss das Motorrad also irgendwo versteckt haben, von wo aus er den Motor gebraucht hat, um über die Kuppe zu kommen", sagte Ina.

„Dann bleibt eigentlich nur eine Möglichkeit. Das Motorrad stand in der Garage vom Nachbarhaus. Der Einbrecher hat die Maschine im Leerlauf bis zur Kuppe laufen lassen und dann im Rollen gestartet."

Im diffusen Licht kam es Oscar so vor, als würde Ina den Kopf schütteln.

„Das Ganze passt nicht richtig zusammen, Oscar."

„Wie… das Ganze? Was meinst du?"

„Im Haus erleben wir den perfekten, spurenlosen Einbruch. Aber bei der Planung des Rückzugs geht der Einbrecher völlig dilettantisch vor. Erst lässt er sich am Tatort überraschen und dann haut er so ab, dass wir alles mitkriegen."

„Ich würde eher sagen, dass er eine Menge Pech gehabt hat. Bei dieser Totenstille hier oben hört man ja schon eine Weile vorher, wenn ein Auto heraufkommt. Wir haben ihn im unglücklichsten Moment überrascht. Und dass wir hier zu Fuß auftauchen, konnte der Einbrecher nicht vorhersehen", wandte Oscar ein.

Ina war immer noch nicht überzeugt. „Trotzdem. Ich bleibe dabei. Ein Profi deckt den Rückzug, bevor er irgendwo in ein Haus einsteigt. Das ist alles sehr merkwürdig."

Sie drehten um und untersuchten noch einmal das Gelände. In Richtung von Renards Haus wurde die Straße ebenfalls bergseitig von einer Mauer begrenzt.

Oberhalb davon lagen Gärten. Für Oscar bestand kein Zweifel.

„Das Motorrad stand jedenfalls hier drin". Er deutete auf einen Einstellplatz, der zu Renards Nachbarhaus gehörte. Er war ein wenig nach vorne zur Straße versetzt und nach vorne hin offen. Oscar leuchtete von außen mit der Taschenlampe. Rechts an der Mauer stand ein dunkler Audi. Daneben war genügend Platz für ein zweites Auto. Oder ein Motorrad.

„Es gibt keine Tür. Da kann praktisch jeder etwas reinstellen. Wir sollten trotzdem mal nachsehen, wer hier wohnt", sagte Ina.

„Du meinst, es war der Nachbar?", fragte Oscar.

„Ich meine noch nichts", antwortete Ina. „Immerhin würde es aber gleich zwei Dinge erklären. Wenn der Nachbar einen Hausschlüssel hatte, bräuchten wir uns nicht mehr darüber zu wundern, dass es im Haus keinerlei Einbruchspuren gibt. Und wir haben die Erklärung, warum wir beim Raufgehen das Motorrad nicht gesehen haben."

„Aber warum ist er nicht einfach zu Fuß abgehauen? Der Wald fängt doch gleich hier drüben an."

„Dafür hätte er erst einmal die Mauer runterspringen müssen. Das sind mindestens drei Meter. Es ist ja nicht jeder James Bond."

Die Wolkendecke schloss sich und es wurde wieder finster. Oscar leuchtete mit der Taschenlampe. Die Batterie würde nicht mehr lange halten.

„Außerdem konnte er ja nicht damit rechnen, dass wir kein Handy dabei haben", setzte Ina hinzu. „Er musste davon ausgehen, dass wir die Polizei holen. Wenn er zu Fuß in den Wald will, muss er ein Stück weit über die Wiese. Wenn wir ihn dort sehen, weiß die Polizei, wo er ist."

„Ihn sehen – in der Dunkelheit?“, zweifelte Oscar.

Plötzlich hatte er irgendeine Ahnung. Doch konnte er sie noch nicht greifen. Ein Detail hing mit einem anderen zusammen.

Sie gingen eine schmale Treppe hinauf zum Haus, den Kegel der Taschenlampe vor sich. Der Eingang befand sich auf der rechten Hausseite. Sie suchten vergeblich nach einem Klingelschild. An der Tür war ein alter, eiserner Türklopfer angebracht.

„Der Nachbar ist nicht fair. Wenn er auf Besuch geht, schleicht er sich einfach heimlich rein. Bei ihm selbst hängt aber das dicke Eisen. Was meinst du, was das Ding hier für einen Krach macht“, flüsterte Oscar.

Ina unterdrückte ein Kichern.

„Immerhin ist er Traditionalist. Das kommt bei Einbrechern so gut wie nie vor.“

Oscar hob den Türklopfer und ließ ihn auf die Tür knallen. Nach einer Weile wiederholte er das Ganze, dann noch einmal. Nichts rührte sich.

„Wie zu erwarten“, sagte Oscar. „Der Hausherr ist auf nächtlicher Spazierfahrt.“

„Siehst du ein Namensschild?“, fragte Ina.

„Nichts zu sehen. Einen Briefkasten gibt es offenbar auch nicht. Man besitzt wohl ein Postfach.“

Langsam verlor die Taschenlampe ihre letzte Kraft. Die Batterie war am Ende. Sie konnten kaum noch etwas sehen. Oscar deutete zur Straße. Sie kehrten um.

Als sie unten ankamen, hielt Oscar inne. Wie bereits ein paar Minuten vorher ließ ihn sein Gedächtnis wissen, dass er etwas Wichtiges übersah. Doch es verriet nicht, was es war. Das menschliche Gehirn bleibt für das Gehirn unbegreiflich.

Oscar dachte an seinen Onkel. Er hatte ihm damals erzählt, wie seine Finger die Tasten auf dem Klavier wie von selbst fanden, wenn er ein altes Stück spielte, von dem er dachte, dass er es längst vergessen hatte. Doch war das Kunststück nur so lange gut gegangen, bis er innehielt und versuchte, sich bewusst an die Noten zu erinnern. In diesem Moment war der Zauber vorbei und er konnte das Stück nicht mehr zu Ende bringen.

Sie gingen die Straße hinauf. Der Uhu hatte Gesellschaft bekommen und rief nun im Duett. Die Luft roch nach Wald. Plötzlich blieb Ina stehen.

„Es ist ja nicht so, dass man nicht herausfinden könnte, wem das Haus gehört", sagte Ina.

Das war für Oscar das Schlüsselwort.

„Natürlich!", rief er. „Jetzt fällt mir ein, wonach ich die ganze Zeit gesucht habe! Ich war doch auf dem Grundbuchamt, um mir das Haus überschreiben zu lassen. Der Beamte hat mir den Katasterplan gezeigt. Das Haus neben dem von Eduard Renard gehört Walder."

„Und warum regst du dich so auf? Wer ist das?"

„Das weiß ich nicht, Ina. Aber die Kontaktperson, die mir Boysen vermittelt hat, heißt jedenfalls auch so."

„Heilige Scheiße", entfuhr es Ina. „Was ist hier bloß los?"

♦♣♦

Boysen schaute auf die Uhr. In einer Stunde würde es draußen hell werden. Seine Augen brannten. Die ganze Nacht hatte er auf den Bildschirm gestarrt und mit New York telefoniert. Aber er erfuhr nur, dass es keinen Zweifel mehr gab: Das Wunder würde ausbleiben.

Um elf Uhr sollte er die Zahlen vorlegen. Boysen hatte nicht damit gerechnet, dass alles so schnell gehen würde. Er hatte versucht, beim Präsidenten Zeit herauszuschinden, aber die Alarmglocken schrillten inzwischen auf allen Etagen. Noch fünf Stunden, dann lag alles auf dem Tisch. Es gab nichts mehr zu beschönigen. Sie würden ihn verhören wie einen Schwerverbrecher. Am Ende würde feststehen, dass die verbrieften Immobilienkredite, die Christoph Boysen in großem Umfang ins Portfolio genommen hatte, die Bank an den Rand des Ruins treiben würden.

Er dachte an Walder, der sich vor ein paar Jahren mit Technologieaktien verspekuliert hatte. Als die Kurse einbrachen, wurde er vom Verwaltungsrat gefeuert. Das waren die Spielregeln des Gewerbes. Wenn Wirtschaft und Börse boomten, zählte allein, wie hoch der Gewinn war. Die Gier nach immer höheren Erträgen hatte etwas Rauschhaftes, und das Risiko interessierte in diesem Moment niemand. Das änderte sich schnell, wenn die Stimmung am Markt kippte und es mit den Kursen und der Wirtschaft bergab ging. Dann rollten die Köpfe der vormaligen Helden. Denn plötzlich drehte sich alles nur noch um Sicherheit.

Boysen hatte mit Walder zusammengearbeitet und das alles schon einmal erlebt. Zu seiner eigenen Überraschung wurde er damals, nach Walders Rauswurf, nicht ebenfalls entlassen. Im Gegenteil. Nach einer relativ kurzen Periode mit einer Zwischenlösung stieg er zu dessen Nachfolger auf.

Walder war kein Mensch, der sich lange wegen irgendetwas grämte. Boysen sah in ihm einen Spieler, der diese Eigenschaft allerdings perfekt zu verbergen wusste. Offensichtlich war nur die grenzenlose Gelassenheit, die Walder gern zur Schau stellte. Sie schien quasi unzerstörbar. Boysen beneidete ihn manchmal darum.

Als er so trübe aus dem Bürofenster starrte, erinnerte er sich an ihre letzten gemeinsamen Tage in der Bank. Als Walders Entlassung nur noch eine Frage von Tagen war, hatte er ihn noch ein paarmal abends zum Essen eingeladen, um seinen Abschied mit dem ihm eigenen Galgenhumor zu begießen. Er freue sich auf sein nächstes Leben, sagte Walder. Später glaubte Boysen zu begreifen, dass das nicht gelogen war.

Walder stammte aus Graubünden. Nach dem Rauswurf bei der Bank war er dorthin zurückgekehrt. Den Sommer über blieb er in den Bergen. Er unternahm zahlreiche Bergtouren und hielt seine Eindrücke in einem Reisetagebuch fest, für den sich schon bald ein renommierter Verlag interessierte. Ansonsten stand er täglich um halb acht auf, um noch vor dem Frühstück eine Stunde Spanisch zu lernen. Seine große Leidenschaft war jedoch die Musik. Vor dem Start seiner Bankkarriere hatte er in einer Bluesband am Klavier gesessen. Nach seiner Entlassung fand er endlich Zeit zu spielen. Voller Stolz hatte er Boysen erzählt, dass er sich bei Ewald Probst in Chur ein Steinweg-Klavier gekauft hatte. Jeden Donnerstag fuhr er zu einem bekannten Musiker nach Vaduz, um sich von ihm ein paar neue Bassläufe und die dazugehörigen Improvisationsmuster zeigen zu lassen.

Eines Tages befand der Meister, dass Walder ein neues Instrument lernen sollte. Er lieh ihm eine alte Perinét-Trompete mit Pumpventil, die er selbst von einem Freund geschenkt bekommen hatte. Es dauerte eine Weile, bis Walder den ersten vernünftigen Ton herausbrachte. Aber schon bald begann es ihm Spaß zu machen. Der Meister verkündete, dass er erstaunlich schnell Fortschritte machte. Walder übte weiter und kaufte sich seine eigene Jazztrompete.

Walder hatte nicht nur der Bank herbe Verluste hinterlassen, sondern auch selbst eine Menge Geld verloren. Zu seinem Glück hatte er noch vor dem Absturz der Technologiewerte in Zürich drei Immobilien gekauft, zwei davon in bester Seelage. Zu Walders Goldgräberzeiten waren sie nur ein kleiner Teil seines Vermögens gewesen. Aber während fast alle seine Optionen auf Technologieaktien und Rohstoffe ihren Wert vollständig verloren hatten, verschafften ihm nun die drei teuer vermieteten Häuser das Einkommen, von dem er lebte. Um die Verwaltung kümmerte sich seine ehemalige Sekretärin, die inzwischen einen Bankangestellten des Mittelmanagements geheiratet und nach der Geburt des ersten Kindes eine Arbeitspause eingelegt hatte.

Wenn es in den Bergen kalt wurde, zog es Walder gen Süden. Den Spätsommer verbrachte er meistens in Spanien. Nach dem Ende der Hurrikansaison überquerte er den Atlantik und blieb für den Rest des Winters in der Karibik.

Boysen hatte ihn vor drei Jahren auf Kuba besucht. Walder holte ihn in Havanna ab. Sie fuhren in einem uralten, hellblauen Chevrolet quer über die Insel an die Südküste in das alte Städtchen Trinidad, wo sich Walder bei einer kubanischen Familie zur Pension eingemietet hatte. Boysen erinnerte sich an die Ausgelassenheit, mit der Walder sein neues Leben genoss. In den Pausen schäkerte er in fließendem Spanisch mit den Musikern, die jeden Abend auf einem kleinen Platz oberhalb des Piazza Major Salsa spielten. Sie tranken Cuba Libre, schwatzten über Belanglosigkeiten und feierten in die wunderbar friedvolle Stimmung der aufziehenden Dämmerung hinein. Nach ein paar Drinks ließ Walder die Kubaner wissen, dass er ebenfalls Musiker war. Schon bald schlug jemand vor zusammen zu spielen. Walder zierte sich zwar noch ein wenig, stand dann aber auf und holte seine Trompete aus dem Kofferraum des blauen Chevrolets. Boysen schien es, als ob sich Walder nichts anderes mehr wünschte als immer wieder zurückzukommen, um mit seinen neuen Freunden im letzten Abendlicht hier auf dem Platz zu spielen.

Boysen stand auf und ging zu seiner Bar. Er drückte auf den Knopf. Drinnen fand er die Cognacflasche. Müde schenkte er den Rest in das abgestandene Glas, das gleich daneben stand. Im Spiegel sah er seine tiefen Augenringe. Walder hatte sich neu erfunden. Er schien mit sich im Reinen, er hatte die Bühne verlassen. Aber was würde mit ihm sein, wenn das hier vorbei war? Jeder war anders. Wie Walder hatte Boysen hoch gespielt. Und wie Walder hatte er verloren. Nur würde ihn das Desaster, das er verursacht hatte, so schnell nicht wieder loslassen.

♦♣♦

Am nächsten Morgen waren sie etwas später aufgestanden und noch einmal im Melfer Hof eingekehrt. Es gab noch Frühstück. Wie am Vorabend war nicht viel los. Der nächste Bus sollte erst am Nachmittag eintreffen. Thomas Kaschnig hatte Unterstützung erhalten und ließ Kaffee und Tee von einer Serviertochter ausschenken. Alles andere gab es vom üppigen Buffet, das vor der Kulisse der leeren Tische wie eine riesige Verschwendung aussah.

Der Kollege in der Redaktion hatte Ina gleich auf Oscars Handy zurückgerufen. Der Bekannte bei der Polizei hatte sich zwar gewundert, warum man in letzter Zeit so viel von ihm wissen wollte, hatte sich jedoch noch einmal dazu überreden lassen, im Computer nachzusehen.

Das Haus gehörte Walter Hermann Walder, geboren am 14. Mai 1962 in Chur. Auf diesen Namen waren ein Audi 6 des Baujahrs 2003 und ein Motorrad der Klasse eintausend Kubikzentimeter zugelassen.

„Passt alles", sagte Ina. „So ein Monstrum schiebt keiner so schnell einen Anstieg rauf."

„Aber was ist mit dem Motiv? Ich finde keins. Warum soll ein ehemaliger Großbanker bei seinem toten Nachbarn einbrechen?"

Ina schnitt eine komische Grimasse. „Du meinst, weil Großbanker besonders edle Typen sind, die niemals im Leben jemand anderem etwas wegnehmen würden?", sagte sie ein wenig spöttisch.

„Na, jedenfalls sitzen sie dabei im Normalfall mit Anzug und Seidenkrawatte in einem hell erleuchteten Büro. Und brauchen sich nicht mitten in der Nacht ins Schlafzimmer eines Toten zu schleichen."

„Tja, Oscar. Aber hat nun jemand den Safe ausgeräumt oder haben wir das nur geträumt?"

„Aber warum gerade jetzt? Walder hätte ja jede Menge Zeit gehabt, seit der Onkel tot ist", entgegnete Oscar.

„Vielleicht ist gerade jetzt irgendetwas passiert, das ihn angetrieben hat. Es könnte ja sein, dass Walder erst heute erfahren hat, dass dein Onkel verunglückt ist. Schließlich lebte der ja als Junggeselle und ziemlich weit weg in Südfrankreich. Es kann also sehr gut sein, dass sich niemand zuständig gefühlt hat, im hiesigen Lokalblättchen eine Todesanzeige aufzugeben."

„Stimmt, du hast recht", gab Oscar zu. „Bevor ich in Zürich aus dem Büro ging, hat Boysen gesagt, dass er Walder noch am gleichen Tag auf meinen Anruf vorbereiten würde. Boysen stand unter enormem Druck. Infolgedessen hat er Walder nicht gleich nach unserem Gespräch, sondern erst nach der Sitzung mit seinen Chefs angerufen. Womöglich sogar erst gegen Mitternacht."

„Genau", pflichtete Ina bei. „Walder hat in diesem Telefonat von Boysen erfahren, dass der Onkel tot ist. Das ist für ihn das Startzeichen. Er bricht sogleich auf und räumt den Safe aus. Aber dann kommen wir dazwischen. Anstatt sich in aller Gemütsruhe wieder ins Nachbarhaus zurückziehen zu können, muss er Hals über Kopf abhauen.“

Oscar schenkte sich Kaffee nach. Der schmeckte hier anders als in Deutschland. Besser irgendwie.

„Der kommt wieder. Schließlich wohnt er ja hier. Wahrscheinlich ist er irgendwo in der Nähe. Er wartet, bis wir weg sind, damit wir ihn mit seiner Rennmaschine nicht sehen und auf komische Gedanken kommen“, sagte Ina.

„Er wird sie vorsichtshalber irgendwo abstellen und zu Fuß gehen. Fragt sich nur, wann. Wir können ja nicht ewig auf ihn warten“, sagte Oscar.

„Och“, sagte Ina und machte einen Schmollmund.

Dabei entsorgte sie kunstvoll ihren Teebeutel auf der Untertasse. Oscar löffelte ein Bircher-Müsli, das absolute Highlight des Buffets. Thomas Kaschnig schien sie aus dem Augenwinkel zu beobachten. Er tat so, als sei er zu beschäftigt, um sich auf weitere Gespräche einzulassen.

„Ich kann Herrn Walder ja mal fragen, wann er gedenkt von seinem nächtlichen Ausflug zurückzukehren. Herr Boysen hat mir freundlicherweise seine Nummer gegeben“, grinste Oscar.

Inas Schmollmund ging in ein vieldeutiges Lächeln über. „Hast du Lust auf einen Nachmittag im Hotel?“, flötete sie.

„Du meinst, wir sollten Herrn Walder ein bisschen in Sicherheit wiegen, bevor wir ihm einen Besuch abstatten?“

„So oder so ähnlich. Ich bin sicher, dass wir uns nicht langweilen. Oder?“

Oscar nahm Inas Hand und küsste sie.

„Wer könnte da Nein sagen. Und was sage ich Walders Anrufbeantworter?“

„Dass er dich in den nächsten drei Stunden anrufen soll, damit Ihr euch vor deiner Abreise noch sehen könnt. Um fünf musst du leider unaufschiebbar aufbrechen. Wenn es heute nicht mehr klappt, bist du bedauerlicherweise erst in zwei Monaten wieder in der Schweiz."

„Chapeau, Madame!"

Ina lächelte noch immer. Oscar verlangte die Rechnung und erkundigte sich bei der Rezeption nach einem freien Zimmer.

♦♣♦

Das Telefon läutete. Helen Hauser wusste nicht, wie lange sie geschlafen hatte. Sie fiel aus einem traumlosen Dunkel. Es schrillte laut und unerbittlich. Sie wartete darauf, dass es verstummte.

Ihr Zwischenstopp war eine Herzensangelegenheit. Bevor sie Europa verließ, wollte sie noch ein paar Tage in Madrid verbringen. Nach dem juristischen Staatsexamen hatte sie hier einen Sommer verbracht. Der Mann, den sie damals liebte, lebte noch immer hier. Helen spielte mit dem Gedanken, sich unter die Zuhörer seiner Vorlesung zu mischen, die im Internet unter „Strafrecht für Fortgeschrittene" angekündigt war.

Das Telefon schrillte unerbittlich weiter. Helen Hauser tastete widerwillig nach dem Hörer. Warum hatte sie bloß an der Rezeption nicht gesagt, dass sie in Ruhe gelassen werden wollte? Aber wer sollte hier im Hotel auch anrufen. Mit ihrer Schwester hatte sie schon am Flughafen telefoniert. Sonst wusste niemand, wo sie war.

„Hauser", blaffte sie in die Muschel.

„Mein Name ist Isabel Schatz-Worth", sagte die Stimme aus dem Hörer mit unüberhörbarem Zürcher

Dialekt. „Ich bin Rechtsanwältin. Entschuldigen Sie die Störung. Ich habe den Auftrag, Ihnen im Namen eines Mandanten ein Angebot zu machen."

„Ich verstehe nicht. Woher wissen Sie überhaupt, dass ich hier bin?"

„Für meinen Mandanten ist es sehr wichtig, mit Ihnen in dieser Sache Kontakt aufzunehmen. Glücklicherweise haben wir Ihre Schwester in Basel ausfindig gemacht. Wir haben sie davon überzeugen können, uns Auskunft zu geben."

Helen Hauser setzte sich auf die Bettkante.

„Soso. Was für ein Angebot?"

„Mein Mandant möchte die Aktien, die Sie an der Bergbahn AG halten, erwerben. Er wäre bereit, in einem angemessenen finanziellen Rahmen zu investieren."

Helen Hauser war nun hellwach.

„Woher weiß Ihr Mandant, dass ich diese Aktien besitze?"

„Durch eine Indiskretion. Spielt das eine Rolle?"

„Sie sind mir ein bisschen unheimlich, Madame", sagte Helen Hauser.

„Das kann ich verstehen. Aber es ist nicht gegen das Gesetz, Aktien zu verkaufen. Und welche zu kaufen auch nicht. Können wir uns sehen?"

„Ich bin in Madrid, Frau Schatz-Worth."

„Ich auch, Frau Hauser. Um genauer zu sein, ich bin unten in der Lobby Ihres Hotels."

♦♣♦

Von ihrem Versteck war Walders Hauseingang nicht einsehbar. Er befand sich auf der ihnen abgewandten

Hausseite. Walder würde jedoch den Treppenaufgang nehmen, der in ihrem Sichtfeld lag.

Alles lief wie geplant. Oscar hatte bei Walder angerufen und, als dieser erwartungsgemäß nicht abnahm, eine Nachricht hinterlassen. Kurz vor halb sechs war er zur Wohnung hinaufgefahren und wenig später mit der gepackten Tasche wieder herausgekommen. Ina hatte bei der Rezeption eine Wanderkarte besorgt. Nachdem Oscar das Auto in der Tiefgarage abgestellt hatte, zogen sie los.

Hinter dem Hotel führte ein Fußweg auf eine kleine Anhöhe hinauf. Entlang dem letzten Stück der Skipiste erreichten sie nach fünfzehn Minuten eine Skihütte. Von dort mussten sie rechts abbiegen und noch einen kurzen, aber steilen Anstieg durch den Wald nehmen. Nach weiteren zehn Minuten standen sie auf dem Hügel oberhalb von Renards Haus. Das Haus von Walder lag direkt dahinter. Die Bäume standen dicht und boten genügend Schutz. Von hier aus konnten sie die Auffahrt zu Walders Garage und den Treppenaufgang einsehen, ohne selbst bemerkt zu werden.

Walder konnte nicht ahnen, dass sie hier warteten. Trotzdem würde er vorsichtig sein. In großer Höhe zogen zwei Flugzeuge ihre Streifen in den Himmel. Auf dem unteren Teil der Wiese weideten Kühe. Sonst geschah nichts.

„Und wenn er nicht kommt?“, sagte Oscar.

Ina antwortete nicht. Ihre Augen fixierten einen Punkt am Boden, den abgebrochene Äste, Moos und Tannenreisig bedeckten. Dazwischen lag etwas.

„Ich glaube, er ist schon da“, sagte Ina.

Sie ging ein paar Schritte zur Seite und hob den Rest einer Zigarette auf. Sie befühlte den Stummel.

„Er hat es gemacht wie wir. Nach deinem Anruf wollte er sich vergewissern, ob du auch wirklich wegfährst. Er hat hier oben gewartet. Als er gesehen hat, dass du mit deinen Sachen raus bist, ist er runter."

„Also los", sagte Oscar. „Besuchen wir ihn."

„Es ist besser, du gehst alleine. Walder weiß ja nicht, dass wir zu zweit sind. Dann behalten wir noch einen Trumpf im Ärmel."

In diesem Moment näherte sich vom Tal her ein Fahrzeug. Sie beobachteten, wie es langsam die Straße hinauffuhr. Es war die schwarze Limousine von der Baustelle. Sie gingen in Deckung. Das Auto hielt vor Walders Garage.

„Farner", zischte Ina und pfiff leise durch die Zähne.

Die Autotüren öffneten sich und zwei Männer stiegen aus. Einer davon war zweifellos der Mann, den sie auf dem Parkplatz gesehen hatten. Er trug einen dunklen Anzug ohne Krawatte. Während er sprach, gestikulierte er aufgeregt mit den Händen. Der andere war wesentlich jünger. Er hatte auffallend lange, schwarze Haare. Über einer modischen blauen Hose trug er ein kurzärmliges Hemd. Er hatte einen Aktenkoffer dabei.

Der Jüngere hielt sich ein wenig dahinter, als sie den Treppenaufgang zum Eingang nahmen. Kurze Zeit später hörte man ein dumpfes Klopfen.

„Walders Türklopfer hört man bis nach Zürich", bemerkte Ina amüsiert.

„Los, runter!", raunte Oscar. „Vielleicht kriegen wir etwas mit."

Sie gingen ein Stück weit auf dem Kamm des Hügels entlang, bis sie außer Sichtweite des Hauses den Bach überquerten. Sogleich ging es auf einem geteerten Weg im Schutz der Bäume abwärts. Sie erreichten Renards Haus.

„Am besten, wir schleichen uns von hinten ran“, flüsterte Oscar.

„Ich bleibe in Deckung. Gib mir dein Handy. Wenn irgendetwas passiert, hol ich Hilfe.“

Oscar zögerte, tat aber, was Ina gesagt hatte. Er schlich sich davon. Geduckt bewegte er sich in Richtung des Hauseingangs, in dem sie sich während des Einbruchs versteckt hatten. Von hier aus waren es nur noch wenige Meter. Oscar sah, dass die Haustür offen stand. Aus dem Inneren drangen Stimmen. Er lauschte angestrengt, konnte aber nichts verstehen.

Farner und der Schwarzhaarige traten aus der Tür. Im nächsten Augenblick folgte ein dritter Mann. Das musste Walder sein. Über den Jeans trug er ein modisches Polohemd, das seine braungebrannten Arme betonte. Vor allem sah Walder um einiges jünger aus als Oscar es sich vorgestellt hatte.

Walder ging mit den beiden anderen um das Haus herum auf die Terrasse. Dort konnte Oscar sie nicht mehr sehen. Er schlich in den Garten und duckte sich hinter die hüfthohe Hecke, welche die beiden Grundstücke voneinander trennte. Zwischen den Blättern erspähte er, wie der Schwarzhaarige den Aktenkoffer öffnete. Plötzlich sah Walder in seine Richtung. Oscar zuckte zusammen und presste sich auf den Boden. Er hielt den Atem an. Doch niemand näherte sich.

Die drei Männer sprachen Romanisch miteinander. Oscar verstand nicht ein Wort. Er hob den Kopf und wagte einen neuen Blick. Farner zeigte auf eine Karte, die aufgefaltet auf dem Terrassentisch lag. Dabei deutete er irgendwohin hinunter ins Tal. Seine Stimme klang ungeduldig. Walder antwortete jeweils nur kurz. Meistens schüttelte er dabei den Kopf. Nach einer Weile machte Farner eine abfällige Handbewegung. Der Schwarzhaarige faltete die Karte zusammen und verstaute sie wieder in seinem Aktenkoffer. Grußlos verschwanden die beiden über die Treppe und stiegen in ihr Auto.

Die ganze Unterredung hatte nicht viel mehr als zehn Minuten gedauert. Walder blieb noch eine Weile stumm auf der Terrasse stehen. Er sah der Limousine nach, bis sie hinter der Kuppe verschwand. Als sie außer Sichtweite war, drehte er den Kopf in Oscars Richtung.

„Stehen Sie auf! Oder wollen Sie dort drüben Wurzeln schlagen?"

♦♣♦

Oscar war pikiert aus seinem Versteck gekrochen. Er nahm den Weg über die Straße auf Walders Terrasse. Der Hausherr machte eine einladende Handbewegung. Etwas weiter vorn standen zwei Liegestühle, in deren Mitte ein zugeklappter Sonnenschirm. Der rechteckige Holztisch bot Platz für sechs Personen. Der Blick auf die Berge war hier nicht minder großartig als vom Nachbargrundstück.

Die Dämmerung hatte eingesetzt. Es war jedoch noch warm genug, um draußen sitzen zu können. Sie nahmen am Terrassentisch Platz.

„Christoph Boysen hat mich gestern angerufen. Ich wusste, dass Sie kommen würden", sagte Walder.

„Und deshalb sind Sie vorher noch einmal schnell hinüber zu meinem Onkel ins Haus gegangen?"

Walder verzog ein wenig die Mundwinkel. Er schien zwar für einen Augenblick überrascht, dass Oscar ihn so direkt anging, doch hatte er sein Minenspiel gleich wieder unter Kontrolle. Überhaupt sah er mit seinem sonnengebräunten Gesicht und seinen schneeweißen Zähnen enorm cool aus.

„Warten Sie einen Moment. Ich muss Ihnen etwas zeigen“, sagte Walder.

Er stand auf und ging durch die Terrassentür zurück ins Haus. Einige Augenblicke später war er zurück.

„Ich hatte bis gestern keine Ahnung, dass Ihr Onkel verunglückt ist. Ich bin erst von einer Bergtour zurückgekommen.“

„Das beantwortet noch nicht die Frage, was Sie im Haus meines Onkels zu suchen hatten.“

Walder strich sich durch die Stoppeln seines Dreitagebarts. Er schob Oscar den Schlüsselbund hin, den er soeben geholt hatte.

„Ihr Onkel hatte mich gebeten, ab und zu nach dem Rechten zu sehen. Er hat mir deswegen die Hausschlüssel gegeben.“

„Soso. Nach dem Rechten sehen. Mitten in der Nacht?“

Walder hob die Schultern. Er ging nicht darauf ein. Ein Spatz flog quer über die Terrasse und landete zielsicher auf der Lehne des einen Liegestuhls.

„Bitte, Herr Walder: Warum sind Sie eingebrochen?“

Walder lächelte.

„Ich bin nicht eingebrochen. Ich hatte einen Schlüssel. Als Boysen mich anrief, habe ich nachgesehen, ob alles in Ordnung ist.“

„Und der Safe drinnen ist von alleine aufgesprungen. Oder hatten Sie da auch einen Schlüssel?“

Walder fingerte umständlich in seiner Hosentasche herum und zog eine halb zerdrückte Schachtel Zigaretten hervor.

„Was für ein Safe?", fragte er mit ungerührter Unschuldsmine.

„Herr Boysen hat mir gesagt, ich könnte Ihnen vertrauen. Und Sie wüssten so gut wie alles, was hier im Ort geschieht."

„Das stimmt vielleicht auch. Aber hören Sie erst einmal mit diesem albernen Verhör auf."

Er steckte sich seelenruhig eine Zigarette an, die ebenso wie die Schachtel in der Hosentasche etwas gelitten hatte. Der Wind trug den Rauch quer über den Tisch.

„Also gut, Herr Walder. Herr Boysen hat vorgeschlagen, mit Ihnen über die Bergbahn-Aktien zu reden, die mein Onkel in den Monaten vor seinem Tod gekauft hat. Wissen Sie, was er mit diesen Aktien im Sinn hatte?"

Über Walders Gesicht huschte ein kurzes Lächeln der Genugtuung. Aber vielleicht bildete Oscar sich das nur ein.

„Fangen wir mal so an: Monsieur Renard mochte die Leute von der Bergbahn nicht. Vor allem aber mochte er ihr Geschäftsmodell nicht."

„Wie meinen Sie das? Welches Geschäftsmodell? Eine Bergbahn bringt die Leute auf einen Berg und lässt sie mit den Skiern wieder ins Tal fahren."

„Das macht diese Bergbahn auch. Aber eben nicht nur das. Finanziell macht sie in erster Linie ihre Haupteigentümer glücklich."

Walder zog an seiner Zigarette und schaute demonstrativ zu den Bergkuppen hinüber. Drei Wölkchen standen friedlich über den mächtigen Gipfeln und bewegten sich nicht. Mit der linken Hand spielte er mit der zerknüllten Schachtel.

„Der wichtigste Mann hier ist Remo Farner", fuhr er fort, ohne den Blick vom Panorama abzuwenden. „Ohne ihn ging hier lange Zeit nichts. Es gibt aber noch zwei andere wichtige Leute. Hat man Ihnen gesagt, dass die Bergbahn seit Jahren nie einen Gewinn an die Aktionäre ausgeschüttet hat?"

„Ja, hat man."

„Und auch, warum das so ist?"

„Ungefähr. Alles, was reinkommt, wird wieder investiert."

„So ist es. Ein immerwährender Kreislauf. Die Gewinne bleiben allerdings in den Privatfirmen der drei Haupteigentümer hängen", sagte Walder. „Daran wird sich so schnell nichts ändern."

Walder drückte seine Zigarette in einem runden, silberfarbenen Aschenbecher aus. Er stand mitten auf dem Tisch und wurde offenbar häufig gebraucht. Ringsum verzierten schwarze Totenköpfe den Rand. Wie es aussah, half die Abschreckung nicht viel. Walder fummelte bereits nach der nächsten Zigarette.

„Vielleicht sollte ich Ihnen erzählen, wie das Unternehmen hier entstanden ist. Das sind die Details, auf die es ankommt", sagte Walder.

„Tun sie das."

„Alles begann Ende der Fünfzigerjahre. Die Urväter der Bergbahn waren Werner Farner und Gaston Capaul. Es sind deren Nachfahren, die heute an den Hebeln sitzen."

„Heißt einer davon Erwin?", wollte Oscar wissen.

„Nein. Den gibt es auch, aber der Reihe nach. Der alte Farner und Gaston Capaul hatten damals auf einer Bergwiese unweit der Landstraße den ersten Skilift in Betrieb genommen. Ein Schlepper mit einem gebrauchten Dieselmotor und Holzbügeln. Ermutigt von der steigenden Nachfrage errichteten die beiden schon bald zwei Anschlusslifte, wobei der oberste bereits eine Höhe von 1800 Metern erreichte. Aufgrund der verkehrsmäßig günstigen Lage fanden sich immer mehr Skifahrer aus dem Unterland und dem Bodenseegebiet ein. Capaul und Farner erkannten, welche Chance sich bot, wenn es gelang, das Gebiet ihrer Heimatgemeinde mit den Bergwiesen der beiden Nachbardörfer zu einem gemeinsamen Skigebiet zu verbinden. Schlau wie er war, ließ sich der alte Farner zum Bürgermeister wählen. Nach zähen Verhandlungen, die er mit den misstrauischen Nachbardörfern führte, kam es zur Gründung der Bergbahn AG. Gaston Capaul und Werner Farner sicherten sich die Aktienmehrheit und die Kontrolle über die Geschäftspolitik."

„Und so ist es bis heute, nur mit den Nachfahren?", fragte Oscar.

„Nicht ganz. Es kam zu ein paar Vorfällen, die bis heute die Geschichte mitbestimmen", antwortete Walder. „Das größte Problem für die weitere Expansion der Bergbahn waren die Bauern, denen die Bergwiesen gehörten. Für sie kam Fremdenverkehr einer feindlichen Invasion gleich. Einige von ihnen sperrten sich beharrlich gegen alle Argumente. Ohne Nutzungsrechte für ihre Grundstücke fehlten jedoch wichtige Teile für Abfahrten und Lifte. Unter der Hand ließ Farner bereits die Möglichkeiten für Enteignungen sondieren, das Projekt stand auf Messers Schneide. Capaul und Farner erkannten gerade noch rechtzeitig, dass es nicht ausreichte, den Bauern die Bedeutung des Fremdenverkehrs für die Gemeinden und die ganze Region vor Augen zu halten. Sie mussten dafür sorgen, dass die Bauern selbst etwas davon hatten."

„Und das war?"

„Farner schlug vor, dass die Bergbahn am Rand der Skipisten eine Reihe von Skihütten und Restaurants bauen sollte. Gaston Capaul heuerte ein paar erfahrene Leute an und gründete ein Bauunternehmen. Farner, der von seinem Vater bereits die Dorfmetzgerei übernommen hatte, baute diese zu einer großen Schlachterei aus. Damit konnte er den Bauern anbieten, ihnen ihr Vieh abzukaufen. Der Plan sah vor, dass er es in seinem Betrieb zu Würstchen und Fleisch verarbeiten ließ und an die von Capauls Baufirma Zug um Zug errichteten Skihütten der Bergbahn verkaufte. Farner versprach den Bauern neben einer Abnahmegarantie gute Preise. Nach und nach nahmen alle an. Die nun erschaffenen, teilweise sehr langen Abfahrten lockten immer mehr Touristen, die häufig eine ganze Woche blieben. Jedes Jahr entstanden neue Lifte und Skihütten. Dazu baute Capauls Baufirma Hotels der unterschiedlichsten Kategorien."

Walder musste husten. Es dauerte eine Weile, bis er sich wieder gefangen hatte.

„Im Jahr 1990 passierte etwas Entscheidendes. Gaston Capaul erlitt einen Schlaganfall, von dem er sich nicht mehr erholte. An seiner Stelle rückte Gastons einziger Sohn Conradin an die Unternehmensspitze. Werner Farner wollte sich nicht mehr an einen neuen, wesentlich jüngeren Geschäftspartner gewöhnen und übergab seine Anteile an seinen Neffen Remo. Wie vorher die beiden Alten sollten nun auch Conradin Capaul und Remo Farner das Unternehmen gleichberechtigt führen. Doch war Remo Farner nicht der Mensch, der Macht freiwillig teilte. Remo und Conradin gerieten schon bald heftig aneinander."

„Ein unfruchtbares Patt sozusagen?"

„Nicht sehr lange. Conradin wurde während einer Skitour von einer Lawine in den Tod gerissen. Er hatte zwei Kinder, Beat und Christian, doch sie waren damals noch zu jung, um in die Fußstapfen des Vaters treten zu können. Die Witwe Capaul verpachtete die Baufirma daher an den bisherigen Polier, der den älteren Sohn Christian anlernen und das Unternehmen, bis Christian so weit war, weiterführen sollte. An der von Farner nach Conradins Tod vorangetriebenen Erhöhung des Aktienkapitals der Bergbahn konnte oder wollte sich die Witwe nicht beteiligen. Sie verkaufte einen großen Teil ihrer Anteile an Farner, der ihr in die Hand versprach, ihren jüngeren Sohn Beat, sobald er alt genug war, ins Unternehmen aufzunehmen. Auf diese Weise wurde Remo Farner zum alleinigen Chef der Bergbahn."

„Und hat sich das irgendwie praktisch ausgewirkt?"

„Erst einmal blieb alles, wie es war. Vom ersten Tag an hatte ja schon der alte Farner exklusiv Wurst und Fleisch an alle Skihütten geliefert. Das hat über die Jahre nie jemand in Frage gestellt. Mit dem Wachstum der Bergbahn wuchs selbstverständlich auch die Nachfrage. Remo Farner versorgt heute mit seiner eigenen Schlachterei siebenundzwanzig Skihütten und Restaurants. Dazu noch die vier Hotels, die der Bergbahn gehören."

Walder holte eine neue Zigarette aus der ramponierten Schachtel und zündete sie an.

„Frische Luft macht hungrig, wissen Sie. Aber weit und breit gibt es keinen Einkaufsmanager, der Rabatte haben will oder sonst auf die Preise drückt. Nirgendwo Konkurrenz in Sicht. Ist das nicht wunderbar? Da kommt schon etwas zusammen. Remo Farner braucht keine Dividendenzahlung von der Bergbahn. Alles was er braucht, ist der exklusive Belieferungsvertrag."

„Und wer sind die beiden anderen?", fragte Oscar.

„Die beiden Söhne von Conradin Capaul. Und Erwin Paulin."

Also doch Erwin, schoss es Oscar durch den Kopf. Floras Kollegin hatte den richtigen Namen ausgespuckt.

„Paulin ist später dazugekommen. Er hatte ein paar Anteile von seinem Vater geerbt. Vor ein paar Jahren hat er weitere dazugekauft, die den beiden Nachbargemeinden von Melf gehörten, die Farner nicht gerade grün sind. Wenn Paulin und Capaul zusammenhalten, können sie Farner einigen Ärger machen."

„Aber welchen Deal haben die Capauls und Paulin? Sie werden doch nicht einfach nur dabei zusehen, wie Farner mit seiner Wurst reich wird?"

„Genau das ist der Punkt. Christian, der ältere der Capaul-Brüder, hat also die Baufirma übernommen, die sein Vater hinterlassen hat. Und Erwin Paulin ist sowieso schon der größte Bauunternehmer in der Region. Den Rest können Sie sich denken."

So war das also, dachte Oscar. Die Bergbahn war auf Expansionskurs, um ihren Haupteigentümern ständig neue Bauaufträge zuzuschanzen. Aber was hatte der Onkel damit zu tun? Wenn er tatsächlich auf eine Sperrminorität kam, hieß das noch nicht, dass sich das für ihn lohnte. Seine Einstiegspreise waren ziemlich hoch gewesen. Es war nicht ersichtlich, wie hier jemals ein Gewinn herauskommen konnte.

„Kann es nicht sein, dass sich die Bergbahn mit ihrem Expansionskurs irgendwann übernimmt?", fragte Oscar. „Unten an der Talstation scheinen schon viele Apartments leer zu stehen."

„Es gibt eine Klientel, die sich in einem Ferienort eine Wohnung kauft, sie aber weder nutzt noch an Touristen vermietet. Dass eine Wohnung leer steht, heißt also nicht automatisch, dass sie nicht verkauft ist. Wie auch immer. Im Moment verdient die Bergbahn mit den Skifahrern noch genug, um sich diesen

Irrsinn leisten zu können. Und das Bauamt nickt derweil alles ab."

Oscar sah hinunter ins Tal. Weiter unten war tatsächlich schon alles mit Häusern zugepflastert. Die mehrstöckigen Apartmenthäuser standen dicht an dicht.

„Jetzt kommt noch diese nicht gerade klein geratene Quaderlandschaft auf dem alten Parkplatz hinzu. Farner hat ja nicht nur den Schlachthof, er ist doch auch der Chef der Bergbahn. Hat er denn gar keine Angst, dass sich das Unternehmen irgendwann mit all diesen Bauprojekten vergaloppiert?", fragte Oscar.

„Mag sein, dass er Angst hat", sagte Walder. „Aber die beiden Bauunternehmer machen Druck. Was hat er davon, wenn er sich mit denen anlegt? Also geht es munter weiter."

Das alles war interessant, dachte Oscar. Dennoch musste er die Dinge jetzt auf den Punkt bringen. Schließlich war der Mann, der mit ihm hier am Tisch saß, gestern auf Raubzug in seinem Haus gewesen.

„Und was wollte Farner vorhin von Ihnen?", fragte er unvermittelt.

Walder zog die Augenbrauen hoch. Er hatte nicht damit gerechnet, dass Oscar wusste, wer der Mann war, der vor einigen Minuten hier auf der Terrasse gestanden hatte.

„Ich denke nicht, dass ich Ihnen das sagen muss", sagte Walder ausweichend. „Oder?"

„Ich denke schon!", rief eine Frauenstimme schräg hinter ihnen.

Ina kam hinter der Hauswand hervor. Sie hatte sich versteckt und von dort zugehört.

Walder fuhr herum. Seine Verblüffung hielt jedoch nicht lange an. Ein kaum merkliches Stirnrunzeln später hatte er sich schon wieder gefangen.

„Eine Menge Besuch heute“, stellte er lakonisch fest. „Er kommt von allen möglichen Seiten. Und immer ist alles sehr geheimnisvoll. Jetzt fehlt nur noch, dass jemand aus dem Hubschrauber abspringt. Wer bitte, liebe Frau, sind Sie?“

„Ina Schuster. Seit kurzer Zeit in sehr engem Kontakt mit Herrn Medar. Und etwas länger schon mit der Polizei.“

Hoch gepokert, dachte Oscar. Der Verbindungsmann mit Zugang zum Polizeicomputer saß bestimmt irgendwo in Zürich. Und die Polizei dort hatte im Kanton Graubünden garantiert nichts zu melden.

Walder grinste. Er war durch nichts zu erschüttern. In dieser Beziehung spielte er in einer eigenen Liga. Ina hatte es offenbar bemerkt und entschieden, Oscar beizuspringen.

„Da habe ich jetzt aber Angst, Frau Schuster. Wollen Sie ein Glas Wein?“

Er stand auf und begab sich ins Haus. Oscar kannte das Spielchen schon von Boysen. Er sah zu Ina hinüber. Sie erwiderte seinen Blick mit ihrem offenen Lächeln. Was für ein Unterschied. Größer konnte der Kontrast zu Walders Pokerface nicht sein.

Walder war schnell mit einer Flasche Wein und drei Gläsern zurück. Er stellte alles auf den Tisch und machte dieselbe einladende Handbewegung wie vorhin. Ina setzte sich Walder gegenüber.

„Was sollte die Polizei denn herausfinden, Frau Schuster?“, fragte Walder.

Walder hätte sie einfach davonjagen können, dachte Oscar. Schließlich hatten sie sich hinterrücks auf sein Grundstück geschlichen und heimlich Gespräche belauscht. Im Grunde war das eine bodenlose Frechheit. Dass Walder sie nicht hinauswarf, konnte ein

Zeichen sein, dass er etwas zu verbergen hatte und keinen Eklat riskieren wollte. Das war auch Ina nicht entgangen. Sie hatte sich bewusst genau gegenüber gesetzt und sah ihm direkt in die Augen. Ihre Stimme klang selbstbewusst und bestimmt.

„Kommen wir doch zum Punkt, Herr Walder. Wir waren schon vor Ihrem Besuch in Monsieur Renards Haus. Ich kann mich noch gut erinnern, dass der Safe da noch geschlossen war. Das kann ich notfalls bezeugen. Und warum steht er jetzt offen, wenn Sie sich dort nicht zu schaffen gemacht haben?"

„Keine Ahnung", sagte Walder schulterzuckend. „Warum kommen Sie mir immer mit diesem Safe?"

„Ich werde Ihnen sagen, wie es war. Durch einen riesengroßen Zufall sind wir genau zu der Zeit am Haus eingetroffen, als Sie dort zugange waren. Damit haben Sie nicht gerechnet. Also mussten Sie sich in aller Eile davonmachen und hatten keine Zeit mehr, den Safe wieder zuzusperren. Hätten Sie das noch geschafft, wäre nie und nimmer jemand darauf gekommen, dass dort etwas gestohlen wurde. Einfach schlecht gelaufen, Herr Walder."

„Moment mal. Woher wollen Sie wissen, dass aus diesem Safe etwas gestohlen wurde? Haben Sie vorher durch die geschlossene Türe gesehen?"

„Indizien, Herr Walder. Und möglicherweise sogar Spuren von Ihnen. Meine Bekannten bei der Polizei sind da ziemlich auf Zack, wenn man sie höflich bittet."

Wieder bedachte Walder Ina mit einem milden Lächeln. Er öffnete den Drehverschluss der Weinflasche.

„Sie bluffen gut, Frau Schuster", sagte Walder. „Aber Sie bluffen."

„Und wenn nicht?", konterte Ina.

Walder tat noch immer, als hätte er nichts mit der Sache zu tun. Aber er schaute längst nicht mehr so überlegen auf sie herab. Oscar fiel Inas Selbstsicherheit auf, mit der sie Walder in Schach hielt.

„Sehen wir die Dinge doch mal von der geschäftlichen Seite, Herr Walder. Nehmen wir mal an, Monsieur Renard hatte Aktien der Bergbahn in seinem Safe. Wir bleiben unbelehrbar und steif bei unserer Theorie, dass Sie im Haus waren und den Safe geleert haben. Wenn diese Aktien irgendwann irgendwo wieder auftauchen, könnten wir versucht sein, die Geschäfte zurückzuverfolgen. Das sind doch Namensaktien, nicht wahr? Also können Sie doch mit diesen Papieren gar nichts anfangen. Wenn Sie nicht auch einen so schönen Safe haben wie Monsieur Renard, können Sie die Aktien allenfalls noch unters Bett legen. Und was nutzt Ihnen das?"

„Abgesehen davon, dass Ihre Theorie ein bisschen wild ist, unterschätzen Sie offenbar das Schweizer Bankgeheimnis", antwortete Walder.

Wenn Walder tatsächlich wusste, dass im Safe Aktien der Bergbahn lagen, dann wusste er auch, dass sie das letzte fehlende Stück für Renards Plan waren, dachte Oscar. Um Entscheidungen der Geschäftsleitung wirklich blockieren zu können, mussten alle Stimmen, die Renard mit seinen Aktienkäufen gesammelt hatte, in der Aktionärsversammlung vertreten sein. Und natürlich: Walder konnte Oscars Sperrminorität unschädlich machen, indem er die entscheidenden Stimmrechte einfach aus dem Verkehr zog. Zu diesem Zweck reichte es tatsächlich, die Aktien unter das Bett zu legen. Oscar meinte zu begreifen, was Walder mit Farner im Schilde geführt hatte.

„Warum haben Sie Farner wieder weggeschickt?", ging er Walder an. „Hat er Ihnen dafür, dass Sie ihm angeboten haben, die Aktien aus dem Safe verschwinden zu lassen, nicht genug geboten?"

Walder räusperte sich entrüstet. Der Spatz flog vom Liegestuhl vor den Terrassentisch.

„Ich glaube, Sie verstehen alles falsch. Es geht hier nicht um Geld“, sagte Walder.

„Sondern?“

Der Spatz machte ein paar ulkige Sätze in Richtung des Tisches, kehrte jedoch in der Mitte des Weges wieder um. Aber dafür hatte jetzt niemand Augen.

„Haben Sie sich unten einmal die Baustelle angesehen? Das größte Bauprojekt in Graubünden. Damit sind die Baufirmen eine Weile beschäftigt. Aber das Rad dreht sich weiter. Wenn sie dort unten fertig sind, macht die Bergbahn woanders weiter. Irgendwann kommt das nächste Großprojekt hierher.“

Walder deutete mit der Zigarettenschachtel auf die große Wiese, die unterhalb der Straße begann. Er beschrieb ein großflächiges Rechteck.

„Die Pläne sind bereits gemacht. Die Anwohner und die Naturschützer werden sich wütend beschweren, aber wie üblich abgeschmettert. Die Bergbahn hat überall ihre Leute.“

Oscar starrte auf die Bergwiese, als hätte er die Idylle noch nie gesehen. Es fand es unvorstellbar, dass jemand auch nur auf die Idee kommen konnte, hier Häuser hinzustellen. Andererseits war Eduard Renard sein Leben lang Geschäftsmann gewesen. Die Idee, dass er ein ganzes Depot aufgelöst hatte, nur um ein Bauprojekt zu stoppen, war genauso undenkbar.

„Wollen Sie sagen, mein Onkel hat für ein paar Millionen Franken diese Aktien gekauft, um mit einer Sperrminorität die Bergbahn daran zu hindern, neue Ferienhäuser auf diese Wiese zu setzen?“, fragte Oscar ungläubig.

Walder fischte in seinem zerknüllten Päckchen nach einer neuen Zigarette, fand aber keine.

„Nicht nur auf diese Wiese. Überallhin. Aber hier allein passen mindestens acht oder zehn Häuser drauf. Mehrstöckig."

„Nun, es kommt ja auch ein bisschen darauf an, was ihn dieser Spaß kostet, oder?", wandte Oscar ein.

Walder lehnte sich zurück und legte die zerknüllte Zigarettenschachtel zur Seite. Sein Gesichtsausdruck veränderte sich. Das Maskenhafte, das ihm seine herablassende Coolness verliehen hatte, wich.

„Wann haben Sie Ihren Onkel zum letzten Mal gesehen, Herr Medar?", fragte Walder mit ernster Stimme.

Tief unten begann sich in Oscars etwas zu regen, das man Gewissen nannte. Doch dies war nicht der Moment, um darüber zu reden.

„Das ist sehr lange her", antwortete Oscar.

„Sehen Sie. Glauben Sie mir, es ging Monsieur Renard nicht um Geld", sagte Walder.

Oscar hatte im Gespräch mit Helen Hauser bereits eine Vorahnung von Eds düsterer Stimmung bekommen. Renard hatte sich am Ende seines Lebens sehr verändert. Aber warum?

„Renard und ich haben eine gemeinsame Geschichte", fuhr Walder fort. „Wir waren beide Banker. Er hatte immer ein besonderes Gespür für den Markt und ist am Ende aus schwierigen Situationen besser herausgekommen als ich. Aber irgendwo haben wir doch ähnliche Erfahrungen gemacht."

Der Spatz hüpfte nun doch unter den Tisch und suchte das Terrain nach Brotkrümeln ab. Er fand ein lohnendes Objekt, traute sich aber nicht heran. Das Beutestück befand sich zu nahe an Oscars Schuh.

„Wir hatten letzten Sommer ein paarmal auf der Terrasse gesessen und uns unterhalten. Renard war bedrückt. Er war an einer amerikanischen Firma beteiligt, die, wie er glaubte, auf einem riesigen Pulverfass saß. Er sagte, er hätte die Leute gewarnt, doch sie hätten einfach nicht auf ihn hören wollen. Auf der anderen Seite verdienten sie anscheinend eine Zeit lang prächtig. Die Leute in seiner Firma glaubten, sie könnten ihr Risiko begrenzen, wenn sie Immobilienkredite in großem Stil zu Wertpapieren bündelten und an andere weiterverkauften. Renard hielt das für einen folgenschweren Irrtum."

Walder war wie ausgewechselt. Seine zur Schau gestellte Lässigkeit war verschwunden.

„Renard sah eine Katastrophe heraufziehen. Obwohl er sich selbst wieder einmal im richtigen Moment aus dem Markt zurückgezogen und viel Geld verdient hatte, wurde er nicht froh. Er meinte, der Finanzsektor wäre auf dem Weg, sich in ein Spielkasino zu verwandeln. Und dass es schlimm enden würde."

Es war ohne Zweifel etwas Gravierendes im Gange, dachte Oscar. Auch Boysen hatte mit verbrieften Immobilienkrediten zu tun. Offenbar waren es genau diese Wertpapiere, weswegen Boysen in Zürich völlig die Orientierung verloren hatte und in Stundenfrist zum Rapport einbestellt wurde.

„Renard fragte sich, was ihm Geld noch bedeutet", fuhr Walder fort. „Er hatte zu häufig erlebt, dass es nur noch dazu da war, noch mehr Geld daraus zu machen."

Oscar schielte betreten zu Ina hinüber. Waren sie nicht deswegen im Dunkeln getappt, weil sie sich selbst nicht hatten vorstellen können, dass der Onkel etwas anderes im Sinn gehabt haben konnte als mit seinen Investments Geld zu verdienen? Oscar stellte seinen Fuß ein bisschen zur Seite. Sofort hüpfte der Spatz herbei. Er pickte eine Krume auf und suchte mit ihr sogleich das Weite.

„Und welche Rolle spielen Sie, Herr Walder?“, fragte Ina.

„Ich habe in der letzten Krise meinen Job und fast mein ganzes Vermögen verloren. Ich hatte nie das untrügliche Näschen wie Monsieur Renard, der immer alles verkauft hatte, bevor die Blase platzte.“

Walder machte eine wohl gewählte Pause. Der Spatz war offenbar auf den Geschmack gekommen und hüpfte Stück für Stück wieder in Richtung des Tisches. Dieses Mal ließ Oscar seine Füße, wo sie waren. Der Spatz blieb in sicherer Entfernung sitzen.

„Dafür gelingt es mir besser, mit mir und den Fehlern, die ich gemacht habe, zu leben“, setzte Walder hinzu.

Oscar durchfuhr ein schrecklicher Gedanke. Wollte er wissen, was er ahnte? Wer die Wahrheit wissen will, muss mit ihr fertigwerden, dachte er. Er gab sich einen Ruck.

„Wollen Sie andeuten, dass das Unglück, bei dem mein Onkel zu Tode kam, Selbstmord war?“

Walder antwortete nicht. Oscar versuchte, in seinem Gesicht zu lesen. Doch Walder verzog keine Miene.

„Entschuldigen Sie mich jetzt. Ich bin verabredet“, sagte er und stand auf.

Walder hob grüßend die Hand und ließ seine Besucher einfach sitzen. Ohne noch etwas zu sagen ging er ins Haus und verriegelte die Terrassentür. Die geöffnete Weinflasche und die Gläser blieben unbenutzt auf dem Tisch stehen.

♦♣♦

Sie gingen über die Treppe zur Straße hinunter. Von dort waren es weniger als zwei Minuten hinüber zu Renards Haus.

„Glaubst du ihm den Gefühlsausbruch?", fragte Oscar im Gehen.

Ina drehte sich um und schaute noch einmal zurück. Walder war nicht zu sehen.

„Einiges von dem, was er gesagt hat, klang echt. Aber Walder ist natürlich alles andere als ein Lämmchen."

„Jedenfalls hat er erst einmal Zeit gewonnen."

Sie waren am Haus angelangt. Unter den Tannen, die rechts von der Terrasse gegen die Straße Sichtschutz boten, sah Oscar etwas Weißes liegen. Von weitem sah es aus wie ein Briefkuvert. Oscar stieg die kleine Böschung hinab und kroch unter die Zweige. Er hatte sich nicht geirrt.

„Ein Brief!", rief er und kroch wieder hinauf. Er hielt seine Beute in die Höhe. „Für mich!"

Ina runzelte ungläubig die Stirn. „Für Oscar" stand zweifelsfrei handgeschrieben auf dem Umschlag.

„Wie kommt der denn in die Tannen?", wunderte sich Ina.

Sie gingen ins Haus. Oscar sah durch die offene Schlafzimmertür. Der Kleiderschrank stand noch offen. Ebenso der Safe.

„Der Brief war im Safe", sagte Oscar. „Walder hat den Umschlag zusammen mit den anderen Sachen rausgenommen. Während seiner überstürzten Flucht hat er ihn draußen auf der Terrasse verloren. Es war dunkel, also hat nicht bemerkt, dass ihm etwas runtergefallen ist. Der Wind hat den Umschlag dann von der Terrasse unter die Tannenbäume verfrachtet."

„So könnte es gewesen sein", sagte Ina.

„Ich werde Walder den Brief morgen unter die Nase halten. Mal sehen, was er dann sagt."

„Er wird unschuldig mit den Schultern zucken, wie immer. Aber lies doch erst einmal, was drin steht“, drängelte Ina.

„Bleibt allerdings noch die Frage, wie Walder den Safe aufgekriegt hat.“

„Vielleicht hat er nur ein bisschen besser kombiniert als wir.“

„Du meinst, das Wort ‚Zahlenkombination‘ kommt von ‚kombinieren‘?“

„Natürlich. Die Spezialisten unter den Safebesitzern wenden zur Sicherheit die Monte Carlo-Methode an und überlassen ihre Zahlen dem Zufall. Aber ich kann mir denken, dass der Onkel sich bei seinen Zahlen irgendetwas gedacht hat. Wir Idioten sind im Gegensatz zu Walder nur nicht draufgekommen.“

„Die Verdopplung der Versuche verdoppelt bei zwei Idioten offenbar nicht die Erfolgswahrscheinlichkeit.“

„Komm. Mach endlich den Brief auf. Dafür brauchst du kein besonders großes Gehirn, sondern nur einen Finger. Oder, wenn du so elegant sein willst wie dein Onkel, einen Brieföffner. So etwas in der Art habe ich drüben auf dem Schreibtisch gesehen.“

♦♣♦

Lieber Oscar,

leider haben wir uns aus den Augen verloren. Mag sein, dass man ein romantischeres Verhältnis zu Menschen hat, denen man nicht nahe genug gekommen ist, um sie wirklich zu erkennen. Aber angenommen es wäre so, wäre diese Einsicht zu ertragen? Wir sollten unsere Beziehungen nicht von ihrem Ende, sondern vom Standpunkt des schönsten Augenblicks aus betrachten. Ich verdanke Dir unbeschwerte Momente und, was fast noch wichtiger ist, eine glückliche Erinnerung daran. Hab Dank, mein lie-

ber Junge. Verzeih mir, dass ich nicht vermocht habe, die Schritte zu tun, die für ein Wiedersehen notwendig gewesen wären.

Es gibt noch mehr Dinge, die ich zu bereuen habe. Ich habe am Ende meines Lebens versucht, etwas davon gut zu machen. Ich bin nicht sicher, ob es wirklich etwas bedeutet. In jedem Fall stimmt es, dass ich eine Menge Geld verdient habe, welches andere verloren haben. Ich kann es ihnen nicht mehr zurückgeben, die Reue kommt zu spät. Und wahrscheinlich ist das, was ich in den letzten Monaten unternommen habe, völlig willkürlich. Trotzdem war es mir wichtig, es zu tun.

Die Aktien, die sich in meinem Depot in Chur befinden, reichen zusammen mit denen, die ich in diesem Safe aufbewahrt habe dafür aus, bei der Bergbahn des Ortes eine Sperrminorität aufzubauen. Es war mein Ziel, die Haupteigentümer daran zu hindern, ihre rücksichtslose Expansionspolitik fortzusetzen. Diese Expansion kennt keine Grenzen, sie setzt sich ohne Rücksicht über die Natur hinweg. Die Natur hier oben aber war es mir wert, mich einzusetzen, um sie zu verteidigen.

Es ist mir nicht mehr möglich, dieses Vorhaben selbst zu Ende zu bringen. Wenn Du diese Zeilen liest, bin ich bereits tot. Bitte sprich mit Walter Walder. Er ist der Mann, auf dessen Namen die Aktien, die sich hier im Safe befinden, gekauft wurden. Ich musste vorsichtig sein, damit die Leute, die bei der Bergbahn die Macht haben, nichts von meinem Vorhaben erfahren. Außer Walder habe ich daher niemanden eingeweiht, nicht einmal Helen Hauser, auf deren Namen ich einen weiteren Teil der Aktien erworben habe. Sie war mir eine gute Freundin und wird Dir nicht im Wege stehen. Helen wohnt in Basel. Walter Walder findest Du im nächsten Haus in Richtung Tal. Er kennt sich hier aus.

Lieber Oscar, führe meinen Plan zu Ende oder versuche Dein Glück auf andere Weise. Vergewissere Dich jedoch, dass Du die Spielregeln beherrschst, bevor Du mit diesen

Leuten Geschäfte machst. Stelle Dir auch die Frage, ob Du tatsächlich nach deren Spielregeln handeln willst.

Ich habe festgestellt, dass ein Ort der Schönheit wie dieser unersetzlich ist. Aber ich weiß auch, dass wir die schützenswerten Dinge im Leben erst selbst erkennen müssen, bevor wir für sie kämpfen können.

Ich wünsche Dir Glück.

Dein Onkel

Eduard

Oscar las den Brief noch einmal.

„Er hat sich umgebracht“, sagte er leise.

„Ein Abschiedsbrief?“

„Ja.“

„Warum hat er das getan?“

„Steht nicht drin. Wahrscheinlich war er krank. Helen Hauser hat eine Andeutung gemacht. Er ist bis nach Zürich gefahren, um mit ihr zu reden. Sie hatte jedoch keine Zeit und musste zu schnell wieder gehen. Sie hat sich deswegen große Vorwürfe gemacht.“

Oscar hielt Ina den Brief hin.

„Klingt ziemlich traurig“, sagte sie, als sie gelesen hatte.

„Er kling nach Leere. Es ist offensichtlich egal, was man hasst oder liebt. Hauptsache, man hasst oder liebt überhaupt irgendetwas“, sagte Oscar.

Er stellte sich vor die Terrassentür und sah durch die Scheibe nach draußen. Es war inzwischen fast dunkel geworden. Im Osten zog der Mond herauf.

„Walder war jedenfalls am Safe und hat die Aktien rausgeholt. Ich nehme an, er hat den Tag des Todes eingegeben, den der Onkel ja selbst gewählt hatte. Walder hat nur eins und eins zusammengezählt“, sagte Ina.

Oscar beobachtete die Kühe. Sie hatten in der Nähe des Waldes auf einem Hügel gefressen und setzten sich nun talwärts in Bewegung.

„Im Gegensatz zu uns“, setzte Ina ärgerlich hinzu.

Es war erstaunlich, wie behände die Tiere den steilen Abstieg bewältigten. Ebenso erstaunlich war, dass sie von dem Gebimmel, das sie mit ihren Glocken erzeugten, nicht taub oder wenigstens verrückt wurden.

„Hörst du mir zu, Oscar?“

Ina schien sich zu ärgern, dass Walder schneller geschaltet hatte als sie. Oscar ging nicht weiter darauf ein. Er hielt es für eine Errungenschaft, dass er es sich leisten konnte, auch mal auf dem zweiten oder dritten Platz zu landen.

„Kann man etwas stehlen, das einem schon gehört?“, fragte er, ohne sich umzudrehen.

Ina las den Text noch einmal.

„Wenn Walder die Aktien nur treuhänderisch besessen hat, gehörten sie dem Onkel. Nur steht das nicht so direkt in seinem Brief „, sagte sie.

„Dann wäre Walder fein raus. Aber ich verstehe nicht, dass mein Onkel ihm so eine goldene Chance gibt, eine eigene Partie zu spielen.“

Ina legte den Brief aus der Hand.

„Auf den ersten Blick ist es irrational. Aber nicht auf den zweiten“, sagte sie.

„Wie meinst du das?“

„Dein Onkel hatte sich in den Kopf gesetzt, hier oben die Landschaft zu retten. Und Walder wohnt hier."

„Du meinst, er wollte eine Situation herbeiführen, die mich dazu zwingt, mich mit Walder zu arrangieren?"

„Möglich. Würdest du etwa nicht alles mitsamt dem Haus verkaufen?"

Die Kuhherde kam zum Stehen. Oscar überlegte, ob Ina recht hatte. So direkt hatte er sich die Frage noch gar nicht gestellt. Aber sie war berechtigt. Was sollte er mit einem Haus in Graubünden?

„Wenn der Bebauungsplan für die Wiese erst mal genehmigt ist, rauscht der Wert deiner neuen Immobilie jedenfalls in den Keller. Wie bei unserem Freund Walder auch. Und die Aktien sind sowieso nur dann richtig etwas wert, wenn Ihr euch einig seid. Ich würde sagen, Walder und Oscar sitzen im gleichen Boot", sagte Ina bestimmt.

„Wie es aussieht, hat Walder allerdings mit den Leuten von der Bergbahn gestern ganz alleine verhandelt", warf Oscar ein.

„Sagen wir besser, er hat gepokert."

Oscar beendete die Beobachtung der Kühe und drehte sich um. Inas Ehrgeiz schien durch die Niederlage gegen Walder beim Entschlüsseln der Zahlenkombination zusätzlich angestachelt. Die Hände hatte sie in die Hüften gestemmt, und wenn Oscar nicht alles täuschte, hatte ihre Stimme etwas Dozierendes angenommen. Die Stimmlage kam ihm vertraut vor. Sie wurde in aller Regelmäßigkeit an der Universität gebraucht, um Studenten und andere Professoren von der Brillanz eigener Argumente zu überzeugen. Bei Ina war ihm das bisher noch nicht aufgefallen.

„Wie meinst du das, er hat gepokert?", fragte er.

„Boysen hat Walder angerufen, um dich anzukündigen. Von ihm hat er erfahren, dass Renard tot ist und die Anteile im Depot in Chur nur knapp unterhalb der Sperrminorität liegen. Das brauchte Walder nur noch mit dem kombinieren, was er im Safe gefunden hat", dozierte Ina.

„Aber warum zieht Walder alleine los? Er hat doch vielleicht gerade mal vier Prozent?"

„Walder könnte Farner gesteckt haben, dass er über die Stimmen verfügt, die noch fehlen, um bei der Bergbahn richtig mitzumischen. Eine goldene Aktie, sozusagen. Und dann hat er durchblicken lassen, dass er bei der Hauptversammlung brav zu Hause bleiben wird, wenn sie über neue Großprojekte abstimmen. Vorausgesetzt natürlich, dass man ihm vorher die wasserdichte Zusage gibt, dass die Wiese vor seinem Haus die nächsten hundert Jahre für die Baubrüder tabu ist. Schließlich können sie ihre hübschen Häuschen ja auch woanders hinsetzen."

Oscar wusste nicht, ob er an so viel Gerissenheit glauben wollte oder nicht. Dass Ina alle möglichen Spielzüge zu durchschauen schien, verwunderte ihn allerdings noch mehr. Offensichtlich konnte sie sich mühelos in jede beliebige Schlangengrube hineinversetzen. Er hörte halb erschrocken, halb bewundernd zu.

„Perfide", sagte er nur.

„Die Wiese ist aber ein zu dicker Fisch für die Baubrüder", fuhr Ina fort. „Hier passen mindestens acht oder zehn Apartmenthäuser hin. Das Gelände ist abschüssig. Also kann man mehrstöckig bauen, ohne dass der Nachbar gleich nur noch die nächste Wand vor sich sieht. So was lassen die nicht so einfach vom Haken. Ich wette, Farner und der Schwarzhaarige haben gestern versucht, mit Walder zu verhandeln."

„Was gibt es da zu verhandeln?"

„Keine Ahnung. Vielleicht haben sie ihm angeboten, dass sie nur am unteren Ende der Wiese ein paar Häuschen hinsetzen und nicht hier oben direkt vor Walders Terrasse. Oder, dass die Häuser nur noch sechs oder acht Meter und nicht zehn oder zwölf Meter hoch werden. Was weiß ich."

„Jedenfalls waren sie alles andere als erfolgreich. Die waren ziemlich sauer, als sie abgezogen sind", sagte Oscar.

„Mag sein. Walder kann allerdings nur so lange mit Farner pokern, wie er ihm glaubhaft machen kann, dass du mit der Sperrminorität darauf aus bist, die Eigengeschäfte der Eigentümer mit der Bergbahn abzustellen. Deswegen hat es Walder so eilig gehabt. Und deshalb hat er Dir vorhin auch die ganze Geschichte mit den Geschäften der Eigentümer so haarklein erzählt."

Oscar faltete den Brief zusammen.

„Immerhin wissen wir jetzt aus erster Hand, was mein Onkel vorhatte. Fragt sich allerdings noch, wie weit Walder sein eigenes Spiel treiben will."

Er steckte den Brief zurück in den Umschlag.

„Walder hat keine besonders guten Karten für ein Solo", warf Ina ein. „Hinter seiner obercoolen Fassade hat er mächtig Angst, dass wir die Polizei holen und ihn für seinen Einbruch drankriegen könnten. Außerdem kann er überhaupt nicht sicher sein, ob er mit Farner einen Deal machen kann. Ich glaube, Walder will dich dazu bringen mit ihm zu kooperieren. Das ist alles."

„Der edle Zweck heiligt also sozusagen das Mittel. Diebstahl und Betrug inbegriffen", formulierte Oscar.

„Edler Zweck? Wohin denkst du. Wenn Capaul und unser Erwin erst einmal mit ihrer Baggerflotte aufkreuzen, kriegt Walder auf seiner Terrasse kein Äuglein mehr zu. Und danach sieht er anstatt Löwenzahn und Gänseblümchen nur noch Beton."

Oscar musste lachen. Diese Aussichten betrafen zwar gleichermaßen sein frisch geerbtes Haus, aber Ina hatte die wunderbare Gabe, auch weniger schöne Dinge auf derart groteske Bilder zu reduzieren, dass er zwangsläufig lachen musste. Er sah ihr in die Augen. Konnte er noch daran zweifeln, dass er verliebt war?

„Rein philosophisch gesehen könnte man sich wunderbar darüber streiten, ob es überhaupt relevant ist, warum Walder die Wiese rettet", retournierte er belustigt. „Es kommt nur drauf an, was hinten rauskommt."

„Erkenne ich da einen Ausspruch von eurem Altkanzler? Oder gar so etwas wie die berühmte ‚unsichtbare Hand'?", lachte Ina.

„Ich weiß nicht, ob man Helmut Kohl der schottischen Moralphilosophie zurechnen kann. Fest steht allerdings, dass es mit der ‚unsichtbaren Hand' oft genug umgekehrt ist. Die Leute, die in bester Absicht handeln, machen meistens alles nur noch schlimmer."

Oscar öffnete die Terrassentür. Ein Luftzug blies herein und fegte Renards Brief vom Tisch. Ina hob ihn wieder auf.

„Sag mal, Ina… Walder kann ja nicht wissen, was der Onkel in seinem Abschiedsbrief geschrieben hat, oder?"

„Der war ja noch zugeklebt, als du ihn gefunden hast."

„Ich könnte zur Abwechslung ja auch mal ein bisschen pokern. Nicht bloß immer Walder."

„Das wäre ein neuer, bisher unsichtbarer Charakterzug an dir."

„Schlimm?"

„Nun, hat dein Onkel nicht in seinem Brief geschrieben, dass du die Spielregeln lernen sollst?"

♦♣♦

Oscar wusste nicht, wie lange er schon wach lag. Er hatte das Fenster geöffnet und hörte dem Bach zu, der leise murmelnd am Haus vorbei ins Tal plätscherte. Er hoffte, die Monotonie des Wassers würde ihn beruhigen. Doch seine schweren Gedanken ließen ihn nicht los. Obwohl er vor ein paar Tagen noch nicht einmal daran gedacht hatte, dass er jemals von seinem Onkel etwas erben würde, quälte er sich nun unablässig mit der Sorge, dass die Erbschaft ihren Wert verlor. Schienen sie nur bedeutend genug, konnten die materiellen Dinge ihren Eigentümer selbst in Besitz nehmen. Die ganze Geschichte zog ihn inzwischen immerhin so sehr in ihren Bann, dass er seinen Kummer über Sylvie fast vergessen hatte. Ging es einem besser, wenn man sich ablenkte? Aber wovon? Von Gefühlen, die man nicht ertrug oder, wenn man sie ertrug, davon, dass sie irgendwann erloschen? Oder war das Leben, in Ermangelung höherer Einsichten über seinen Sinn, sowieso nichts anderes als eine Spielwiese, auf der man eben notgedrungen irgendetwas spielte?

Es begann zu regnen. Das Rauschen des Regens mischte sich in das Geplätscher des Bachs. Oscar öffnete die Fensterläden. Die kühle Luft drang nun ungehindert zu ihnen herein. Es roch nach Wald und nassem Gras. Kein anderer Laut war zu hören. Kein winziges Licht drang durch die Nacht.

Oscar glaubte seinen Onkel zu verstehen. Er hatte diesen Platz als Zufluchtsort, als letzten Hort seiner Freiheit begriffen. Hier hatte er sich Auszeiten genommen, Ruhe und Abstand von seinen „Abenteuern“, die er grandios beherrschte, die ihn aber ebenso in Besitz zu nehmen drohten wie nun auch Oscar. Oscar begriff, warum es in diesem Haus weder einen Fernseher noch einen Computer oder gar ein Telefon gab.

Ina lag neben ihm, tief eingehüllt in eine Daunendecke. Er hörte ihren ruhigen Atem. Auch sie hatte sich von ihrer Wut über die Affäre ihres Mannes ablenkt. Sobald die Dinge hier geregelt waren, würde sie wieder nach Hause fahren. Und das war dann das Ende dieser Geschichte.

„Was grübelst du, Oscar?“, hörte er ihre sanfte Stimme im Dunkeln.

„Woher weißt, du, dass ich grüble?“

„Es riecht geradezu danach.“

„Tut mir leid, wenn du frierst. Ich wollte dem Regen und dem Bach zuhören.“

„Wenn du ein bisschen näher kommst, friere ich gar nicht. Dann ziehe ich sogar das gelbe Zelt vom Onkel wieder aus.“

Oscar legte sich zu ihr. Der Duft ihres Parfums stieg in seine Nase. Sie küssten sich.

Ob er sich bloß von etwas ablenkte oder das mit Ina etwas Besonderes war, war ihm jetzt egal. Es fühlte sich gut an. So viel war sicher.

♦♣♦

Als Oscar am Nachbarhaus eintraf, stand Walder rauchend auf der Terrasse. Der Regen hatte aufgehört. Noch immer hingen schwere, dunkle Wolken über den Berggipfeln. Der Wetterbericht verhieß jedoch, dass sich am Nachmittag die Sonne zeigen würde.

Oscar kam gleich zur Sache.

„Wir haben gestern einen Abschiedsbrief meines Onkels gefunden. Der Einbrecher hat ihn aus dem Safe genommen und bei seiner Flucht auf der Terrasse verloren. Von dort flog er unten die Tannen unten am Grundstück an der Straße."

Er zeigte Walder den Briefumschlag, auf dem in großen Lettern „Für Oscar" stand.

Vielleicht hatte Walder bemerkt, dass etwas fehlte. In diesem Fall hätte er freilich irgendwann auf Renards Terrasse nachgesehen. Wie Oscar blitzschnell rekonstruierte, blieb ihm dafür keine Zeit. Es schien jedoch, dass er weit weniger von dieser Nachricht überrascht war als Oscar erwartet hatte.

„Schön, dass Sie ihn gefunden haben", sagte er ohne sichtliche Regung.

„Für Sie ist das weniger schön", retournierte Oscar.

Oscar ließ diesen Satz wirken. Er wollte sehen, wie Walder reagierte. Aber Walders Fassade hielt. Er blickte Oscar nur ausdruckslos an.

„Es waren Aktien der Bergbahn im Safe", fuhr Oscar fort. „Das wissen wir jetzt. Mein Onkel hat in den Brief geschrieben, sie würden zusammen mit dem Aktienbestand bei der Bank in Chur eine Sperrminorität bilden. Sie wurden auf ihren Namen gekauft, um die Strategie meines Onkels zu tarnen. Aber trotzdem gehörten sie immer noch meinem Onkel. Infolge seines Todes geht das Eigentum auf den Erben über."

Walder ging zum Terrassentisch und drückte dort seine Zigarette aus. Er schaute über Oscar hinweg in die Wolken.

„Da bin ich mir nicht so sicher."

Oscar sah ihn erwartungsvoll an. Aber es kam nichts mehr. Walder starrte weiterhin ungerührt in den grauen Himmel.

„Ich weiß jetzt auch, was mein Onkel mit der Sperrminorität vorhatte. Das deckt sich doch mit Ihren Interessen, oder?“, versuchte Oscar Walder aus der Reserve zu locken.

„Und welche Interessen haben Sie, Herr Medar? Wenn Sie die Sperrminorität haben, was wollen Sie dann tun?“, stellte Walder die Gegenfrage.

„Zuerst geben Sie mir die Aktien zurück, die Sie aus dem Safe genommen haben. Dann können wir weiterreden.“

„Sie pokern nicht besonders gut“, sagte Walder. „Die

Dame gestern war besser.“

„Irgendwann muss beim Poker allerdings jeder die Karten auf den Tisch legen.“

„Sie sollten nicht mit jemandem spielen, der nichts zu verlieren hat, Herr Medar. Das ist eine goldene Regel. Und im Gegensatz zu Ihnen habe ich hier keine Karten im Spiel.“

„Keine Karten im Spiel? Kommen Sie, Herr Walder. Wenn nichts geschieht und die Quaderlandschaft da unten fertig ist, geht es munter weiter mit der Expansion der Bergbahn. Dann steht auf der schönen Wiese vor Ihrem Haus bald eine schöne Reihe von Baukränen und Schaufelbaggern.“

„Und wie sollte ich das verhindern können?“

„Tun sie doch nicht so unschuldig. Mein Onkel hat eine Sperrminorität aufgebaut. Wenn alle Aktien zusammen abstimmen, können Farner und die Baufritzen überhaupt nichts mehr alleine machen.“

„Soso“, sagte Walder.

„Sie haben aber Angst, dass ich das Haus und die Aktien einfach verkaufe und mir Ihre Wiese egal ist. Deswegen haben Sie versucht, mit Farner einen Deal zu machen. Aber Ihr Deal fliegt nicht, Herr Walder. Und wenn Farner, der Schwarzhaarige und ich aussagen, dass Sie versucht haben Farner mit gestohlenen Aktien zu erpressen, wird es ungemütlich für Sie."

Oscar hielt Walder noch einmal Renards Abschiedsbrief vor die Augen. Der Einbruch blieb seine schwache Stelle. Walder war alles andere als ein Einbruch-Profi. Es stand nicht einmal fest, ob er Handschuhe getragen hatte. Eine kleine, eine winzige Spur am Safe oder auf dem Briefumschlag – und er war geliefert.

„Sie haben reichlich Fantasie. Sie sollten Schriftsteller werden", sagte Walder.

„Guter Witz. Sie werden Spuren hinterlassen haben. Die Polizei ist bestimmt hochmotiviert. Jetzt wissen wir ja, was Sie im Safe gesucht haben."

Walder suchte umständlich nach einer neuen Zigarette. Er wirkte nicht mehr so lässig wie zuvor. Der Abschiedsbrief des Onkels hatte die Lage verändert. Er drehte sich um und sah Oscar direkt in die Augen.

„Wollen wir zur Abwechslung nicht einmal über einen anderen Aspekt dieser Sperrminorität reden?"

„Nur zu, Herr Walder."

„Renard hat mir gesagt, dass er einen Teil der Aktien auf Helen Hausers Namen gekauft hat."

„Und? Ich habe von ihr eine Vollmacht für die Stimmenausübung."

„Wie wollen Sie sicherstellen, dass sie es sich nicht irgendwann anders überlegt? Es reicht nicht, wenn sie dieses Stück Papier haben."

„Und wieso nicht?", fragte Oscar argwöhnisch.

„Vollmachten kann man jederzeit widerrufen, Herr Medar. Und wenn Helen Hauser die Aktien verkauft, ist es mit der Sperrminorität ohnehin vorbei. Im Klartext: Selbst wenn die gestohlenen Aktien, die – wie Sie glauben – Ihnen gehören, irgendwo wieder auftauchen, brauchen Sie immer noch die Stimmen von Helen Hauser."

Oscar ließ sich nicht beeindrucken.

„Helen Hauser hat mir eine Vollmacht erteilt und will nichts mit Bergahnen oder dergleichen zu tun haben. Wenn ich es ihr nicht gesagt hätte, wüsste sie gar nicht, dass auf ihren Namen Aktien gekauft worden sind."

Walder verzog seinen Mund zu einem zynischen Lachen.

„Aber jetzt weiß sie es. Und glauben Sie wirklich, ein Mann wie Remo Farner würde einfach dabei zusehen, wie ihm ein Greenhorn wie Sie in sein Imperium hineinpfuscht?"

"Helen Hauser ist in Argentinien. Und ich habe eine Vollmacht", sagte Oscar.

Walders Blick schweifte wieder hinüber zu den Bergen. Die Wolkendecke riss an einer Stelle auf. Die Sonne beschien die beiden Gipfel der Bergkette.

„Soso, in Argentinien", sagte Walder.

„Das scheint Sie nicht zu beeindrucken."

„Tut es auch nicht. Wenn es für einen wie Farner um alles geht, ist nirgends weit genug weg."

♦♣♦

Beat Capaul hatte die Füße auf den Schreibtisch gelegt. Die lässige Haltung stand im krassen Gegensatz zu der Unruhe, die sich nach und nach in ihm aufgestaut hatte. In einer halben Stunde würde Farner von seinem auswärtigen Meeting zurück sein. Dann musste Beat ihm einen Zwischenbericht geben. Bis jetzt hatte er nicht mehr zu bieten als ein paar vage Hoffnungen.

„Habt Ihr diese Helen Hauser gefunden?", raunzte Capaul in die Freisprechanlage.

„Sie ist in Madrid. Gestern hat sie am Flughafen mit der Bankkarte dreihundert Euro abgehoben. Sieht also nicht nach einer kurzen Zwischenlandung aus. Ich habe dem Detektiv von der Agentur die vorhandenen Informationen zukommen lassen, aber schon eine Weile nichts mehr gehört. Vielleicht hat er die Frau schon gefunden", sagte Arpagaus.

„Ich dachte, sie wollte nach Argentinien?"

„Davon gehe ich immer noch aus. Wozu hätte sie sonst dorthin so viel Geld überwiesen?"

Capaul murmelte etwas, das Apargaus nicht verstand.

„Sie hat auch eine Kreditkarte von unserer Bank. Vielleicht hat sie ihre Flüge damit bezahlt. Dann finden wir heraus, an welchem Tag sie von Madrid aus weiterfliegt. Der Detektiv meinte, dass er und die Kollegen vor Ort sie spätestens am Flughafen abfangen. Gerade durchkämmen sie schon einmal die gängigen Touristenhotels."

Capaul nahm die Füße vom Schreibtisch. Er beugte sich nach vorn und begann ungeduldig mit den Fingern auf die Tischplatte zu trommeln. Farner würde toben, wenn er erfuhr, dass ihm nicht mehr eingefallen war als hinter seinem Schreibtisch zu sitzen und abzuwarten.

„Kannst du diese Kreditkarte nicht sperren lassen? Dann ruft sie an und will wissen, was los ist. Dann habt Ihr sie."

„Das ist nicht so ganz einfach, Beat. Sie hat ihr Konto in Basel. Es war schon schwierig genug, an die Kontobewegungen und die Daten für die Kreditkartennutzung heranzukommen. Wenn sich die Aktien, die auf ihren Namen lauten, nicht hier bei uns im Depot befunden hätten, wäre das ziemlich aussichtslos gewesen. Ich habe eine unglaubliche Story erfinden müssen, um die Leute in Basel zu überzeugen. Eine Kreditkarte zu sperren ist aber noch mal eine ganz andere Nummer. So etwas müsste sehr weit über die Bande gespielt werden."

Mit Capauls äußerlicher Coolness war es nun endgültig vorbei. Mit einem Satz sprang er aus dem Sessel.

„Dann spiel es eben über die Bande, Gieri! Verdammt!", brüllte er.

Langsam wurde die Angelegenheit für Arpagaus ungemütlich. Wenn Boysen mitbekam, dass er gegen Medar agierte, war er seinen Job los. Und wenn er Capaul nicht half, konnte er die Geschäfte mit der Bergbahn für alle Zeiten abschreiben. Arpagaus hielt es im Moment für angebracht, zu schweigen.

„Halte mich dem Laufenden", zischte Capaul und drückte auf die rote Taste, um das Gespräch zu beenden.

Beat Capaul ließ sich in seinen Drehsessel zurückfallen. Er starrte aus dem Fenster, ohne draußen irgendetwas zu sehen. Es war ihm immer noch unbegreiflich, wie ihm das hatte passieren können. Als Finanzchef war er für die Aktionäre zuständig, und es war seine Aufgabe dafür zu sorgen, dass der Verwaltungsrat rechtzeitig Bescheid wusste, wenn jemand versuchte, sich Einfluss auf die Geschäftspolitik zu sichern. Aber hatten sie nicht alle miteinander schon weit vorher den entscheidenden Fehler gemacht? Die Bergbahn hätte nie und nimmer Stammaktien ausgeben dürfen. Damit erst konnte der Ball ins Spiel rollen, den Renard aufgenommen und mit Hilfe seiner Strohmänner schließlich versenkt hatte.

Nicht ohne Grund hatte Beat dem Verwaltungsrat damals vorgeschlagen, für die Kapitalerhöhung ausschließlich Vorzugsaktien auszugeben. Die neuen Aktien sollten kein Stimmrecht in der Hauptversammlung, dafür aber ein Anrecht auf eine höhere Dividende haben. Aber welche Dividende? In den letzten Jahren hatte die Bergbahn alle Überschüsse sofort wieder investiert, und es war abzusehen, dass die finanziellen Verpflichtungen aus dem Blocks-Fort-Projekt das Ergebnis noch über Jahre belasten würden.

Seine Idee, den Vorzugs-Aktionären anstatt einer Vorzugs-Dividende einmal im Jahr im Bergrestaurant ein zünftiges Event und einen mäßig verbilligten Skipass anzubieten, war wegen Bedenken der Rechtsabteilung verworfen worden. Letztlich hatte die Bergbahn für die Kapitalerhöhung doch stimmberechtigte Stammaktien ausgegeben. Das rächte sich jetzt.

Wieso bloß hatte er sich nicht mit Renard beschäftigt? Einen Teil der Aktien hatte der schließlich auf eigenen Namen erworben, und damit stand er im Aktionärsbuch. Er hätte recherchieren müssen. Leute wie Renard machten nie etwas ohne Plan.

Farner würde toben.

♦♣♦

Normalerweise setzte sich Farner mit Beat Capaul an den Besprechungstisch. Zwar war Capaul formell sein Angestellter, aber Farner tat gut daran, Beat ordentlich zu behandeln.

Beats Bruder Christian war in der letzten Zeit immer unberechenbarer geworden. Christian forderte für die Bergbahn vehement einen radikalen Expansionskurs. Obwohl die Witwe Capaul nach dem Tod ihres Mannes die Hälfte ihrer Aktien an Farner verkauft hatte, besaß die Familie immer noch genügend Gewicht, um Ärger machen zu können. Wenn Christian weiter mit Erwin Paulin gemeinsame Sache machte, konnte Farner die Alleinherrschaft, die er über die Jahre hinweg ohne größere Widerstände ausgeübt hatte, verlieren. Schon bei Blocks-Fort hatten die beiden in ungewohnter Eintracht Seite an Seite gestanden und Farner gezwungen, seinen Widerstand gegen das Projekt aufzugeben.

Farner war über sechzig und wusste, dass Beat Hoffnungen hegte, irgendwann zu seinem Kronprinzen zu werden. Er selbst dachte natürlich noch nicht im Entferntesten daran, seine Position zu räumen. Mit dem Anschein eines nahenden Rücktritts, den Farner gelegentlich geschickt schürte, hatte er sich Beat Capauls Loyalität bis auf Weiteres sichern können. Beat hatte auf Geheiß Farners seinen Bruder Christian schon einige Male zur Räson gebracht. Aber es sah nicht danach aus, als würde Christian wirklich Ruhe geben. Beat war als Finanzchef der Bergbahn in der Position, mit seinen Zahlen auf hochfliegende Bauprojekte dämpfend zu wirken. Er fungierte als ausgleichendes Element, und Farner war klug genug zu wissen, dass er ihn noch brauchen würde.

Dass Remo Farner ein Gespräch mit

Beat vom Chefsessel seines Schreibtischs aus führte, war noch nie vorgekommen. Capaul wusste das einzuordnen. Farner war außer sich. Er gab den Chef.

Beat hätte sich auf einen der beiden Stühle setzen können, auf denen die normalen Angestellten der Bergbahn ihre Instruktionen empfingen. Doch hatte er es vorgezogen zu stehen. Sein Bericht war zu Ende. Er harrte Farners Wutausbruch.

Farner sah noch einmal in die Unterlagen, die ihm Capaul vorgelegt hatte. Es war kein Zweifel möglich. Mit den von Renard geerbten Anteilen konnte Medar zusammen mit Walder und Hauser alle wichtigen Entscheidungen der Bergbahn blockieren.

„Und es ist sicher, dass diese Frau dem Erben ihre Stimmen geben wird?", fragte Farner noch erstaunlich ruhig.

„Mein Kontaktmann geht davon aus. Renard dürfte vorgesorgt haben."

Über das Auftauchen des Investmentbankers Christoph Boysen, der sich, wie Apargaus beklagte, aus unerfindlichen Gründen zugunsten Medars in die Angelegenheit eingemischt hatte, sagte Capaul nichts. Er hielt es für besser, Farner nicht weiter zu erzürnen.

Farner hatte trotzdem genug. Er warf die Unterlagen verächtlich vor sich auf den Schreibtisch. Seine Wutanfälle waren gefürchtet. Capaul wappnete sich für das Schlimmste.

„Welche Möglichkeiten gibt es?", herrschte ihn Farner an.

„Die Aktien von Hauser wurden nicht auf den Erben übertragen. Damit gibt es ein Vakuum. Es ist möglich, dass wir sie von ihr kaufen können."

„Dazu müsstet Ihr die Frau erst einmal finden!"

Capaul gab sich einen Ruck. Irgendetwas musste er anbieten. Irgendetwas.

„Wir sind dran. Sie ist in Madrid, und die von mir angeheuerten Leute haben sie womöglich schon gefunden. Es gibt jedoch noch eine andere Möglichkeit. Für die Sperrminorität braucht Medar in jedem Fall die Stimmen von Helen Hauser. Da die Aktien selbst nicht übertragen wurden, können wir die Gültigkeit der Stimmübertragung anfechten."

„Wie soll das denn gehen? Wenn sie ihm eine Vollmacht gegeben hat, dann hat er eine Vollmacht", grunzte Farner ungehalten.

„Die Rechtsabteilung ist bereits in Verbindung mit einer Anwaltskanzlei in Zug. Die Leute dort sind auf Fälle der Übertragung von Stimmkapital in Hauptversammlungen spezialisiert. Irgendwelche Formfehler können die immer finden."

Farner hieb mit der Faust auf den Tisch.

„Und wenn Medar diese Frau das nächste Mal einfliegen lässt? So was ist keine Lösung!", schrie er. Dabei fuchtelte er wild mit den Händen.

„Wie soll ich hier weiterarbeiten? Ich kann mich doch nicht ständig mit einem Fremden auseinandersetzen! Ist das hier nicht sowieso schon kompliziert genug?", brüllte er.

Das war ein Seitenhieb auf Christian, den Beat geflissentlich ignorierte. Er hatte sich vor der Sitzung in seinem Büro eingeschlossen und noch ein wenig meditiert. Beat hatte sich vorgenommen ruhig zu bleiben. Egal was Farner herumwarf oder brüllte.

„Wir könnten von der nächsten Hauptversammlung eine weitere Kapitalerhöhung beschließen lassen", sagte Capaul mit betont ruhiger Stimme. „Wenn Medar die Stimmrechte von Hauser nicht ausüben kann, weil wir die Vollmacht anfechten, kann er den Beschluss nicht verhindern. Ich lasse gerade prüfen, ob wir das zeitlich noch hinbekommen."

Farner beherrschte sich nur mühsam. Am liebsten würde er die ganzen Unterlagen, die Capaul auf seinen Schreibtisch gelegt hatte, an die nächste Wand werfen.

„Die Kapitalerhöhung selbst kann er nicht mitmachen", schob Capaul nach. „Dafür hat ihm Renard nicht genug Flüssiges hinterlassen. Wenn er das Bezugsrecht nicht ausüben kann, rutscht sein Anteil unter die Sperrminorität. Auf diese Weise können wir das Problem langfristig lösen. Eine Kapitalerhöhung wäre ohnehin sinnvoll. Die Banken werden für die Finanzierung der nächsten Wachstumsschritte der Bergbahn womöglich ohnehin eine höhere Eigenkapitaldecke fordern."

Capaul wusste, dass Farner keinerlei Interesse an einer Kapitalerhöhung hatte. Aus Farners Sicht hatte die Bergbahn mit der Realisierung von Blocks-Fort eine wirtschaftlich vernünftige Größe erreicht. Neue Bauprojekte schienen zu riskant. Stattdessen war Farner dafür, die Angebote der Bergbahn mit einer besseren Qualität auszustatten, woraufhin die Gäste bereit sein würden, während ihres Aufenthalts mehr Geld auszugeben. „Qualitatives Wachstum" war Farners Lieblingslosung geworden. Christian Capaul und Erwin Paulin sahen das freilich anders. Sie wollten, dass die Bergbahn weitere Bauprojekte ins Auge fasste. Alle gemeinsam waren sich jedoch darin einig, dass sich hier kein Fremder in die Geschäftspolitik einmischen sollte. Als Beat seinem Bruder Christian von den Ereignissen erzählt hatte, war dieser aus allen Wolken gefallen.

„Lass mich darüber nachdenken", brachte Farner noch halbwegs zivilisiert zustande.

Capaul verstand das als Aufforderung zum Gehen. Er nickte nur kurz und verschwand durch die Tür.

♦♣♦

Beat war soeben wieder in seinem Büro eingetroffen, als sein Mobiltelefon klingelte. Es war Apargaus.

„Es gibt Neuigkeiten. Helen Hauser hat ihre Anteile verkauft."

„Was?!"

„Du hast ganz richtig gehört."

„An wen?"

„Eine Anwältin aus Zürich. Irgendein Doppelname."

„Geht es vielleicht etwas genauer?"

Arpagaus musste erst nachsehen.

„Isabel Schatz-Worth heißt sie. In Bankkreisen unbekannt. Aber anscheinend hat sie genügend Spielgeld."

„Bist du sicher?"

„Der Kaufpreis liegt bei zwei Millionen. Ist soeben auf Hausers Konto in Basel überwiesen worden. Vermerk: Aktienkauf Bergbahn."

„Das ist nicht gerade ein Schnäppchenpreis. Aber Medar kann seine Sperrminorität vergessen", folgerte Capaul.

„Sieht so aus."

Capaul überlegte, ob er gleich umdrehen und Farner die freudige Botschaft überbringen sollte. Aber er entschied sich anders.

„Schick mir mal eine SMS mit Medars Telefonnummer, Gieri. Die hast du doch, oder?"

„Was willst du von ihm?"

„Reine Vorsichtsmaßnahme."

„Fahr lieber direkt hin, Beat. Medar würde schnell draufkommen, dass du die Nummer von mir hast. Er müsste oben im Haus von Renard sein, direkt neben dem von Walder."

„Was? Renard hatte ein Haus in der Gemeinde? Und auch noch direkt neben Walder?"

„Ich dachte, du wüsstest das."

Capaul dachte mit Grauen daran, was Farner dazu sagen würde. Die ganze Geschichte wurde quasi vor ihrer Haustüre eingefädelt und Beat hatte nichts davon mitbekommen. Der Ausbruch vorhin wäre dagegen nur ein kleines, laues Lüftchen gewesen.

„Pass bitte auf, was du Medar sagst. Du weißt ja, das Bankgeheimnis“, schob Apargaus nach.

Beat Capaul strich sich durch die schwarze Mähne.

„Das Bankgeheimnis“, wiederholte er kopfschüttelnd.

♦♣♦

Der Türklopfer knallte, einmal und dann noch einmal. Walder ging das Geräusch inzwischen selbst auf die Nerven. Er hastete zur Tür. Nicht, dass er es noch ein drittes Mal hören musste.

„Du?“, fragte er erstaunt.

„Stör ich? Du solltest mal dein Handy einschalten.“

„Was machst du mitten in der Woche hier?“

„Ich bin gefeuert“.

„Wie bitte?“

„Offiziell ist noch nichts bekannt. Ich bin also im Urlaub.“

„Welcome to the club“, sagte Walder trocken.

Boysen trat ein. Sie setzten sich an den länglichen Esstisch im Wohnzimmer.

„Du brauchst einen Congnac“, sagte Walder.

„Lass mal. Das war keine große Überraschung mehr“, sagte Boysen.

„Wieso? Was hast du gemacht?“

„In verbriefte US-Häuserkredite investiert. Sah alles sehr sicher aus. Mit der Zinswende in Amerika drehte sich der Wind. Die Rating-Agenturen sind über

Nacht umgefallen. Wenn sie die Wertpapiere noch weiter herabstufen, gehen bei der Bank die Lichter aus."

Walders Augen begannen sich zu weiten. „Also doch. Renard hatte recht!"

Boysen hätte ein bisschen Anteilnahme erwartet. Anstatt ihn aufzumuntern, bewunderte Walder unverhohlen die Spürnase des toten Renard.

„Das nützt ihm allerdings nichts mehr", sagte Boysen ein wenig beleidigt.

Walder sah Boysen überrascht an. Empathie war noch nie seine Stärke gewesen. Andererseits war zu viel davon für die Karriere in einer Schlangengrube schon immer eher hinderlich gewesen. Außerdem war es normal, dass man in diesem Business schnell gefeuert wurde. Im Investment-Banking herrschte weithin „hire and fire". Solange man vorher prächtig verdient hatte, war das kein Beinbruch.

„Du willst wirklich keinen Cognac?", fragte der geläuterte Walder mit fast schon väterlichem Unterton.

Boysen hob ablehnend die Hand. „Ich habe Renard gesucht. Einmal war ich sogar hier oben. Ist dir nicht aufgefallen, dass er nicht mehr in sein Haus kam?"

„Ich war ein paar Monate auf Kuba, und gleich als ich hier ankam, musste ich für den Verlag mit einem Fotografen auf Bergtour. Ich habe erst von dir erfahren, dass er tot ist."

„Wir sollten darüber nachdenken, was Renard vorhatte", sagte Boysen.

„Ich weiß es", verkündete Walder.

„Und? Was wollte er?"

„Sich mit dem Bergteufel anlegen. War übrigens ganz in meinem Sinne. Netter Mann, dein Freund Renard."

„Ich habe mir gedacht, man könnte unter gewissen Umständen seine Pläne ein bisschen modifizieren", sagte Boysen.

„Mit Teufeln kenne ich mich aus. Ich muss manchmal nur in den Spiegel schauen", sagte Walder.

„Wieso nur manchmal?"

„Die meiste Zeit bin ich ja in der Karibik oder klettere hier auf den Bergen herum. Da kommt man nicht so schnell auf böse Gedanken. Und wenn, dann ist keiner da, mit dem man sie umsetzen kann."

„Du bist köstlich", sagte Boysen.

„In jedem Fall brauchen wir, bevor du loslegst, einen Cognac. Ich muss mich erst wieder dran gewöhnen, die Pläne anderer Leute zu modifizieren. Selbst wenn sie tot sind."

Walder stand auf und ging zur Bar, die sich neben dem Piano befand. Hier war seine Spaßecke. Walder hatte von den Kubanern die Erkenntnis mitgebracht, dass Musik noch mehr Spaß machte, wenn die vom Alkohol beschwingten Blutkörperchen ein bisschen dazu tanzten.

Draußen hörte man ein Auto. Walder ging ein paar Schritte in Richtung Terrassentür und sah hinaus. Der Wagen fuhr am Haus vorbei und blieb in Renards Garageneinfahrt stehen. Walder öffnete die Tür und spähte hinüber. Ein Mann stieg aus. Es war Beat Capaul.

„Neuerdings eine Menge Betrieb hier oben", sagte Walder.

♦♣♦

Als Capaul die Straße heraufkam, bemerkte er einen großen schwarzen BMW mit Zürcher Kennzeichen, schenkte dieser Tatsache aber keine Beachtung. Er stellte sein Auto vor dem Haus ab, das Apargaus ihm beschrieben hatte. Capaul sah hinüber zu Walders Haus, das gerade mal einen Steinwurf weit entfernt war. Natürlich. Die beiden Banker hatten sich hier oben getroffen und gemeinsame Sache gemacht. Wie hatte er das nur übersehen können?

Aber was wollte der Erbe? Wahrscheinlich wollte er Geld sehen. Sie hätten Medar eine ordentliche Stange bieten müssen, damit er die von Renard bis zur Sperrminorität angehäuften Anteile wieder verkaufte. Aber daraus wurde nun nichts. Helen Hauser hatte sich für ihren Ausflug nach Argentinien noch schnell ein kleines Zubrot besorgt. Ohne ihre Aktien war Medar machtlos.

Noch einmal würde ihm jedoch kein Fehler unterlaufen. Beat Capaul wollte Gewissheit. Vielleicht konnte er Medar dazu bringen, ihm einen Teil seiner Aktien zu verkaufen. Das würde die Familie Capaul gegen Farner wieder stärken. Außerdem würde ein gewisser Puffer einen wirksamen Schutz gegen künftige Aktionen dieser Art bieten.

Er schritt gemächlich zum Hauseingang. Es gab kein Namensschild. Capaul drückte auf die Klingel.

Zu seiner Überraschung wurde die Tür von einer Frau geöffnet.

„Verzeihung. Ich habe mich wohl geirrt. Ich suche das Haus von Monsieur Renard."

„Sie sind schon richtig. Ich nehme an, Sie sind der Assistent von Herrn Farner?", sagte Ina.

Capaul versuchte, sich seine Entrüstung über diese Geringschätzung nicht anmerken zu lassen.

„Beat Capaul. Ich bin Prokurist bei der Bergbahn AG", sagte er trocken.

„Oh, Verzeihung, Herr Prokurist“, sagte Ina, nicht ohne ironischen Unterton.

„Woher kennen wir uns?“, fragte Capaul.

„Sie waren gestern schon beim Herrn Nachbarn zu Besuch. Ich habe Sie dort zusammen mit Herrn Farner vor dem Haus gesehen. Und ein bisschen hat uns Herr Walder über Sie erzählt.“

In Capauls dunkelbraunen Augen spiegelte sich seine Überraschung. Einen derart rasanten Empfang hatte er nicht erwartet.

„Ist Herr Medar hier?“

„Er ist unten im Dorf beim Einkaufen. Er müsste jeden Moment zurückkommen. Wollen Sie so lange hereinkommen?“

Beat Capaul zögerte einen Augenblick, trat aber ein. Im Wohnzimmer fiel sein Blick sofort auf Renards Schallplattensammlung. Was für unschätzbar wertvolle Fundgruben es gibt, dachte er. Und was für eine Sünde, wenn sie einem Ahnungslosen in die Hände fielen. Aber er war nicht gekommen, um sich über die alten Platten von Eduard Renard Gedanken zu machen.

„Ich nehme an, Sie sind Frau Medar?“

„Nein“, beschied ihn Ina. „Ich bin nur… sagen wir… seine Beraterin.“

„Beraterin wofür?“

„Erbschaften. Abteilung Bergbahn-Aktien.“

Capaul musterte Ina mehr oder weniger unverhohlen. Irgendwo, so kam es ihm vor, hatte er sie schon einmal gesehen.

„Ich glaube, ich kenne Sie“, sagte er.

„Sie sind amüsant, Herr Capaul. Ich kenne mich manchmal noch nicht mal selbst.“

„Ach nein?“

„Ich erwische mich gerade zum Beispiel dabei, dass ich mir die Frage stelle, ob Sie Herrn Medar ein schönes Angebot für seine Aktien machen wollen. Obwohl mich das im Grunde gar nichts angeht.“

„Warum sollte ich das tun?“, fragte Capaul scheinheilig.

„So ganz ohne Grund werden Sie ja nicht ständig hier oben aufkreuzen. Oder wollten Sie nur Herrn Medar zu seiner Erbschaft beglückwünschen?“

Fast wäre Capaul in hämisches Lachen ausgebrochen. Aber er riss sich zusammen. Also bitte, Madame, dachte er. Spielen wir.

„Ich habe mir die letzten Tage über Herrn Medar tatsächlich ein paar Gedanken gemacht. So wirklich bin ich nicht darauf gekommen, was ihn hier oben glücklich machen könnte. Wissen Sie es?“, sagte er eine Spur blasierter, als er wollte.

Ina lächelte und zeigte durch die Terrassentür ins Tal.

„Vielleicht findet er die Aussicht und die Gegend genauso anrührend wie sein Onkel?“

Die geht ja ganz schön drauflos, dachte Capaul. Aber das konnte ihm nur recht sein. Wozu lange herumreden.

„Wirklich schöne Aussicht, ja. Die Bergbahn wird bei der Bebauung der Flächen darauf achten, dass sich die neuen Apartmenthäuser wunderbar fließend in die Landschaft einfügen.“

Capaul war ein bisschen stolz auf diese Formulierung, wenn sie auch den Ausführungen des Architekten entlehnt war, der bei den Ausschreibungen für die Planung der verschiedenen Bauprojekte der Bergbahn stets mit schöner Regelmäßigkeit gewann.

Wie er selbst fand, wuchs die Güte seiner Formulierungen mit dem Spielpartner. Oder sollte er besser sagen: mit dem Gegner? Wenn ihm nur einfiele, woher er die scharfzüngige Schöne kannte.

„Aber wozu baut man noch mehr Häuser, wenn schon so viele im Dorf leer stehen? Sollte man nicht besser mal den Aktionären ein wenig Dividende ausschütten, anstatt alle Erträge der Bergbahn gleich wieder zu verbuddeln? Ich kann mir durchaus vorstellen, dass das Herrn Medar noch viel glücklicher machen würde", gab Ina zurück.

„Es läuft bei uns ein wenig anders, Madame. Die Bergbahn hat eine gesellschaftspolitische Aufgabe. Durch das Wachstum schafft sie in der Region Arbeitsplätze und Wohlstand. Jobs im Baugewerbe, in der Gastronomie und in der Hausverwaltung. Liftpersonal, Skilehrer, Reinigungspersonal…"

„Nicht zu vergessen den Fleischabsatz für Farner und den Mörtel für Capaul…"

Beat Capaul verzog den Mund. Sie hatte also recherchiert. Beim Wort „recherchieren" fiel ihm ein, woher er Ina kannte.

„Es ist nicht verboten, Häuser zu bauen. Und Restaurants mit Fleisch zu beliefern auch nicht", retournierte er.

„Aber wenn sie ein sehr großes Aktienpaket hätten, würden Sie sich da nicht maßlos ärgern, wenn die ganzen Überschüsse immer nur in die Privatfirmen der alten Platzhirsche fließen?", gab Ina lächelnd zurück.

„In einer Markwirtschaft wollen Unternehmer Gewinne machen. Und dennoch schaffen sie Gutes für die Gesellschaft. Die unsichtbare Hand des Marktes. Die Bergbahn AG ist ein Paradebeispiel. Ohne sie gäbe es hier nur ein paar arme Bauern. Darüber sollten sie mal schreiben."

Capaul lächelte. In diesem Match war er noch auf einen Punkt aus. Die Bombe, welche die Großmachtsfantasien von Medar und der Schönen mit einem Schlag atomisieren würde, konnte er immer noch zünden.

„Nun ist aber leider die Hand, die das Geld in die Baufirmen und Farners Metzgerei scheffelt, alles andere als unsichtbar", entgegnete Ina, immer noch lächelnd. „Und ich kann mir vorstellen, dass ein Aktionär, der das nötige Gewicht hat, das vielleicht doch irgendwie abstellen möchte."

„Jetzt sagen Sie endlich etwas Richtiges. Ein Aktionär, der das nötige Gewicht hat. Sehr richtig."

„Was wollen Sie damit sagen?"

„Herr Medar hat dieses Gewicht nicht. Zumindest nicht, was seine Stimmanteile betrifft."

Ina lächelte nun nicht mehr. Capaul kam es so vor, als blitzten zwei Schwerter in ihren Augen.

„Das ist ja eine großartige Show, die Sie hier bieten, Herr Capaul. Geben Sie auch noch die Zugabe?"

Der Showdown kam nun doch früher, was Capaul ein wenig bedauerte. Er hätte die Maus gerne noch ein wenig zappeln lassen, so wie es eine Katze macht, bevor sie sie endlich auffrisst. Beat Capaul machte eine bedeutungsvolle Pause und setzte sein wichtigstes Gesicht auf.

„Helen Hauser hat ihr Aktienpaket verkauft. Und wenn Herr Medar je auf ihre Stimmen gezählt haben sollte, wird es damit nichts."

„Wie bitte?"

„Helen Hauser hat verkauft."

„Und… wer soll der angebliche Käufer sein?"

„Auf jeden Fall offenbar nicht Monsieur Medar."

Wenn die Frau, die in alles eingeweiht schien, nichts von einem Aktienkauf wusste, war Oscar Medar nicht der Käufer, frohlockte Capaul bei sich. Damit brauchte er auch nicht auf Medars Rückkehr zu warten.

„Ich glaube, es macht keinen Sinn, weiter zu warten. Ich verabschiede mich."

Zum Abschied machte er eine höfliche, ironisch gemeinte Verbeugung. Dabei konnte er ein selbstzufriedenes Lächeln nicht unterdrücken.

„Arschloch", zischte Ina, als die Tür hinter Capaul ins Schloss gefallen war.

♦♣♦

„Ich will das gar nicht glauben. Die Hauser wirkte authentisch. Ich hatte den Eindruck, sie wollte nur noch weg", sagte Oscar.

Sie hatten sich auf die Terrasse gesetzt. Eine leichte Brise war aufgekommen. Die Nachmittagssonne hatte sich davon nicht beeindrucken lassen. Oscar hatte vom Dorfladen ein paar Sachen mitgebracht. Käse und Schinken lagen auf Renards alten Porzellanplatten. Aber keiner von beiden hatte Lust etwas zu essen.

„Vielleicht hat er nur geblufft", sagte Oscar.

„Warum sollte er?"

„Damit wir gleich gar nicht auf die Idee kommen, die Party bei der Bergbahn zu stören."

„Glaube ich nicht. Capaul ist nur heraufgekommen, weil er herausfinden wollte, ob du die Finger im Spiel hast. Und ich habe ihm die Information quasi auf dem Silbertablett serviert."

Ina sah hinunter ins Tal. Eigentlich hätte hier überhaupt nirgendwo gebaut werden dürfen. Hatte Renard sich bei all seinem Altruismus darüber Gedanken gemacht, ob er den Bau der neuen Siedlung nur deshalb verhindern wollte, weil sein eigenes Haus schon da war? Der Mensch ist von Natur aus Egoist und seine eigenen Interessen bestimmen seinen Blickwinkel. Für alles, was über seinen Vorteil hinausgeht, muss er sich anstrengen. Der Welt, die der Mensch geschaffen hat, sieht man das an. Männer wie Eduard Renard, die es verstanden, aus dem Geld reicher Leute noch mehr Geld zu machen, verdienten jedes Jahr zig Millionen. Dagegen lebten Pflegerinnen, die den Alten drei Mal am Tag den Hintern wischten, fast an der Armutsgrenze.

In einer verkehrten Welt ist das Richtige falsch und das Falsche ist richtig, dachte Ina. Als die Kommunisten die verkehrte Welt umdrehen wollten, mussten sie feststellen, dass nicht bloß die bösen Kapitalisten, sondern auch die anderen keine Lust mehr hatten sich anzustrengen. Weil das kommunistische Wirtschaftssystem die eigene Leistung nicht mit mehr Geld belohnte, lehnten sie sich zurück und taten nur noch das Nötigste. Um den Zusammenbruch noch eine Weile hinauszuzögern, hatte der sozialistische Staat das von der Profitgier erlöste Volk alsbald einpferchen und ihm damit drohen müssen, jeden zu erschießen, der das Land verlassen wollte.

„Grübelst du?", fragte Oscar.

„Kleine Sinnkrise. Wird schon wieder."

Ina schloss die Augen. Die warmen Sonnenstrahlen fielen auf ihre Augenlider. Sie dachte an Flora, die sich sicher bereits Sorgen machte. Von Männern hielt Flora im Allgemeinen nicht viel, obwohl sie zugab, dass sie stets mit der falschen Sorte verkehrte.

Während ihrer Laufbahn beim Begleitservice hatte sie ihre eigene Philosophie entwickelt. Für sie waren bei den meisten ihrer Kunden schwer bezwingbare Kräfte am Werk, die den Lauf ihres Lebens bestimmten. Die Gier nach Status und Anerkennung schien für die meisten ebenso wichtig wie der Sex. Sie mussten damit angeben, wie wichtig, wohlhabend und mächtig sie waren. Flora spielte mit, heuchelte Bewunderung und wurde dabei reich. Doch stellte sie sich manchmal schaudernd vor, wie ihre vorgeblichen Edelmänner über Leichen gingen, sobald man ihnen in die Quere kam.

Aber vielleicht lag es bei Renard ja anders. Vielleicht hatte er sich wirklich vorgenommen, vor seinem Ableben noch etwas Gutes zu tun. Er hatte mitten in einer kalten, einsamen Welt gelebt und irgendwann einfach genug. Wer sieht schon so gut in einen anderen hinein, um tatsächlich wissen zu können, was diesen wirklich bewegt? Bei der Suche nach den Motiven der anderen geht man erst einmal von sich selbst aus. Ob die eigene Einschätzung dann realistisch war oder es eben nur das eigene, innere Schwein war, das schlecht dachte, ließ sich nicht ohne Weiteres feststellen.

Möge Renard in Frieden ruhen, dachte Ina. Sein Plan war jedenfalls gescheitert. Helen Hauser hatte in letzter Konsequenz an sich selbst gedacht, so wie Renard die meiste Zeit seines Lebens an sich selbst gedacht hatte. Irgendjemand hatte diese Frau gefunden und ihr einfach zu viel geboten.

Ina schlug die Augen auf. Sie sah zu Oscar hinüber. Er saß auf einem Stuhl und blätterte in einer alten Zeitschrift, die er im Wohnzimmer gefunden hatte. Die Freundin seines Onkels hatte ihn verraten. Aber irgendwie kam er ihr so vor, als wäre er erleichtert. Sie stand auf und stellte sich hinter seinen Stuhl.

„Meinst du, wir sollten unser Essen noch ein wenig verschieben?“, flüsterte sie ihm ins Ohr.

Sie legte von hinten ihre Hände auf seine Brust.

„Unbedingt.“

In diesem Moment klingelte Oscars Telefon.

„Manchmal praktisch, wenn man keins hat“, sagte Ina.

Oscar sah auf das Display. Es war Boysen. Er nahm an.

„Wie läuft es?“, fragte Boysen ohne Umschweife.

„Nicht so gut. Helen Hauser hat ihre Anteile verkauft. Trotzdem, danke für Ihre Hilfe.“

„Moment mal, Oscar. Sie besitzen immer noch viele Anteile. Haben Sie etwas verkauft?“

Inas Hände wanderten an ihm hinunter. Sie öffnete den Reißverschluss seiner Hose.

„Nein“, sagte Oscar.

„Also warten Sie erst einmal ab“, sagte Boysen.

„Ich verstehe nicht.“

„Das können Sie im Augenblick auch nicht. Wie lange bleiben Sie noch in der Schweiz?“

Ina stand noch immer hinter ihm. Sie hatte sich über ihn gebeugt, damit ihre Hand in seine Hose gleiten konnte. Durch den geöffneten Reißverschluss zog sie seine Unterhose nach unten. Wie ein Pfahl ragte sein Schwanz durch den Schlitz in die Höhe.

„Wie lange bin ich noch in der Schweiz, Monica?“, flüsterte er.

„Am Montag sollte ich wieder arbeiten, Mister President“, flüsterte sie zurück.

„Bis Sonntag", keuchte Oscar in den Hörer.

„Ich melde mich", sagte Boysen.

Das Gespräch war beendet. Ina zog ihren Slip aus und baute sich vor ihm auf.

Er hob den Saum ihres Kleids und bewunderte ihre schlanken, braungebrannten Beine. Ina drehte verführerisch den Kopf. Sie war ebenso schön wie sexy. Und sie wusste es.

„Dreh dich um!", hörte er sich sagen.

Sie lächelte und tat, was er wollte. Direkt vor ihm, schob sie langsam das Kleid nach oben. Oscar rührte sich nicht. Ihre Hand strich noch einmal zärtlich durch seine Haare, bevor sie sich weit nach vorn beugte. Oscar schloss die Augen. Alles erregte ihn an dieser Frau, ihre Schönheit, ihr Duft und vor allem ihre Lust. Sie stöhnte laut, als seine Zunge sie berührte. Sie presste ihren Körper dagegen und gab sogleich wieder nach. Oscar ließ sich willenlos treiben. Doch im nächsten Augenblick entzog sie sich, richtete sich auf und ging ein paar Schritte außer Reichweite. Er wollte protestieren, aber sie hielt gebieterisch einen Zeigefinger an ihre Lippen.

Wie in Zeitlupe zog sie ihr Kleid über den Kopf. Bis auf den BH und die Schuhe stand sie nackt vor ihm. Oscar streckte verlangend seine Hände aus, aber sie blieb, wo sie war. Sie lächelte und genoss seinen Blick, der über ihren Körper glitt und nicht wusste, wo er stehenbleiben wollte. So langsam, wie sie ihr Kleid ausgezogen hatte, kehrte sie zu ihm zurück. Sie küssten sich. Sie setzte sich auf ihn. Er war in ihr. Verschlungen hielten sie sich aneinander fest. Niemand bewegte sich.

„Wahnsinn", flüsterte Oscar.

Sie fing an, auf seinem Schwanz zu reiten. Oscar stöhnte und hielt sie fest. Er wollte den kostbaren Moment so lange wie möglich hinauszögern.

„Her mit deiner Lust!“, befahl sie.

Er gehorchte und ließ sie los. Sie lehnte sich ein wenig zurück. Ihre Hand griff nach hinten in seine Hose. Oscar presste die Beine zusammen. Nichts konnte die Explosion jetzt noch aufhalten.

„Los! Spieß mich!“

Er ergab sich und stieß zu. Ina kam beinahe im gleichen Moment. Sie verharrten noch lange so, sich fest umklammernd. Auf der Straße näherten sich ein paar Wanderer. Ihre Stimmen drangen von unten zur Terrasse empor. Wenn sie über die Straße weiter herauf kamen und durch die Zweige der Tannen spähten, würde sich ihnen ein großartiger Anblick bieten.

Die Verschlungenen kümmerten sich nicht darum. Ina strich zärtlich über Oscars Kopf und legte ihren Mund an sein Ohr.

„Ich dich auch“, sagte sie leise.

♦♣♦

Walter Walder kannte Christian Capaul schon seit Kindertagen. Sie waren gleich alt und hatten im selben Jahr als junge Knirpse in der Bambino-Mannschaft mit dem Eishockey begonnen. Er war gespannt, wie sich sein ehemaliger Teamkollege verändert hatte.

Walder erinnerte sich noch gut. Capaul war ehrgeiziger als er und wechselte schon als Zwölfjähriger zu einem größeren Verein nach Chur. Wenig später waren die beiden jedoch im Team der Bündner Jugendauswahl wieder zusammengekommen. Beide spielten im Sturm, Capaul auf dem rechten Flügel und Walder in der Mitte. Nach Meinung des Teamchefs passten sie perfekt zusammen. Capaul war schnell und stocktechnisch weit über dem Durchschnitt, während Walder einen außergewöhnlichen Torjägerinstinkt besaß und Capauls Zuspiele mit hoher Trefferquote verwandelte. Der Coach des Auswahlteams hatte daher auf sein übliches System verzichtet, die Spielformation ausschließlich mit Spielern desselben Vereins zu bilden. Walder spielte mit Christian Capaul und drei von dessen Vereinskameraden in der Churer Linie. Walder und Capaul gehörten zu den besten Spielern des Kaders und wurden mehrere Male zu Sichtungslehrgängen des nationalen Verbandes eingeladen.

Anders als Capaul, der schon seit seinem vierzehnten Lebensjahr drei oder vier Mal in der Woche mit dem Bus hinunter nach Chur gefahren war, um in einer besseren Mannschaft spielen zu können, fehlte Walder der letzte Ehrgeiz für hohe sportliche Ziele. Dass er es trotzdem ins Auswahlteam und in den Sichtungskader geschafft hatte, lag an seiner naturgegebenen Physis und seinem offenbar angeborenen Torriecher, der ihn oft genug genau an die Stelle führte, von wo er einschießen konnte. Walder ahnte, dass sich Capaul damals oft gefragt hatte, wie weit er selbst mit Walders Talent gekommen wäre. Geredet hatten sie darüber nie. Aber das war auch nicht notwendig.

Walter Walder dachte daran, wie bestürzt sie alle waren, als sie die Nachricht vom Bergunglück von Christians Vater erreichte. Christian hörte von einem Tag auf den anderen mit dem Leistungssport auf, um sich um die elterliche Baufirma zu kümmern. Walter verlor seinen kongenialen Spielpartner auf der rechten Seite. Capaul kam ab und zu noch ins Stadion, um sich ein Spiel anzusehen, doch trennten sich ihre Wege schon bald, als sich Walder nach der Banklehre entschloss, seine Ausbildung im Ausland fortzusetzen.

Als er wieder in die Schweiz zurückkehrte, war Walder schnell im Mahlstrom seines mörderischen Berufs verschwunden und schaffte es allenfalls zu kurzen Stippvisiten nach Melf. Nach dem Tod seiner

Mutter übernahm er das Haus an der Bergwiese und zog, nachdem er von der Bank entlassen worden war, wieder zurück in seine alte Heimat. Die meiste Zeit des Jahres verbrachte er seither jedoch in der Karibik oder in den Bergen. Wie auch immer, obwohl Christian Capaul im nächsten Dorf wohnte, war ihm Walder nicht wieder begegnet.

Walder hatte seinen ehemaligen Teamkollegen angerufen und das Treffen arrangiert. Um im Ort kein Aufsehen zu erregen, sollte die Begegnung im Nebenzimmer eines Hotels in Chur stattfinden. Walder und Capaul waren hier während einiger Lehrgänge des regionalen Eishockeykaders gelegentlich untergebracht gewesen. Im günstigsten Fall, so dachte Walder, würde die altbekannte Umgebung ein wenig Vertrauen schaffen. Zumindest ihm kam es so vor, als wäre hier die Zeit stehen geblieben. Der Wirt hatte im Nebenzimmer nichts verändert. Noch immer waren die Wände mit dunkelbraunem Holz verkleidet, noch immer hingen an den Wänden dieselben handgemalten Bilder, die vor hellbraunem Hintergrund jeweils in Weiß einen Adler, einen Steinbock und einen springenden Hirsch zeigten.

Die pechschwarzen Haare waren an den Seiten ein wenig grau geworden, aber ansonsten hatte sich Christian Capaul kaum verändert. Vor allem war er immer noch genauso dünn wie früher. Walder erinnerte sich, dass Capauls Fliegengewicht zu ihren Eishockeyzeiten ein echtes Problem gewesen war. Läuferisch war er eine Klasse für sich, aber er konnte von den kräftigen Verteidigern relativ leicht von den Schlittschuhen geholt werden. Auf Geheiß der Trainer musste er regelmäßig Sonderschichten im Kraftraum absolvieren, was aber nicht viel fruchtete. Christian Capaul war dünn wie ein Zahnstocher und dabei blieb es. Heute war das Fliegengewicht kein Nachteil mehr. Walder fand, dass Capaul im Gegensatz zu Paulin, dem ein riesiger Bauch aus einer viel zu engen Hose quoll, auffallend jung und sportlich wirkte.

Walder hatte mit Capaul zu Beginn ein paar freundliche Worte gewechselt. Die Stimmung war trotzdem eisig geblieben. Walders Erzählungen von seinem Leben als Privatier und Autor prallten an Capaul einfach ab, und auch alle interessiert wirkenden Gegenfragen führten zu keiner persönlichen Unterhaltung. Walder ahnte, dass Christian von seinem Bruder Beat über sein Gespräch mit Farner ins Bild gesetzt worden war und nichts Gutes erwartete. Capaul blieb auf Distanz und grub sich ein.

„Was wollt Ihr?“, fragte Capaul mitten in Walders Begrüßungsgeplänkel.

Bei keiner anderen Sportart gelangt man so schnell vor das gegnerische Tor wie beim Eishockey. Walder schien es, als spielte Capaul über zwei Linien direkt in die Angriffszone. Beim Eishockey wäre so ein Pass abseits gewesen und der Schiedsrichter hätte gepfiffen. Hier war es eine schallende Ohrfeige.

Walder hatte lange genug Erfahrung gesammelt, um zu wissen, wie man als Geschäftsmann mit persönlichen Befindlichkeiten umgeht. Äußerlich blieb er ungerührt und lächelte sogar ein bisschen. Er warf einen auffordernden Blick hinüber zu Boysen, der dem Geplänkel gequält zugehört hatte. Von nun an, so hatten sie es besprochen, sollte Boysen das Gespräch führen.

„Herr Oscar Medar hat mich gebeten, seine Interessen zu vertreten“, sagte Boysen betont geschäftsmäßig. „Wie Sie wissen, ist er der Neffe von Eduard Renard. Er hat von ihm das Haus an der Bergwiese und eine Beteiligung an der Bergbahn AG geerbt.“

„Gut und schlecht gelaufen für den Erben“, brummte Paulin.

Die Bedienung kam herein, obwohl Walder dem Mann hinter der Theke eingetrichtert hatte, dass sie nach der ersten Bestellung nicht mehr gestört werden wollten. Sie unterbrachen das Gespräch. In der entstehenden Pause fiel Walder auf, dass am Geweih des Vierzehnenders, das schräg über der Zimmerecke schwebte, eine Spitze abgebrochen war. Dieses Detail schien ihm neu. Womöglich hatte irgendein Trottel irgendwann im Suff versucht, eine schwere Jacke daran aufzuhängen.

„Zweifellos ein schönes Haus in guter Lage. Bei den Aktien soll es weniger gut laufen, hört man“, fuhr Capaul fort, als die Bedienung verschwunden war.

„Wir haben nicht vor, Ihre und unsere Zeit zu verschwenden. Wenn es keine neuen Ereignisse gäbe, würden wir uns das hier sparen“, parierte Boysen.

„Was für Ereignisse?“, platzte Paulin heraus.

„Frau Hauser hat ihre Aktien verkauft. Ich nehme an, Sie gehen davon aus, dass Herr Medar infolge seiner Erbschaft zwar ein größeres Aktienpaket besitzt, das nach dem Verkauf der Aktien durch Frau Hauser aber nicht für eine qualifizierende Minderheit reicht.“

Christian Capaul hob argwöhnisch die Augenbrauen.

„Um es kurz zu machen: Der Käufer von Frau Hausers Aktien bin ich“, sagte Boysen.

Capaul und Paulin starrten Boysen fassungslos an. Dieser ließ die Nachricht auf der anderen Seite des Tisches erst einmal wirken. Sekundenlang herrschte Stille.

„Das ist nicht wahr, oder?“, brachte Paulin hervor.

Boysen öffnete einen Aktenkoffer und holte ein Dokument hervor. Er schob es hinüber auf die andere Tischseite. Capaul nahm das Papier an sich und las.

„50.000 Anteile der Bergbahn AG zum Kaufpreis von 40 Franken das Stück. Verkäufer Helen Hauser, geboren am 14.9.1966 in Basel. Käufer Christoph Boysen, geboren am 6.11.1961 in Bonn/Deutschland. Kaufsumme von 2,000.000 Franken per Eilüberweisung sofort. Im Namen des Käufers abgeschlossen, abgewickelt und beglaubigt von Isabel Schatz-Worth, Notarin in Zürich.

Darunter standen die Details einer Bankverbindung in Basel und zwei Unterschriften. Eine davon stammte von Helen Hauser.

Capaul las den Text ein zweites Mal. Immer wieder schüttelte er den Kopf. Er reichte das Dokument weiter an Paulin.

„Diese Pumpe von Beat", zischte Paulin, als er fertiggelesen hatte.

„Ich habe erwartet, dass Sie Frau Hauser suchen würden", sagte Boysen. „Also habe ich mir erlaubt, Ihnen zuvor zu kommen."

Capaul hätte gerne gefragt, wie Boysen Hauser gefunden hatte. Sein Bruder hatte eine professionelle Agentur in Bewegung gesetzt, die sogar die von Beats Bank-Maulwurf Apargaus gelieferten Kontoinformationen nutzen konnte. Aber er ließ es. Hier war kein Platz für Nebenschauplätze.

„Was wollen Sie?", fragte Paulin, nachdem er sich halbwegs wieder gefangen hatte.

Boysen und Walder hatten die Rollen vorher klar verteilt. Sie hatten allerdings nicht erwartet, dass Christian Capaul auf Walders Schmusekurs dermaßen abweisend reagieren würde. Trotzdem übernahm wieder Walder.

„Zunächst einmal die Fakten. Mit vierunddreißig Prozent des stimmberechtigten Kapitals verfügen Medar, Herr Boysen und ich über eine Sperrminorität. Das wisst Ihr ja. Ihr müsst euch darüber im Klaren sein, dass wir über alle wichtigen Angelegenheiten und Investitionen der Bergbahn mitbestimmen werden."

Paulin machte eine abschätzige Handbewegung.

„Du willst doch etwas Bestimmtes, Walder. Oder etwa nicht?"

„Ja, das wollen wir. Die Bergbahn muss wachsen. Farner ist zu konservativ. Er muss weg. Wir wählen ihn in der nächsten Hauptversammlung ab."

„Wie bitte?", rief Capaul überrascht.

„Zähl mal unsere und eure Stimmen zusammen", antwortete Walder emotionslos.

Capaul brauchte nicht lange zu rechnen. Zusammen waren es über fünfzig Prozent.

„Die Unternehmenspolitik soll künftig expansiv ausgerichtet werden", setzte Boysen fort. „Farner hat die Zeichen der Zeit nicht erkannt. Es wird in der Schweiz eine enorme Nachfrage nach Immobilien geben."

Diese Erwartung war die Grundlage von Boysens Plan. Seine Bank war nicht die einzige, die verbriefte amerikanische Immobilienkredite im Portfolio hatte. Die vergifteten Papiere waren über den ganzen Globus verstreut. Andere Banken würden womöglich ähnlich hohe Verluste abschreiben müssen und, wenn sie keine Unterstützung vom Staat erhielten, in Konkurs gehen.

Damit würde das weltweit eng verflochtene Finanzsystem ins Wanken geraten. Eine schwere Wirtschaftskrise wurde wahrscheinlich, wenn nicht sogar unvermeidbar. Boysen rechnete damit, dass die Notenbanken, um eine noch größere Katastrophe zu verhindern, Banken und Märkte alsbald mit niedrigen Zinsen und immer mehr Geld überschwemmen würden. Aus diesem letzten Schritt ergab sich sein Plan. Die wohlhabenden Privatkunden der Banken würden aus Angst vor einer nachfolgenden Inflation und vor allem aus Mangel an besseren Gelegenheiten in Immobilien anlegen. Damit würden die Preise wie eine Rakete nach oben schießen.

Walder hatte Boysen recht gegeben. Aber es gab noch etwas anderes, was seinen Geschäftssinn reanimiert hatte. Von einem anderen alten Eishockey-Teamkollegen, der in Bern für die Regierung arbeitete, hatte er erfahren, dass Deutschland zunehmend Druck machte, um die Schweiz zum Abschluss eines Steuerabkommens zu bewegen. In Bern erwartete man, dass man trotz des erbitterten Widerstands des heimischen Bankensektors irgendwann nachgeben musste. Die für Walder logische Konsequenz war, dass eine Menge Schwarzgeld, das heute noch auf den Nummernkonten der Schweizer Banken lag, von den Steuerflüchtigen abgehoben und neu investiert werden musste. Wenn es ihnen gelang, das Schwarzgeld ihrer ehemaligen Kunden einen Weg in die Immobilien der Bergbahn finden zu lassen, konnten sie noch sehr viel mehr Geld verdienen.

„Wie kommt es zu dieser koperkanischen Wende, Walder?“, raunzte Capaul. „Vorgestern wolltest du noch verhindern, dass auf der Wiese dort oben auch nur ein Haus gebaut wird. Mein Bruder hat gesagt, dass du mit Farner einen ganz anderen Deal einfädeln wolltest.“

„Da habe ich noch nicht gewusst, dass Herr Boysen bei der Bergbahn einsteigt“, sagte Walder, ohne auch nur eine Miene zu verziehen. „Seine Beteiligung ändert alles. Es tun sich neue Gelegenheiten auf. Und die wollen wir mit euch zusammen nutzen.“

Paulin hatte die ganze Zeit fast unbeweglich dagesessen. Allerdings begann sein Kopf zu glühen. Er hätte viel darum gegeben, wenn man ihm seine Aufregung nicht sogleich anmerken würde. Doch wie immer spielte sein Blutdruck nicht mit. Obwohl der Raum durch das offene Fenster gekühlt war, schwitzte er wie in einer Sauna.

„Wie wollen Sie hier Geld verdienen? Die Bergbahn schüttet keine Dividenden aus“, stieß er mit bebender Stimme hervor.

„Wir wollen ab sofort für fünf Jahre die Exklusivrechte zur Vermarktung der Immobilien der Bergbahn, mit einer Option für weitere zwei Jahre. Wir werden uns um wohlhabende Privatanleger kümmern, die eine Ferienwohnung als Anlageinvestition ins Auge fassen. Es bestehen gute Verbindungen zu einer äußerst liquiden Zielgruppe“, sagte Boysen.

„Und der Erbe?“, hakte Paulin nach.

„Die Bergbahn kauft von Herrn Medar das ererbte Haus. Der Preis liegt bei einer Million Franken. Alles andere ist unsere Sache“, sagte Boysen.

„Eine Million?“, rief Capaul entgeistert.

„Genau“, antwortete Walder. „Sechshunderttausend offiziell und den Rest in bar. Die Bergbahn vermietet anschließend das Haus für die Laufzeit des Exklusivvertrages an die von uns zu gründende Immobiliengesellschaft.“

„Selbstverständlich zu exklusiven Konditionen“, spottete Capaul.

„Ungefähr so exklusiv wie Farners Fleischvertrag mit den Restaurants der Bergbahn“, gab Walder ungerührt zurück.

Paulin und Capaul steckten die Köpfe zusammen. Sie flüsterten so leise miteinander, dass die anderen kein Wort verstehen konnten.

„Wir werden darüber nachdenken“, sagte Paulin schließlich.

„Das solltet Ihr. Wir haben allerdings nicht viel Zeit. Der Erbe will bald abreisen und möchte vorher wissen, wie es weiter geht", sagte Walder.

„Und was heißt das genau?"

„Wir haben nur bis morgen Zeit. Ruf Beat an und hol ihn ins Boot, Christian. Das ist seine große Chance."

„Was? Wieso Beat?", rief Paulin.

„Wir wählen ihn zum Hauptgeschäftsführer. Er kennt den Laden."

Walder legte eine Visitenkarte auf den Tisch. Paulin schüttelte sich angewidert. Beat als Chef der Bergbahn und dazu noch die beiden Fremden – das war um einiges zu viel.

„Hier ist meine Nummer, Christian. Ruf mich sobald wie möglich an", sagte Walder. „Wenn Ihr einverstanden seid, verhandeln wir die Details."

„Und wenn wir nicht einverstanden sind?", fragte Capaul.

„Diese Frage müsst Ihr euch selbst beantworten", sagte Walder. „Ich freue mich durchaus auch über die schöne Aussicht auf meiner Terrasse. Und wir alle zusammen über eine schöne Dividende."

Walder und Boysen standen auf.

„Du bist eine Sau, Walder", sagte Paulin.

„Auf Wiedersehen", sagte Boysen.

♦♣♦

Ein nahender Abschied hat seine eigene Faszination. Die Zeit wird kostbar.

Sie hielten sich in den Armen. Oscar sah bang auf den kleinen vergoldeten Wecker, der auf dem Nachttisch stand. Die Zeiger rückten unerbittlich vor.

Die Geschichte mit seiner Erbschaft hatte ihn völlig in Besitz genommen. Doch seit der Plan seines Onkels aussichtslos geworden war, fiel alles von ihm ab. Gleichzeitig wuchs sein Verlangen nach der Frau, die er, während dieser letzte Tag voranschritt, immer weniger loslassen wollte.

Er hatte angefangen zu brennen und es kam ihm so vor, als hätte etwas Neues, Größeres begonnen. Doch war das nicht bloß ein Trugbild? Soeben noch hatte er Sylvie unter Schmerzen verloren. Wie konnte es nur möglich sein, dass er im nächsten Moment in dieses neue, federleichte Glück einzutauchen imstande war? War der „Coup de Foudre" nur ein Zufall, der sich jederzeit wiederholen konnte? Diese Vorstellung war unromantisch, und seine Gedanken wehrten sich dagegen. Er fühlte sich wie ein Ball, den eine unbezwingbare Kraft in die Atmosphäre katapultiert hatte und der nun schwerelos dort umhertrieb.

Eine andere Frage war, was man mit dem Zufall anfing, wenn er einem erst einmal in den Schoß gelegt worden war. Aber darüber wollte er jetzt nicht nachdenken.

♦♣♦

Der Nachmittag war vergangen. Boysen war pünktlich. Als es an der Haustür klingelte, zeigte der kleine Wecker genau sechs Uhr. Oscar war nicht in der Lage, sich vorher von Ina zu lösen. Nun sprang er aus dem Bett und warf sich hastig in Hose und Hemd. Ina verschwand im Badezimmer. Nachher würden sie aufbrechen müssen.

Er bat den Besucher herein. Oscar wusste, dass man ihm leicht ansehen konnte, wo er gerade gewesen war und was er dort gemacht hatte. Boysen ließ sich nichts anmerken. Sie setzten sich an den Esstisch im Wohnzimmer.

„Darf ich Sie etwas Persönliches fragen, Herr Boysen?“

Boysen nickte.

„Warum haben Sie mir nicht von Anfang an gesagt, dass Sie mit meinem Onkel befreundet waren?“

„Ich war mir nicht sicher, ob ich Ihnen helfen will.“

„Und was hat Sie inzwischen dazu bewogen, es doch zu tun?“

„Die Filiale in Chur hat mit der Bergbahn ein umfangreiches Kreditgeschäft abgeschlossen. Ich habe mich gefragt, ob man nicht gegen Sie operiert.“

Oscar runzelte die Stirn. Die Bank war ihm sowieso schon suspekt gewesen. Aber es konnte offenbar immer noch schlimmer kommen.

„Fällt nicht alles, was mit so einem Depot zu tun hat, unter dieses berühmte Bankgeheimnis?“, fragte er.

„Schon.“

„Aber?“

„Hier geht es um sehr viel. Die Hauptakteure von der Bergbahn fürchten um ihren Einfluss. Und manche Leute in der Bank haben ein fundamentales Interesse daran, sich diesen Leuten dienstbar zu machen.“

„Und das reicht, um das Bankgeheimnis außer Kraft zu setzen?“

Zum ersten Mal, seit er Boysen kannte, sah Oscar, wie über dessen Gesicht so etwas wie ein Lächeln huschte.

„Wenn eine Indiskretion ans Licht kommt, wird es für den Verräter in der Schweiz in der Tat sehr ungemütlich. Aber eben auch nur, wenn sie ans Licht kommt.“

„Und bei so vielen Feinden um mich herum wollten Sie sozusagen ein Gegengewicht schaffen."

„Ich wollte nicht zusehen, wie Eduards Vermögen von meinen eigenen Leuten zerbröselt wird", sagte Boysen. „Ich habe Ihrem Onkel viel zu verdanken."

In diesem Moment klopfte es. Nach Oscars „Herein" betrat Ina das Wohnzimmer. Ihren Besuch im Badezimmer hatte sie im Eiltempo absolviert. Sie war ungeschminkt. Die nassen schwarzen Haare kräuselten sich über dem Kragen ihrer Bluse. Oscar betrachtete sie, als sähe er sie zum ersten Mal.

„Darf ich Ihnen ein wenig Gesellschaft leisten?", fragte sie, nicht ohne Süffisanz in der Stimme.

Boysen stand auf und gab ihr die Hand. Er wirkte verlegen. Wahrscheinlich dachte er an ihre erste Begegnung in der Bank und wie schnöde er Ina vor die Tür gesetzt hatte.

„Entschuldigen Sie, dass ich so abweisend war", sagte Boysen. „Ich bin zu vielen Menschen begegnet, bei denen man nicht vorsichtig genug sein kann. Irgendwann habe ich damit angefangen, Einzelfälle nicht mehr zu unterscheiden. Die Vorsicht ist bei mir sozusagen verallgemeinert", sagte Boysen.

„Vorsicht ist immerhin ein schöneres Wort als Paranoia. Begraben wir die Sache, Herr Boysen."

Sie setzte sich Boysen gegenüber, der sich sogleich mit seinen mitgebrachten Unterlagen beschäftigte. Er schien etwas Wichtiges loswerden zu wollen.

„Eduard Renard hat die Aktien der Bergbahn gekauft, weil er verhindern wollte, dass die Gegend mit immer neuen Ferienwohnungen zugebaut wird", begann Boysen.

„Das wissen wir schon", sagte Oscar. „Er hat einen Abschiedsbrief hinterlassen."

„Wenn wir seinen Plan für etwas Gutes halten, dann hätten wir loyal sein und ihn ausführen müssen. Andererseits wäre das nicht gerade einfach gewesen. Er hätte nämlich nicht funktioniert."

„Das stimmt. Mein Onkel hatte nicht einkalkuliert, dass seine angeblichen Freunde ihr eigenes Spiel aufziehen", antwortete Oscar.

Boysen nickte.

„Eduard ahnte vor allem nicht, dass Helen Hauser davon geträumt hatte, alles zurückzulassen und nach Südamerika auszuwandern. Er hatte schon vor langen Jahren eine hohe Lebensversicherung abgeschlossen und sie als Berechtigte eingesetzt. Nach seinem Tod wurde sie ihr voll ausbezahlt. Damit hatte sie auf einmal genug Geld, um ihre Träume zu verwirklichen."

Über Walder sagte Boysen nichts. Oscar wunderte sich jedoch mehr darüber, dass Boysen über Helen Hauser plötzlich so viel wusste.

„Wenn sie nach Argentinien auswandert, muss sie Ihnen nie wieder in die Augen sehen. Das ist der Punkt. In so einer Situation ist es ziemlich einfach, jemanden von seinen guten Vorsätzen abzubringen."

„Man kennt einen Menschen eben nie wirklich gut genug. Sie haben vielleicht nicht ganz unrecht mit Ihrer Paranoia", sagte Oscar.

„Übertreiben Sie mal nicht gleich", sagte Boysen. „Das Leben ist zwar unfair. Aber nicht immer zu Ihrem Nachteil."

„Nettes Zitat von Präsident Kennedy. Ich weiß allerdings nicht, ob er da geahnt hatte, dass er erschossen werden würde. Aber was wollen Sie damit sagen?"

„Ganz einfach: Zum einen hatte Frau Hauser einen etwas längeren Zwischenaufenthalt in Madrid. Und zum anderen waren wir schneller als die Bergbahn."

„Was soll das heißen? Und wer sind wir?“

„Wir, das sind Sie, Walder und Boysen. Walder hat die Aktien, die noch gefehlt haben.“

„Und was ist mit denen von Hauser… Moment mal. Wollen Sie mir damit sagen, dass Sie selbst die Anteile von Helen Hauser gekauft haben?“

Boysen lächelte und konnte einen Anflug von Selbstgefälligkeit nicht unterdrücken. Wer tat die Dinge schon gern für sich alleine. Man wünscht sich vom Publikum Applaus.

„Ja, das habe ich. Bevor es die Leute von der Bergbahn getan hätten.“

Boysen ließ das erst einmal wirken. Oscar und Ina starrten ihn noch immer ungläubig an.

„Wir könnten nun den Plan Ihres Onkels umsetzen und die Bergbahn daran hindern, neue Apartmentsiedlungen zu bauen“, fuhr Boysen fort. „Wir können aber auch das genaue Gegenteil davon machen und eine Menge Geld verdienen.“

Ina hatte als sich als erste wieder gefangen.

„Sie meinen, Sie wollen sich auf die Seite der Bauunternehmer schlagen? Es lebe der Mörtel?“

„Ich habe ein Teil meines Privatvermögens eingesetzt, weil ich verhindern wollte, dass die Hauptaktionäre der Bergbahn wieder alle Trümpfe in die Hand bekommen. Mein Anteil ist für sich alleine bei weitem nicht das wert, was ich Frau Hauser hinlegen musste. Doch gemeinsam sind wir stark, sehr stark sogar. Wir haben die Macht, neue Projekte zu blockieren. Walder und ich sind Banker. Wir sind darauf geeicht, solche Gelegenheiten zu erkennen und auszunutzen.“

Oscar dachte noch nicht so weit. Er war immer noch immer bei Helen Hauser.

„Wie viel haben Sie Helen Hauser bezahlt?“, fragte er Boysen.

„Anscheinend war Frau Hauser klar, dass die Anteile so etwas wie ein „Golden Share“ sind. Einen gewissen Geschäftssinn kann man ihr jedenfalls nicht abstreiten.“

Oscar wollte sich lieber nicht vorstellen, wie Helen Hauser mit Boysens Leuten um den Preis feilschte. Die sensible Frau vom Bahnhof war ihm lieber.

„Und Sie, Herr Boysen? Ich dachte, die Bergbahn schüttet keine Dividenden aus? Wie wollen Sie denn Ihr Geld machen, wenn der Überschuss immer wieder in neue Ferienhäuser investiert wird?“, nahm Ina den Faden wieder auf.

„Wir übernehmen zusammen mit den beiden Bauunternehmern die Kontrolle. Und dann machen wir es wie sie.“

Boysen deutete auf das Papier, das er vorhin aus dem Stapel herausgefischt hatte. Er schob es über den Tisch.

„Das ist ein Vorvertrag mit der Bergbahn AG. Er sichert uns die exklusive Vermarktung aller neu entstehenden Wohnsiedlungen, einschließlich der Apartments von Blocks-Fort. Ich habe diesen Vertrag heute mit Erwin Paulin und den Capaul-Brüdern ausgehandelt. Er steht unter dem Vorbehalt, dass in der nächsten Hauptversammlung Beat Capaul zum neuen Geschäftsführer der Bergbahn gewählt wird. Aber daran gibt es keine Zweifel. Zusammen haben wir die Mehrheit.“

Oscar las den Text, der aus zweieinhalb handgeschriebenen Seiten bestand.

„Sie wollen das Selbstbedienungs-System der Eigentümer also noch ein bisschen erweitern“, sagte Oscar kopfschüttelnd.

„Alles wird so gemacht, dass es legal ist."

„Aber hier stehen doch sowieso schon so viele Wohnungen leer. Wo soll denn die Nachfrage herkommen?"

„Lassen Sie das meine Sorge sein. Die Bergbahn kauft Ihnen erst einmal dieses Haus ab. Der offizielle Kaufpreis beträgt 600.000 Franken. Dazu bekommen Sie 400.000 schwarz in bar. Anschließend vermietet die Bergbahn das Haus an unsere neue Immobiliengesellschaft. Sie können also kostenlos hier wohnen. Ich habe mir gedacht, dass Sie von hier aus die Geschäfte führen."

Oscar traute seinen Ohren nicht.

„Ich?", entfuhr es ihm entgeistert.

„Hier liegt Geld auf der Straße. Greifen Sie es!", sagte Boysen.

„Wie kommen Sie denn bloß auf diese verrückte Idee?"

„Denken Sie in einem Zeitraum von fünf Jahren. Danach werden Sie eine Menge Geld haben. Dann können Sie immer noch tun und lassen, was Sie wollen."

„Aber ich habe keine Ahnung von Immobilien."

„Das lernen Sie schon. Sie bekommen ein Grundgehalt als Geschäftsführer, sagen wir 5.000 im Monat. Unsere Immobiliengesellschaft erhält pro Verkauf sieben Prozent des Kaufpreises als Provision. Blocks-Fort allein hat fünfunddreißig Wohneinheiten für bis zu einer Million das Stück. Davon sind noch nicht einmal zehn verkauft. Die neue Siedlung, die hier auf der Bergwiese entstehen wird, ist mit dem doppelten Volumen veranschlagt. Weiter westlich und unten am Waldrand bei der Tankstelle gibt es noch Bauplätze für weitere, riesige Projekte. Für alles bekommen wir für fünf Jahre die Alleinrechte zur Vermarktung."

„Wieso fünf Jahre?“

„Länger wollten uns die anderen das Exklusiv-Recht nicht geben. Aber die nächsten fünf Jahre könnten eine goldene Zeit werden.“

„Und welchen Deal haben Sie?“, fragte Oscar.

„Wenn einer der Gesellschafter einen Käufer bringt, bekommt er drei Prozent vom Verkaufspreis als Sonderprovision. Nach Abzug der Kosten für die Geschäftsführung und die Miete des Hauses wird der Gewinn geteilt: Walder und Boysen erhalten je fünfundzwanzig Prozent, Sie fünfzig. Wir müssen das noch vertraglich miteinander festlegen. Die Rechnung wird für Sie jedoch aufgehen. Da gibt es überhaupt keinen Zweifel.“

„Und Farner?“, erkundigte sich Ina.

„Der wird froh sein, wenn er seinen Exklusivvertrag für das Fleisch behalten darf.“

Oscar seufzte. „Ich bekomme langsam ein paar Orientierungsschwierigkeiten. Darf ich mir den Vertrag ansehen und es mir überlegen?“

„Sicher“, sagte Boysen. „Paulin und die Capaul-Brüder wollen allerdings wissen, wie es weitergeht. Wir sollten den Vertrag unterzeichnen, bevor Sie nach Hause fahren.“

„Geben Sie mir Zeit bis morgen“, sagte Oscar.

Boysen nickte.

„Morgen früh um zehn Uhr hole ich Sie ab. Wir fahren zusammen mit Walder nach Chur, wo wir die anderen Partner treffen. Inzwischen arbeite ich an einer Vereinbarung für unsere Immobiliengesellschaft. Wenn Sie es sich anders überlegen, rufen Sie mich an.“

♦♣♦

Sie hatten nicht viel gesprochen. Oscar hatte den Wagen sanft die Straße hinabrollen lassen, dem Abschied entgegen. Ina hielt die Augen geschlossen. Er ahnte, dass es schwer sein würde.

Sie standen am Bahnsteig. Am Abend wurde es bereits empfindlich kühl. Der Sommer war bald vorbei.

„Was wirst du tun?“, fragte sie.

Oscar wusste nicht, wohin mit den Händen. Er vergrub sie in den Hosentaschen.

„Ich bin doch kein Immobilienmakler. Ich glaube nicht, dass ich besonders viel Freude daran habe, Apartments zu verkaufen“, sagte Oscar bedrückt.

„Aber immerhin kannst du vielleicht damit so viel Geld verdienen, dass du danach machen kannst, was du willst. Wolltest du dich nicht deiner Schreiberei widmen? Fünf Jahre, hat Boysen gesagt. Das kann man doch aushalten, oder?“

„Mag sein. Das bin trotzdem nicht ich. Und am Ende dieser fünf Jahre bin ich womöglich ein ganz anderer.“

Ina kam näher und holte seine Hände aus den Hosentaschen. Sie legte sie um ihre Schultern.

„Das wäre sehr schade“, flüsterte sie.

Der Bahnhofsprecher forderte die Fahrgäste zum Einsteigen auf. Oscar drückte sie fest gegen sich. Sie lehnte ihren Kopf an seine Schulter.

„Ich wüsste jemanden, der das mit den Immobilien für Dich übernehmen könnte“, sagte Ina, ohne ihn anzusehen. „Du müsstest nur ein bisschen von deinen Prinzipien lassen und versprechen, mir ab und zu etwas vorzulesen.“

„Du?“

„Wenn man eine Wahl hat, ist das ein Zeichen von Schwäche. Altes chinesisches Sprichwort.“

Die Fahrgäste waren eingestiegen. Sie musste los, sonst fuhr der Zug ohne sie.

„Wirklich?“, frage er noch einmal.

„Wenn wir es nicht miteinander versuchen, werden wir nie wissen, wie es ausgeht.“

Sie küsste ihn, nahm ihre Tasche und stieg ein. Der Zug fuhr an. Er sah nur noch, wie sie versuchte, ein Fenster aufzumachen.

Epilog

Der Zusammenbruch des amerikanischen Immobilienmarktes und die Insolvenz der Investmentbank Lehman Brothers lösten im September 2008 eine weltweite Finanzkrise aus, in deren Verlauf mehrere Banken durch staatliche Finanzhilfen vor dem Konkurs gerettet werden mussten. In der nachfolgenden Rezession senkten die Notenbanken den Referenzzinssatz auf ein nie gekanntes Rekordtief. Melf erlebte, wie von Christoph Boysen vorhergesehen, in der Folge einen regelrechten Bauboom. Ein Jahr nach der Fertigstellung von Blocks-Fort wurde mit der Überbauung der Bergwiese unterhalb des ehemaligen Hauses von Eduard Renard begonnen.

Oscar Medar gründete mit Christoph Boysen und Walter Walder die Immobiliengesellschaft MEBOWA, überließ die Geschäfte jedoch Ina Schuster. Oscar verließ die Universität und wurde Schriftsteller. Die meiste Zeit schrieb er in Melf, besuchte jedoch häufig Schauplätze seiner Romane. Während der ersten drei Jahre brachte er zwei neue Werke heraus, wobei das erste mit prominenter Besetzung inzwischen verfilmt wurde.

Christoph Boysen widmete sich der Vermarktung der Luxus-Apartments und Häuser der Bergbahn AG. Nicht zuletzt durch die Lockerung des Schweizerischen Bankgeheimnisses und seine Kontakte zu wohlhabenden ausländischen Privatkunden seiner ehemaligen Bank wurde MEBOWA überaus erfolgreich. Die Gesellschaft verbuchte ein stetig steigendes Auftragsvolumen und einen jährlichen Gewinn von mehreren Millionen Franken. Als das schweizerische Wahlvolk im März 2012 die Initiative „Schluss mit dem uferlosen Bau von Zweitwohnungen“ annahm, zog sich Christoph Boysen aus der Geschäftspolitik von MEBOWA zurück und wechselte zu einer Privatbank nach Frankfurt am Main.

Walter Walder trat nicht aktiv als Immobilienmakler in Erscheinung, partizipierte jedoch als Miteigentümer der MEBOWA bis zur Auflösung der Gesellschaft an deren Gewinnen. Im Namen von Boysen und Medar verhandelte er im Sommer 2013 erfolgreich mit dem schweizerisch- amerikanischen Investor Joe Bucher über den Verkauf ihres Aktienpakets. Das Haus an der Bergwiese hatte Walder bereits Ende 2008 an einen Chefarzt aus Heidelberg verkauft, der angesichts der damals noch hervorragenden Terrassenaussicht einen unschlagbaren Preis geboten hatte. Nach dem Zusammenbruch des spanischen Immobilienmarktes erwarb Walder eine zwangsversteigerte Villa an der Westküste Mallorcas, wo er sich seither die meiste Zeit des Jahres aufhält.

Ina Schuster trennte sich von ihrem Mann Hugo. Sie zog mit Oscar Medar in das ehemalige Haus von Eduard Renard, das die Bergbahn AG für eine Million Franken erworben hatte. Von dort aus leitete sie als Geschäftsführerin die MEBOWA und trug neben Christoph Boysen wesentlich zum Erfolg der Firma bei.

Helen Hauser blieb nur drei Jahre in Argentinien. Nach einer anfänglichen Phase positiv erlebter Erfahrungen bekam sie Heimweh und kehrte im September 2011 nach Basel zurück. Dort erwarb sie eine leerstehende Fabrikhalle in der Nähe des Badischen Bahnhofs, wo sie, nach entsprechendem Umbau, mit einem nachgereisten Tanzlehrer aus Buenos Aires ein Jahr später eine Tanzschule mit angeschlossener Tango-Bar eröffnete.

Beat Capaul wurde im Herbst 2008 von der Hauptversammlung zum Geschäftsführer der Bergbahn AG gewählt. Nach der Übernahme eines wesentlichen Teils des Aktienkapitals durch den amerikanisch-schweizerischen Investor Johannes (Joe) Bucher verließ er im Frühjahr 2014 das Unternehmen.

Capaul lebt heute in der Nähe von Sankt Gallen, wo er innerhalb eines Programms für angehende Manager als Dozent für Unternehmensführung und Controlling tätig ist.

Die von **Sylvie** im Sommer 2008 geschlossene Ehe hielt nur zwei Jahre. Eine klinische Untersuchung ergab, dass sie keine Kinder bekommen konnte.

♦♣♦